朱峙三日記（三）

朱峙三 著
周國林 胡念征 整理

荆楚文庫編纂出版委員會
華中師範大學出版社

民國七年（1918年）戊午日記

　　此年寢後多惡夢。正月初四曾往吳家灣叩舅父靈，俗禮所謂新香者也。春季至暑期，以教學薪水自撙節而有餘存，此爲丁艱後特出之事。惟五月間長女死，冬月次子太錚夭亡，爲大拂意之事，

　　在校中看漢四史畢，作畫冊，寫行書甚多。書畫進步，恰是此年與李長青交更密切。

　　下季，知事尹桐陽摧殘學校，與魏叟忤，劣紳徐龍叔輩附和，阿諛逢迎之，結果兩敗俱傷矣。易李耀庚爲校長，學生不服，遂分二派，有三分之一擁李。但未及一月，省人士請省長改委張與三爲校長。予雖留職，但不願幹，臘初考畢學生辭職。因彭梓芳先生在皖，屢約予爲績溪、無爲等縣承審，欲往皖依彭也。臘月十二忽患怯症，心臟有狀。皖電三至，予決心辭之。學校事以順利而變成逆境，子女忽夭於此年，則正月元旦之夢已先兆矣。

丁酉十二月峙山老人閱後記

正　月

初一日　晴　二月十一日　星期一

　　五時起，呼厚訓至岳廟進香。歸，天漸明矣，與祖宗拜年及家母行禮。早點後思昨夕夢極不祥，大風斷十數船長纜，漂泊無主也，心惡之。九時出門向各戚友家拜年，午後二時歸。

初二日　雨

余未出門，昨未走到者，囑厚訓一一補去之。

初三日　陰

今日客來甚多，有須留茶點及午餐者。

初四日　晴

早起，與厚訓同行至西畈吳家大灣，吊舅父新香，下午二時方到。敬謹叩奠畢，問表兄等舅父病中事。便與各親房、舅氏家拜年。

初五日　晴

早飯後，表兄家用船送余至薛家溝，轉樊口，下午三時到家。

初六日　晴

初七日　晴

初八日　晴

今日下午請年客二桌，王利師、傅象虛、蕭敦五等十四人，下午四時散席去。

初九日　晴

初十日　晴

今日發信致魏校長，問何時開學及校事有無改變，下午郵局請年客。

十一日　晴

十二日　晴

十三日　晴　星期六

十四日　晴

十五日　晴　夜大風　二月廿五日　星期一

今日飯後帶純女、太錚出城游月半，望西山人多，余未去，僅至寒溪塘折回。各街三官燈僅三處，不似前三年之繁華矣。

十六日　風

十七日　雪

今日閱報，省城元宵望山門大火。

十八日　雪

十九日　晴

二十日　雪

清理各事，準備到冶校。

廿一日　晴

今日王小齋來約明日乘大輪到黃石港轉冶校。

廿二日　陰　三月四日　星期一

上午清理各事畢，與母親商議，陳債俱還清，以後薪水有餘，可以買些糧食或棉花存之，得價再賣出也。下午五時，小齋來，同余渡江搭大輪，晚間就洋棚消夜。

廿三日　小雨

轉鐘一時，船到，上後即得位置。二時半到港，天明至石灰窰，雇轎到冶校已九時矣。與同事相見問寒暄，學生已到四分之三矣。余立志今年除上課外，自修學業，看書、寫字、作文，勿使身體安逸而自荒學業也。

廿四日　雨　星期三

照表上課，下午寫家信告知母親。

廿五日　雨　三月七日

今日在校聞校長談太平軍在大冶時事，校長係其前輩人告知者。

廿六日　陰

廿七日　雨　三月九日　星期六

連夕無事即與魏校長談太平天國事。魏博聞強記，兼本校歷史教課者也。

廿八日　晴

今日到長青局談甚久，就其家飯後與同訪舊友並到金湖青龍閣一游。

廿九日　晴　三月十一日　星期一

三十日　陰

今夕在校長室與魏校長談太平天國事最詳，除列狀元應試文外，兼談當時天京聯文甚多。

二　月

初一日　晴　三月十三日　星期三

今日上下午均有課，晚讀書、寫字、作詩，寫信四件。

初二日　晴

前在縣向劉伯陽所借日本人書草字千字文，极佳，今日開始臨摹三頁。

初三日　晴

初四日　晴　三月十六日　星期六

今日下午六時至長青局坐談，晚間與同至街上一游。

初五日　晴

今日郊游，歸作詩一首，寫信二件，臨草書千字文三頁。

初六日　晴

初七日　雨　三月十九日　星期二

今日下午臨千字文四頁，預定九天臨畢。

初八日　雨　三月廿日

今夕在李長青局中晤及陳叟，曾居高麗三年，述該國事甚詳。

初九日　晴　三月廿一日　今日春分

晚飯後再至郵局問陳叟以朝鮮事,並知其亡國之由皆親日也,真所謂引虎自衛。

初十日　雨　晚間雷聲

十一日　雨　星期六

十二日　晴

今日午飯後,至長青局談甚久。學校待遇總算優厚,如無特殊更變,余將終身從事教育事業,惟世變不可逆料也。晚與同游郊外歸。

十三日　晴　三月廿五日　星期一

校課畢,自往鄉村閑步,春光漸明媚矣,紫藤花開,尤有香色可愛。

十四日　晴

晚飯後獨步鄉村,八時方回校,得月夜過鄉村詩一首,今日臨千字文已畢。

十五日　雨

十六日　晴　三月廿八日　星期四

十七日　晴

今日午後六時,自過大橋聽水聲。各鄉準備農事。

十八日　晴　星期四

十九日　晴　三月三十一日　星期日

連日春晴，山水明媚。午後與長青郊行，得詩料多。

二十日　晴

廿一日　晴

今晚寫行書五頁，係錄古詩，極得意。

廿二日　雨

廿三日　雨

昨晚寫行書二頁頗佳，今夕寫楷書二頁，今日先君冥壽六十四矣。

廿四日　陰　風　午後四時大雨如注　今日清明節
四月五日　星期五

今日上下午均有課。五時以後未出門，多感慨也！記元年至今七個清明，另書草稿簿上。噫！明年清明在何處耶？寫張體行書二頁，自作詩也，頗得意，遂留存。

廿五日　雨

今日作畫册一頁未成功。

廿六日　陰

上午到長青局，下午補昨夕未竟畫册。

廿七日　雨　星期一

下午課畢，作詩一首，寫行書三頁。

廿八日　雨

廿九日　晴　四月十日　星期三

今日上下午有課。晚飯後郊游一小時方歸。晚間魏校長與予研究太平天國失敗之由：不注意北伐，死守南京，驕奢淫佚特甚，況自相殘殺乎？

三　月

初一日　晴　四月十一日　星期四

初二日　晴

初三日　晴　星期六

今日下午無課，十二時半到長青局約其弟同游海螺山，晚歸，填《踏莎行》詞。並作山水小册一塊，題詩一首，甚得意。

初五日　晴

今日郊游歸，作《柳堤散步詩》一首。

初六日　晴　星期一

下午寫楷書一頁。

初七日　晴

連日除上課外，餘時看《漢書》五六頁以爲常課。作畫一次，成幅與否則不限定也。總之興到即作，興盡即止耳。

初八日　晴

初九日　四月十九日

午後一時天暗如夜兼以風雷，夜雨。下午一時寫楷書一頁。

初十日　晴　四月廿日

今夕與朱教員熙如談太平軍事，彼痛詆之，謂無一善政。蓋各人看法不同。

十一日　晴

下午作律詩一首《春日登山》，頗得意，尾句尤佳。

十二日　陰

下午仍寫楷書一頁，頗佳。

十三日　陰

十四日　雨　四月廿四日　星期三

十五日　晴

今日下午課畢外出，過鄉村，藤花香甚，作詩一首。夜間又外出，春夜湖滑小立作。

十六日　雨

今日課畢，遊小山，遇雨即歸，作《山行遇雨詩》一首。

十七日　雨

十八日　雨

今日寫楷書一張。

十九日　晴

二十日　晴　四月卅日

廿一日　晴　五月一日

廿二日　晴

廿三日　雨

廿四日　晴　五月四日　星期六

今日校中旅行，乘車先到礦局。季礦長，廣東人，留余等吃飯畢，帶隊經石灰窰，便訪王汝揚，知其已中風一年，坐不能起，與余談數語即出。至飛雲洞，學生小憩，余得詩一章。觀瀑布甚小，以之比廬山則説不上瀑布矣。以形言之非布也，寬僅四寸之水而已。下午四時半，礦局仍備火車送余及魏、詹諸人及學生歸。

廿五日

今日例假，學生休息，下午余至長青局談甚久。

廿六日　今日立夏　晴

廿七日　晴

廿八日　陰

廿九日 陰

四 月

初一日 晴 星期五

初二日 晴

初三日 晴 星期日

今日以家中帶來舊硯作銘，囑朱生致寅鐫之，文曰："文房之寶，書畫之始。著述千秋，悉資於此。耿耿星精，鑿以爲池。方正貞堅，峙山所師。"又作一銘，以硯背小，未能刊入，文曰："知白守黑，磨而不磷。質温潤而心堅，號□爲君銘。"

初四日 晴

初五日 晴

初六日 晴 星期三

今日課後補山水畫，已成二冊頁。

初七日 晴

初八日 晴 五月十七日 星期五

今日上下午均有課，憶去年此日在陽新與施金友周遊市中，轉瞬一年矣。

初九日　晴　五月十八日　星期六

午後寫行書一張，韓退之詩也。

初十日　晴　五月十九日

今日晚間寫李白《白頭吟》一頁。

十一日　晴　五月廿日

十二日　晴

十三日　晴

今日下午寫隸書行書各一頁，下午五時徐壽軒來談甚久去。據云係到冶校爲訟事。

十四日　晴

十五日　雨

十六日　晴

十七日　晴

十八日　晴

十九日　晴　五月廿八日

今夕寫楷書一張，學《天冠山碑》。

二十日　晴　夜雨　五月廿九日　星期三

廿一日 雨

今日寫大楷一張,學趙體。

廿二日 晴 五月三十一日 星期五

今日寫鐘鼎文二頁,一金石彝銘廿三字,一伯彝十七字,均佳。

廿三日 晴 星期六

廿四日 晴 星期日

今日到長青局,飯後與同遊郊外。大冶雖有熟人,但無可與語者,只好郊遊而已。晚寫行書二頁,正楷一頁。

廿五日 晴

今日下午再寫李白《白頭吟》二頁,甚佳。

廿六日 晴 星期二

今日下午課後寫行書五頁,至夜十一時止又寫正楷二頁。寫字多,目力疲,遂寢。校長囑工役以大洋燈給余,因余晚間作事,較各員睡最遲也。夜夢先君形色愁慘,向余泣,似甲寅易簀時情況。又夢大姊是時在旁料理。又夢先叔此時已死,無棺待殮。余痛哭失聲。醒時雞鳴,淚濕枕畔。憶先君遺囑必購地另葬,不附先祖父母墓。頻年訪問,無地可購,白骨久停,已犯時忌,奈之何哉!

廿七日 晴

早起回思昨夕夢境,心痛甚。下午至長青局,略坐歸。

廿八日 晴

廿九日　雨

三十日　雨　入霉

五　月

初一日　晴　今日月蝕　六月九日

今日補寫四月廿六日未完之行書杜甫《新婚別》，又正楷二頁。

初二日　晴

初三日　晴

下午補寫四月廿六未竟行書，又正楷一頁。

初四日　晴　六月十二日　星期三

校中從習俗，明日放假。

初五日　晴　晚雨　今日端午節

今日校中午餐加菜及酒，午後至長青局談甚久，午後四時僅寫楷書一張。

初六日　晴　星期五

今日照常上課。

初七日　晴

初八日　晴　星期日

上午在校，吃飯後多感慨。余今日生辰，馬齒又增，鷗浮無定。三十三初度，仍田無一棱，住無一宅。母親每以余爲東西南北之人爲可恥。壬子自四眼井遷古樓，丙辰自古樓遷小南門，丁巳又由小南門遷八卦石，今又年餘矣。

初九日　晴

初十日　晴

十一日　晴

十二日　晴　六月廿日

得家函：純女病已數日未愈。余晚間卜牙牌數，有"庸醫殺人，一誤再誤"之句，心怏怏也。

十三日　晴　六月廿一日　星期五

英文教員吐血症發後，回家已一星期未愈。其家距校廿里，彼從前星期六必歸，星期來，習以爲常。聞今日病甚重，不可救也。晚寢後，余多惡夢，心念純女疾可慮也。

十四日　雨　六月廿二日

得春溪、次丞來函，云純女病有轉機，囑勿着急。惟余每夜夢此女，似不可救，殆其死耶？

十五日　雨

今夕寫信復春、次二人云，純女之疾仍請王子衡診治，不易醫生，請劉老表到先父厝處祭禱之。

十六日　雨　六月廿四日　星期一

今日聞大冶縣知事陶繼員字幼澄病重，本校詹先生道平病不可救。道平今年四十一歲，家貧子幼，以教學爲業者也。

十七日　雨　六月廿五日

接鄂城家信，云純女病重，正服藥。晚間卜牙牌數，問之不吉，余心煩甚。當寫信問情形，小軒、敏深均有信來告，恐此女難愈也。今日考地理，明後天考圖畫、手工。

十八日　晴　六月廿六日　星期三

十九日　晴　六月廿七日

校長結算薪水並借支七月份半個月。

二十日　晴　六月廿八日　星期五

今日課後聞校中同事云，陶知事四點鐘已死矣，年四十六歲。大冶政簡，而礦局每月津貼千餘元，連同正俸雜支可四五千元，實爲湖北一等佳缺也。陶在冶亦不多事，官民相安。陶爲岳州某武官之子，其子在漢口銀行辦事，惜其不永年也。下午四時，晏表叔來接余回縣。問純女之疾如何？叔云已愈。留校中宿，囑定台雇定轎子二人。

廿一日　晴　六月廿九日

晨起與校長作別。乘轎急行，表叔爲余帶小包袱同行。午後二時半，必欲余至其家中歇息，辦飯與轎夫吃。見過表兄弟二人，表叔留飯甚豐。席間表叔言及純女已死多日矣，余心痛之，未食飽。遂促轎夫急行，四時到家。問母親安好後，述純女得病係受寒濕而起，以後動驚二天轉劇，於十三日死。不知九歲女子尚得驚風，何也？泫然流涕，傷心之至。聞葬普山，與純學墳相距甚近，明日當往視之。

廿二日　晴　六月卅日　星期日

飯後出城看亡女墳，傷心無已。入城後便至程宅，與師母談純女夭亡事。

廿三日　晴　七月一日

今日飯後至各友家奉看，王、孟、鄧三家坐甚久。

廿四日　晴

廿五日　晴　七月三日

今日往看王利師，並在樂峰家坐甚久。歸視太錚，活潑可喜。余早子在今年已十三歲矣，學兒與純女貌無分別，故余心尤痛惜也。

廿六日　晴

今日清理書籍、衣服等等，囑內子曬之。

廿七日　晴

廿八日　晴

廿九日　晴　七月七日　星期日

連日抑鬱，汪小軒教余打雀牌。母命學之，勿徒自鬱也。兒女遲早有定數，不必在心。細思似之。呼前重楊雲卿來伴余及程少松。

六　月

初一日　雨　今日小暑節　七月八日　星期一

今日與小齋、小軒至敏深局坐談，後爲竹戰八局，就其室晚飯歸。

初二日　晴

今日曬家藏書籍，連先父所購置者已有四箱。

初三日　晴

初四日　晴

初五日　晴　今日初伏

初六日　雨

初七日　晴

初八日　晴

初九日　晴　陰

初十日　晴

十一日　晴

十二日　晴　熱

今日飯後往敏深局爲竹戰戲。

十三日　極熱　七月二十日　星期六

今日飯後清理書籍，曬於天井中。

十四日

敏深派人來請少松、小齋、馬先生，仍爲竹戰戲。

十五日　中伏起　陰

十六日　雨

十七日　陰　大暑節

十八日　晴

十九日　晴

二十日　晴

廿一日　晴

廿二日　晴

廿三日　晴

廿四日　晴

廿五日　晴

廿六日　晴

廿七日　晴

廿八日　晴

廿九日　晴

三十日　晴

七　月

初一日　朔　晴　八月七日

初二日　晴　今日立秋　八月八日　星期四

今日寫信致魏叟，問開學日期。

初三日　晴

初四日　雨

初五日　晴　今日末伏止

初六日　陰

初七日　雨

初八日　晴

連日足疾已發，真成火路矣，此疾起於甲寅三四月間，今逾四年，逢熱則發。

初九日　雨

初十日　晴陰不定

今日下午一時祀祖，朱胡二姓及外祖包袱分三起，具酒席，敬謹祀之，定明日到冶校。

十一日　晴　八月十七日

今晨雇船到石灰窑，至下陸乘轎，到冶校與同事相見。學生已到三分之二。晚與長青晤。

十二日　陰晴　八月十八日　星期日

早起整理室中各事，明日可上課，下午看各校及勸學所友人。

十三日　晴　八月十九日　星期一

今日上下午均有課，足疾甚痛。聞新任縣知事尹桐陽，湖南人，少年狂誕。

十四日　晴　八月廿日

今日下課後，聞徐陶生兄弟與新知事結交甚好，與葉姓及學校作對云云。

十五日　晴

今日上下午均有課。

十六日　晴

十七日　晴

十八日　晴　八月廿四日　星期六

今日下課後，至長青局坐談甚久。冶邑知事年少，喜人奉承。徐陶生等與之趨附，極譽其學問，另有作用也。據說想排中學職教員。

十九日　今日處暑　八月廿五日

午後在長青局，轉聞冶邑士紳派系。總之，現在世界正人君子少，不爲宵小所容也。

二十日　晴

廿一日　陰

廿二日　晴

今晨陶故知事出殯，大冶各界人士去送柩。校中職員及學生代表均去，余未往也。

廿三日　晴

今日上下午有課，夜寫行書一頁，己作也，又寫李白《節婦吟》一頁，足疾甚痛。

廿四日　晴

廿五日　晴　八月卅一日　星期六

廿六日　晴

廿七日　晴

廿八日　晴

廿九日　晴陰不定

八　月

初一日　九月五日　星期四

初二日　晴　小雨片刻

初三日　晴　今日白露節

初四日　晴　北風　九月七日　星期日

初五日　晴

初六日　晴　大北風　午後五時天陰欲雨　九月九日
今日課畢，畫一册幀，寫行書一頁，杜甫詩。

初七日　晴

初八日　晴

接厚訓函，係初五所寫，由敏深轉送四十串收到，母親疾已愈，太錚養得好，訓事艾幼卿未成。

初九日　晴

初十日　晴

今夕寫杜甫《秋興八首》行書。

十一日　晴　今日星期

今日至長青局談冶邑近事。城內劣紳各派不相容，進出衙門，唯利是視。

十二日　晴

十三日　晴　星期二

十四日　晴

明日爲中秋，校議放假一日，轉瞬又一年中秋矣，感慨無□。

十五日　晴　今日中秋　九月十九日　星期四

十六日　晴

十七日　晴

十八日　晴

今日到長青局，與同游郊外。大冶無縣城，出學校即鄉村。在前代出功名盛，讀書者能切實用功，朱山頭百餘家其最著者也。

十九日

二十日

廿一日　今日秋分　九月廿四日　星期三

廿二日

廿三日　晴　星期五

廿四日　星期六

廿五日　晴　星期日

今日學生與職員聯合追悼英文教員詹道平，準備各事，紮花彩等等，停課一日。

廿六日　晴　九月三十日

早餐畢，十時舉行追悼會。學生公推陳某、陳世增、萬熙等爲贊禮、大贊、作樂。全套行喪禮極繁，較之吾邑行禮繁三倍，其時間之長則五倍也，哀悼至極。皮春華師生等哭失聲，余與校長亦感傷流涕。甚矣！人生如朝露也。各校師生均來吊，大冶重人情。較之吾邑劉校監行雲之死，師生淡而忘之，有愧多矣。午後寫字二頁。

廿七日

今日下午仍上課。

廿八日　晴　十月二日　星期二

今日下午寫杜甫《秋興八首》已畢。

廿九日

三十日

九　　月

初一日　十月五日　星期六

初二日

今日寫行書白居易詩。

初三日　晴

又書杜詩一頁。今日到長青局，聞尹知事對學校須整頓，完全聽從徐氏兄弟主張，有報復葉家之意，將來於中學亦不利云云。

初四日

初五日　今日寒露　晴　十月九日　星期三

今日下午，尹知事桐陽來查學。值余講博物，有兩學生未帶博物課本到教室，爲尹發覺，謂其以代數本冒充爲欺飾。下堂後責備校監、校長，視學及徐陶生均同來，遂不歡而去。對余講解未加批評，蓋彼之成見在大冶人身上也。晚間與魏、皮二先生商議對付之法。

初六日　陰　十月十日　星期四

今日雙十節放假，校長與勸學所及各校對尹桐陽甚注意，謂徐氏與馬博齋等唆尹對中學侮辱壓抑，使魏、皮辭職，彼等組織武昌高師一班人來攫取教育權也。聞尹曾住過武昌高師，係考取知事。曾有《解釋墨子》一書已出版者，可笑之至。

初七日

初八日

初九日　晴　今日重陽節　星期日

與李長青登高至青龍閣一遊。懷鄂城寒溪中學同仁，填詞一首。

初十日　晴　十月十四日

十一日　十月十五日

今日太懷又自陽新來冶校。

十二日　晴　十月十六日　星期三

胡太懷今晨自冶回鄂城，托帶官票卅串文及書籍衣服等等。

十三日　十月十七日　星期四

今日上下午均有課，母親六十四歲壽誕，未能在家致祝，愧甚。

十四日　十月十八日　星期五

聞縣署對魏校長已換李某，武高畢業，大冶人，能算術，無甚學問也。

十五日　十月十九日

接厚訓片，係九月十三寫，云太懷帶卅串及書籍均收到，母親八月底曾往西畈索舅父去世時老表等借款，住數天云。程丹臣附函一件云，純愚局事只有三月，對余事俟調任後再延攬。

十六日　十月二十日　星期日

今日至長青局，知大冶士紳暗鬥甚烈。勸學所葉子香亦撤換，魏、葉爲同一氣者。李耀庚、鄭萬選擁護其團體，武高系亦軋葉、魏。聞校長李耀庚爲高師數理系畢業，此間英文教員陳華英同謀於李者也。以後大冶事糟矣。皮春華尚留校中，設計與葉亮丞商各事。

十七日　十月廿一

十八日　十月廿二

十九日　十月廿三

二十日　今日霜降　十月廿四日　星期四

今晚補寫行書之未竣者，欲訂成一册。皮春華因病已請假回鄉。

廿一日　十月廿五

廿二日　十月廿六日

冶校與外邊士紳及縣署糾紛愈大。尹爲新進，尚有前任之楊科員與徐陶生、鄭萬選等內外挑撥。聞新校長李耀庚已來縣，李亦魏校長學生也，未畢業即考高師者。晚寫張廉卿秋雨詩二頁。胡太懷尚未來，明日當再催之。次臣來函並乞書畫。接厚訓片，問皮袍子換何料做。

廿三日　十月廿七

廿四日　十月廿八

廿五日

今夕寫張廉卿《習家池詩》。

廿六日　陰　十月三十日　星期三

廿七日　雨　十月三十一日　星期四

今日下午五時太懷自鄂城來，帶來棉衣等等，云太錚養得甚好。

廿八日　陰　十二月一日　星期五

留太懷在校照呼余二三日。

廿九日　十一月二日　星期六

今日李校長接事，校監換潘春林。因皮校監歸家，因病久未到校。皮任算學，潘不能教課。聞亦速成師範畢業者，其子潘晦耕現住香港大學云。晚接鄂城家信，厚訓所書者，云本月廿七日申時，內子又添一女。余怏怏甚。今夏死一女，復添一女，非吉兆也。太懷定明日回陽新。

三十日　晴　十一月三日

今日李校長約余換歷史三點鐘，此課原係魏校長所帶課。李文不通，更不能講歷史，以其素未研究也。學生對李有四分之三反對之，摘其瑕疵及從前短處，明哲、田潤時、萬熙攻之最力者十餘人。姜肇約且面罵之。劉光漢、朱致寅等則維持之，因鮑宗隆、鄭萬選來與朱熙如商之，請其勿附和田、陳也。今夕臨張廉卿體已完。

十　月

初一日　雨　十一月四日　星期一

　　李、朱、陳、潘已成一氣。歷史無人講，學生對余感情好。又爲省公署委派之人，不便攻訐，而知事又不換余。時已到此，則非今年所及料。世事人心不可測如此，可畏哉！連日致函皖、蘇彭子師、朱純愚，請其設法，此校必須離去也。今日太懷又自陽新回縣，帶衣服及不用之物回縣去。

初二日　雨　十一月五日

初三日　雨　十一月六日

初四日　雨　十一月七日

初五日　雨　十一月八日

　　今日照常上課。外間葉、魏已在省告尹桐陽。徐、馬等在縣覓人遞稟留尹，卑鄙殊甚。晚寫楷字二頁。偶至小學一談，尹對小學尚無變更。接厚訓片云，太懷帶歸各物收到。四女因余恨之，但祖母不願與人抱去。

初六日　陰　十一月九日　星期六

　　今日往長青局坐談。聞外間對尹頗不直，學生已聯名在省告李耀庚。

初七日　星期日

初八日　十一月十一日

　　今日接厚訓函，太懷帶回衣服書籍沁濕，鄧華清請速薦出，前存家中四十串尚未放出。

初九日

初十日

十一日

十二日

十三日　星期六

今日請假回鄂城，下午五時到家。鄧次丞已先二日由陽新歸矣。

十四日　十一月十七日

十五日　十一月十八日

十六日

十七日　晴

十八日

十九日　晴

二十日　晴　十一月廿三日　星期六

今日準備回冶。晚飯後，渡江搭大輪。轉鐘一時大輪到，余上輪，三時安抵黃石港。

廿一日　晴　星期日

晨自石灰窰乘轎到校。

廿二日　十一月廿五日

照常上課。學生對李校長極惡劣，已向省署控告。

廿三日

李校長不安於位，有去志。晚間聞信，省署已換校長矣。

廿四日　十一月廿七日　星期三

葉、魏在省控尹桐陽，已有調查來縣，聞三天即去，對尹印象不佳。

廿五日　星期四

今日接績溪縣來信，彭子芳先生約予至皖充該縣承審員。知事李懋延，號仲膺，合肥人。余之薪水每月四十元。如願就，年内即來皖。並附路程一紙，當以此函示朱熙如。

廿六日

廿七日　十一月三十日

省信，李耀庚省署已換，另委張與三來接校長。張宜昌人，年六十矣，聞爲何佩瑢直接派來者。尹桐陽及徐、馬諸人均掃興。張與余見面後，云此缺張福蓀曾爲彼爲力向何説，乃得此校長，對余極表好感。李校長下午垂頭喪氣以去。

廿八日　陰　寒　小雨　十二月一日　星期日

廿九日 雪 十二月二日 星期一

學生對張校長表示歡迎，現已不論籍貫，因恨李耀庚過深也。張亦因勢利導之，彼云在文華教書三年，曾留學日本者也。

冬 月

初一日 雪 十二月三日 星期二

今日上下午均有課。

初二日 陰 十二月四日 星期三

初三日 晴 十二月五日 星期四

初四日 十二月六日

初五日 陰寒 十二月七日 星期六

今日下午鄧少林來校，云太錚已病幾天，尚未愈。余以牛乳二聽請其帶歸。囑轉告家中好好招呼，並送渠川資。自是心怏怏也。

初六日 雨 今日大雪節 十二月八日

初七日 陰雨

初八日 雨

初九日 晴 十二月十一日 星期三

前昨今三日發函問敏深以太錚病狀，請其回信告余。

初十日　晴　十二月十二日

十一日　十二月十三日　星期五

今日晚飯後至長青局坐談，心念太錚病，未見來信，甚怏怏。

十二日　十二月十四日　星期六

今日在長青局大半日，心念家中事，極不寧也。

十三日　陰　十二月十五日　星期日

今日接厚訓片，係昨日所發，云前存家中款已放出，急待寄款歸。太錚病係本月初起，的因受涼發燒，時燒時退，現王子衡自滬歸，已開方吃藥減輕了，大約再吃藥一服，可望痊好云云。余心稍安。

十四日　陰　十二月十六日　星期一

今日下課至長青局，得程寫來郵片，述太錚病似重，語極含糊，余心憂之，回校後，心煩亂殊甚，因憶及純女上季病時，卜牙牌數有"一誤再誤"之詞也。寢後多夢，極不安。

十五日　陰　十二月十七日　星期二

今日晚飯後，鄂城王樂峰派來轎子並信，云太錚病未愈，請余回家主持較有把握，請醫生診治為好。余心慌甚，囑轎夫安歇，明早即行。自是與校長請假一星期，並支薪全月。寢後展轉難寐。

十六日　陰　十二月十八日

六時起，促轎夫飯畢即行。在轎中心煩意亂，憶余長子、長女，淚下涔涔。午後四時半到家，見家母云兒病重，不能語已十日矣。入房見兒瘦疲難看，余呼太錚名，兒即應之。再呼之，不能答，殆啞症難治矣。

未幾，樂峰引徐文軒來看，服藥一次。兒不飲食已三日矣。同屋蘇朋臣謂有外禍，將兒過繼爲妥，又請范天順約一巫來看，兒終未食，且有時如驚風狀。余與内子、母親招呼，亦無策以救之。通宵未寢。

十七日　陰　十二月十九日　星期四

今日兒疾無好轉。余至岳廟進香，問籤不吉。晚念《文昌帝君陰騭文》，欲以解厄也。樂峰時來家相視探，可感也。寒溪學堂廖、袁諸君亦來看。

十八日　陰　十二月二十日　星期五

兒病仍啞，藥亦不能進，進恐亦無效。朋臣代乞符，晚余爲文燒祖龕前，以兒繼先叔森亭公爲孫。前者兒以太字輩者，從胡姓也。岳母亦在宅招呼數日。

十九日　雪　星期六

連日醫藥、卜神，於兒疾未有益，聽之而已。數日未食，不能動，目光炯炯未閉。家人俱傷心，余氣促萬分。夜十二時，兒疾重，驚風甚劇，以開水亦不能咽下，自是目直視氣絶矣。兒病半月餘，起病即啞，如純女病狀。

二十日　雪　寒　十二月廿二日　星期日

六時，囑程燕山與厚訓買小棺一具裝兒，命喪夫送普山祖山，葬在純女之旁。母親哭孫痛。余心痛已三日，自是志忐頭暈目眩不能止，卧床上不起。王子恒來診脈，謂虛極須補。憂能傷人，余豈不知，念父親歿後，余實無適意之一日也。下午黄州電局送電報，來文曰："黄州轉鄂城朱峙三兄鑒：請年内莅署，延。"此即李知事懇延約余到績溪之電也。夜寢後忽患怯症，成寐後身自騰起三四寸，跌之乃醒者三次，又忽患遺精，此余素未有之症也，自是心懼甚。

廿一日　陰　寒　星期一

今日余病重，母親憂之。午後接屯溪來電，文曰："黃州轉鄂城朱峙三弟鑒：李仲公遷調無爲，已到任，請刻日赴無爲，萬勿延，彭。"此彭子芳在績溪轉發者也。余閱電，一歎而已。家變如此，如何能往，況在病重之時耶？樂峰、次誠、春溪、子青、純嘏、伯高等均來慰問余疾。

廿二日　雪　十二月廿四日　星期二

今日接彭師函，蓋自績溪發者，與電報隔八天，仍催赴績者。與母親商之，決不赴皖。

廿三日　雪　十二月廿五日　星期三

今日寒甚，余疾未愈，買得燕邊服之。子恒時時來看病，樂峰時來以皖地相告。

廿四日　晴　星期四

今日病稍減，請樂峰代余雇轎返大冶中學。了此殘局，再往省晤張福蓀，謀近事也。母親年老，日以憂傷縈其心，倘子遠游，知其更不安矣。定明日離家，以免耳目所觸皆愁。

廿五日　陰　十二月廿七日

早起飯畢，別母出門，無限悽楚，飲泣乘轎急行。下午五時到冶校，晤校長述明家事，以余景況論，不能赴皖也。學生多來慰問余。余向彼等說明欲提前大考畢，往省，皆贊同之，自臘月初二日起。夜間皮定台來，云皮春華本月十九已死，年五十九歲。其少子尚住保定軍官學校。

廿六日——廿九日　陰

以上四天余休息，命學生停課，温習待考。

三十日　晴　民國八年一月一日　星期三

今日放假。余往長青局談，必辭冶校事，方可對得起魏校長及同事與諸生，不日赴省。

臘　月

初一日　晴　一月二日

初二日　晴　星期五

今日考學生圖畫、音樂畢，清理學校應交之物，將分數辦齊交校長。

初三日　晴　一月四日　星期六

今日上午考學生歷史，下午將已考各卷評閱記分數。今晚陳世增請余晚飯，學生十人作陪。

初四日　晴　一月五日　星期日

今日回看各校友人，並至勸學所一次。

初五日　今日小寒節　晴　星期一

今日考學生地理。

初六日　晴　一月七日　星期二

課已教畢，僅在校中清理各事，準備到省。惟余病甚深，有人勸服韋廉士紅色補丸者，到省當購之。

初七日　雨　一月八日　星期三

初八日　晴　一月九日　星期四

今日下午走訪葉鄭侯，談甚久。葉年已逾八十，身體甚健，述及城內馬博齋諸人品行之劣，慷慨太息，並謂馬博齋出身微賤。

初九日　雨　一月十日　星期五

連日走訪冶邑人士之相熟者。學生知余明年另就，頗戀戀，時有請余便酌者。晚間交余詩文集四册，與熊獻青、田任秋、明哲等閱抄之。

初十日　雨　一月十一日　星期六

今年下季，以尹桐陽摧殘教育，大冶人士無公論。余以喪子故耽延久，冶校學生受益甚少，此則內疚於心者也。而學生尤戀戀不捨，較之吾邑學生如尹國瑾、朱永鑒輩六七人之無良心者，優劣見矣.

十一日　晴　一月十二日　星期日

今日清理各事畢，校長已送來一月份全薪，余擬明天離此。晚間陳世增、朱致寅等八人爲余餞行。長青來余室談甚久去。

十二日　晴　一月十三日　星期一

今日上午，各行裝已整理畢。下午長青來送行。三時半，學生全體整隊排列送余，余略與說勉勵語，此次未能教畢業爲歉然也。乘轎至下陸轉石灰窰，長青派一郵差送余，在港久候上水不至。

十三日　雨　一月十四日　星期二

天曙時船到，余上船後買鋪位即睡。下午二時抵漢，三時渡江至萬發祥住，蓋他處不便也。丁國臣之母慰余備至，謂以其孫戊申繼余爲義子。余心慘然。晚至王臣街晤張福蓀，亦相慰藉。彼云皖事作罷，晴川中學吳賢卿校長處，已有馮壽軒之圖畫四小時相讓，俟徐謀第一師範事也。

十四日　陰　一月十五日　星期三

早起到泮香處略談，餘訪秋舫及各至好。午後歸，大冶李長青轉一電報來，係屯溪電致鄂城，敏深轉長青者。文曰："黃州轉鄂城朱峙三，仲公電催甚急，如願就，電到即赴無爲，否則不及待，戀盼復，彭。"云云。晚間擬電復，請李另聘，了此一番糾擾也。余之不能入政界，亦時勢境遇爲之，凡事皆有前定耳。

十五日　晴　一月十六日　星期四

早起，昨睡稍安，身疲已久，得休息一夕也。飯後與國臣同至可大藥房購紅色補丸一瓶，其經理喬先生鄂城人，云此藥頗有效，治余所述各症最相宜，並兼服清導丸云。

十六日　雨　一月十七日　星期五

今日福蓀請余下午五時便酌，張與三先在座。知其昨自大冶回省矣，以後亦不往冶校。謂該宵小聯絡一氣以軋正人，不如先去爲妙。其識見是矣。父親忌日未能在家舉行祀典。

十七日　陰　星期六

十八日　晴　一月十九日　星期日

連日福蓀、壽軒爲余有所謀，均不得要領，僅晴川四點爲可靠，且候明正再説。余決定明晨搭輪回縣。

十九日　晴　星期一

六時起，國臣命明司夫送余渡江，搭小輪。明司夫陽新人，對余甚好。下午三時船到縣。余抵家，問母親安好，心煩亂，痛苦萬分。

二十日　今日大寒節　雨

廿一日　晴　夜雨　星期三

連夕怯症未止，子恒來診，以洋參服之。白晝心事煩，晚間百慮俱作，極難成寐，寐後必有雜夢，俱非吉事，前生應是惡人，今年乃食其報耶。

廿二日　陰　一月廿三日　星期四

連日樂峰、子恒來慰藉。今年長女死，此際遭此家難。僅存四女數月，此女出而次子死。無怪先君在日恨純女生而長孫亡也。怔忡未愈，飲食少進，四肢無力，今日早寢不成寐。直至轉鐘四點時，夢中忽得詩二句，曰："蝴蝶不爲菊爲白，留得冰霜耐歲寒。"醒時記得甚清楚。

廿三日　陰　一月廿四日　星期五

廿四日　陰　一月廿五日　星期六

今夕送竈諸事從略，余亦無心照料此事也。小年，人家暄鬧，余家冷闃而已。

廿五日　陰　一月廿六日　星期日

廿六日　雪　星期一

前因乞太錚疾愈，曾許岳王廟對聯，許叔文處囑其做好，貼赤金。文曰："懍懍生氣，悠悠蒼天。"今夕送廟懸之。

廿七日　陰

今日到程松師家略坐，師母慰余甚，以二十二日寅時夢詩句請師解之。師云：此時運氣不佳，晚景甚好。

廿八日　雨　星期三

廿九日　雨　一月三十日　星期四

今日天雨無處可走。在家與家母言，父親曾於辛未年遊皖之南陵縣，縣城有契友名某。母云此人爲徐文瀾，父在其家住甚久。癸未年其人曾來吾家住幾天。按先君係與李瑞麐先生同行。李爲外科高手，父親行內科也。

三十日　大雪　一月三十一日　星期五

今日下午具包袱祀祖宗。歲除少男女二孩，傷哉！余生遭憂患此爲第三次。父以病去世，係老年不可免之事。計自辛亥七月父病至不救者二次，其後延壽三年餘，余無恨也。晚間囑厚訓料理香燭，十一時與之至岳廟進香，歸後遂寢。

民國八年（1919年）己未日記

民七冬際有喪明之痛，身體損傷特甚。八年正月九日即出門，避在家觸目生感也。寓斗級營旅棧，晴川中學尚未上課。十三日途遇寒溪中學同事周樹棠，面約予爲三一中學教員，此一機會也。"凡事可遇不可謀"語信然。始與丁國臣漸相得，遂移居其家數日。三一開學，移居校中。教會學校，供給老師食宿，月可省費六七元，則周君力也。

二月十五以後，過李後知靈處推造一次。過去者靈驗，未來者遲十年亦相符。信乎，凡事有命耶？袁子青亦辭寒溪事，就省一中教員。周、袁晤時多，不寂寞也。服紅色補丸，身體轉好。

夏末開始搜購舊書。在武漢得薪較大冶稍多。丁國臣爲骨董商，舊書托渠收買，價甚廉。暑假期間，送母親往南昌吳子英舅父家住二旬。予以悶中，遊廬山住數日，心胸爲之一爽。

此年日記所缺甚多，六月以後列日原擬俟補。以病初愈兼課多，遲遲竟未如願，久亦忘之矣。

戊戌冬月峙山老人記
中華民國八年歲次己未年
鄂城峙山山人朱繼昌記

正　　月

初一日　雪　二月一日　星期六

子正進香，余以病體未愈，進祖宗畢，與家母拜年後即解衣睡。今晨九時方起，來賓賀年均甥招呼。去臘傷心過甚，此元氣不知何日可復也。天寒下雪，無限感傷，晚早寢。

初二日　晴　西曆二月二日　今日同爲星期日

今日樂峰來坐，多慰藉語。王子恒來，余問以紅色補丸性質。下午接曾誠齋自武昌來信，系去臘二十八所發，慰余者也。

初三日　晴

客來數次，心煩亂，未記之。

初四日　晴

今日街道已乾。正午至樂峰宅談一時許，並商早日赴省就事。手無蓄積，家有老幼，不能閒居一日，傷哉貧也。先祖母忌日焚楮具供祀之。

初五日　晴　今日立春　二月五日　星期三

春晴雖好，余心緒紛亂。欲出門，中止。今日病似稍減。

初六日　陰

至西門程師家略坐。

初七日　小雨　下午雪　二月七日

與母親談曩昔父親出門往江南事。余既未赴皖，機會已失，急足赴省謀一校兼課，僅晴川一校不能顧家用也。

初八日　陰

天氣諒無大變，在家愁悶無似，決定明早搭輪赴省。清理行裝、網籃等事畢，至程松師、王樂峰二家坐甚久。家中一切須樂峰照料也。早寢。

初九日　陰　小雪　二月九日

早起飯畢，別母與妻出門，心傷感萬分，忍淚而已。厚訓送余上小輪，客甚少，以今日爲上九也。同艙中僅衛昌權爲熟人，與談九華山事，因衛曾朝九華山二次。余細詢先君當日朝山所遊一天門、地藏王肉身塔等等，衛一一詳述之。四點鐘船到漢，即渡江至斗級營長發棧住。棧主黃岡陶姓，與曾心如爲熟人，余去冬認識者也。房間佈置後，即往訪張福蓀，談片刻即歸。夜寢不成寐，鼠多擾擾。余居十四號房，甚窄狹。

初十日　晴　二月十日　星期一

飯後往橫街丁國臣家坐談甚久，就其家吃午飯。其子戊生已十一歲，讀書甚慧。丁母謂余以此子嗣爲義子，蓋安慰余也。下午與國臣遊書肆。

十一日　晴

國臣檢出其藏屏聯字畫一一觀之。

十二日　晴

今日下午與國臣在可大藥房購紅色補丸一瓶，晚間照單服之。

十三日　晴

在國臣家看圖章、石硯、文玩等等。

十四日　晴　二月十四日　星期五

今日至國臣家坐甚久。連日服紅色補丸，似有效驗。

十五日　晴

晨起，陶老板送湯元來，余食其三，頗有感觸，並念及家庭也。今日天晴，遊鶴樓者男女如織。余以距近亦往遊之。在斗級營口遇周樹棠、馮藝林，立談數語。

十六日　晴

今日下午四時半，汪瀚章自縣來棧同住，問以家中事，甚悉。晚間不寂寞。汪住官立法政。

十七日　晴　二月十七日　星期一

晨起過漢陽，訪吳賢卿校長，細問晴川學校內容、課程等事。同學王雨香充校監，便與談半時許出。此星期六可上課云云。

十八日　晴　二月十八日　星期二

今日周樹棠來訪，謂三一學校圖畫教員管某已辭職，此席尚懸。畫課五小時，再分國文半數，共十小時，可送薪水銀元十元。如住校中，供給食宿甚便利，合計與官學校得薪相等。余遂許之。銀元十元可值法幣十六串，併晴川之十六串，與鄂城教員甚厚，且勿除火食費也。

十九日　雨　二月十九日

報載十七日甘肅省長呈請太子寺添置寧定縣、分導河縣一百廿里之地而設者，因番回雜處難治。

二十日　陰　二月二十日　星期四

今日下午接次松自北京來函，慰藉甚。謂王知生在京當爲余謀一兼課。

二十一日　晴　二月廿一日　星期五

今日至三一學校上課，並吃午飯一餐。後再上圖畫一次。與樹棠約定明日搬入學校後院新房居住，與樹棠同房，房甚清潔。後窗臨陶家巷，無課房中可自習也。

二十二日　晴　二月二十二日　星期六

今晨至晴川中學上課，有小輪渡漢陽甚便捷。學生二班上課，上下午四小時。下午四時歸，與棧主結算火食賬。另給大司夫酒資，囑其晚挑行李至三一學校居住。是晚清檢房中諸事。齋夫、傳達俱教會中人。每日三餐均禱告而後食，聖公會教禮也。屋院教室均清潔，較官學堂尤講衛生。

二十三日　晴

今日星期。早餐稀飯畢，余即出門至丁國臣家坐談，午飯就其家食。看古玩書畫甚閒適。連日服補丸甚有效，顏色漸轉好，飲食大進。晚歸，學生各班自習，住堂各教員均照料學生夜讀。余以病體，樹棠並未列余名也。

二十四日　晴　二月二十四日　星期一

今日本校上午十時至十一十二俱有課。圖畫有五班，每日或有二小時，或三小時不定。禮拜六則不派，勻鐘點至晴川中學也。晚睡，九時亦相安。連日寫家信稟知母親以近況佳也。

二十五日　晴　二月二十五日　星期二

早起，得元發棧轉來一函。北京稚松所寄第二函也，對余事關心不已，謂王知生已允爲余安置，彼又專函來鄂，因王已出京也。

二十六日　晴　二月二十六日

外交部二十一日續布各項借款密約，如借日幣墊款合同、證券，改借契約、滿洲四鐵路借款等等。

廿七日　晴　星期三

校中上下午均有課，晚飯後雇車至丁國臣家略坐談，九時歸。

二十八日　晴　星期五

下午飯畢，雇車往國臣家看字畫。國臣看字畫古玩，爲其父所傳。惜彼讀書甚少。

廿九日　雨　寒　三月一日　星期六

五時半起。六時渡江至漢陽上課，下午四時歸。晚早寢，未能安枕，思今年第一個月已滿，去年家難疊遭，如此增余多病。幸安徽□□未去，而省漢得以教員，薪水養母亦可，萬幸矣。去雜念難，展轉十二時以後昏昏睡去。

二　月

初一日　雪　雨　三月二日　星期日

今日下雪，未出門。在室中擬一駢文稿賀葉玉虎先生。葉曾上湖堂課半年，以此關係。今長交通部長，以此函試探之而已。晚間稿成。

初二日　雨　三月三日

今日上午有課。午後四時寫葉函。接黃松厂師北京來函。晚九時作覆函報黃師，詳述近年狀況。

初三日　雨　星期二

今日下午將葉函發出。夜間爲學生改文至十二時猶未已也。幸服紅色補丸，身疲漸好，每飯增進食量。

初四日　雨　三月五日　星期三

下午接汪瀚章一片，謂與其叔分紅色補丸可做到，彼以雨不能來校云云。

初五日　陰　夜雨　雷聲作　今日驚蟄節　三月六日

下午課畢。擬一函稿賀李蓮舫先生，彼任河南教育廳長。李在湖堂教余歷史半年，此函亦試探之，露謀事之意。作駢文，明日當書寄之。

初六日　陰　星期五

下午課畢。寫李函發出。晚復北京清華學校黃松師函，並敘病後不能作畫，容緩當作山水補寄。檢去秋所臨冊頁三紙寄去。

初七日　雨　星期六

今晨六時即渡江至晴川中學上課，晚三時半歸。漢陽上課，天晴尚不覺其苦。功課排在一日，又不便請假也。晚間，電燈下可溫舊課。前接家信，厚訓已往南昌矣，子英舅父處謀見義公司事。心念母親無已。

初八日　大風　星期日

今日星期。在室中寫復各處函。北京程稚松、保定張立群，知余近狀，亦交情最厚者也。所述無非愁鬱之事耳。

初九日　陰　三月十日　星期一

今日校中課忙。

初十日　雨　三月十一日　星期二

有校課。下午未出門。晚閱《荀子》。

十一日　雨　三月十二日　星期三

課忙。夜間須改文六七篇，學生中文太劣。

十二日　晴　星期四

今日課忙，下課後餘時須改文。余所教班次有學生四十卷。

十三日　晴　夜雨　星期五

今日上下午均有課，晚寫家信。

十四日　晴　三月十五日　星期六

今日晴川上課，下午四時回校。

十五日　晴　三月十六　星期日

今日上午至丁國臣家。下午與周樹棠至後知靈命館去算八字。瞽目人李姓，大冶人，算命每次六百文。先有五人推算畢已去，次及余。謂去歲運極壞，今年已轉好運矣，且非學界人，將來有出息云云。夜間爲學生改文。三一學生每月作文二次，間一星期一次，不能缺，此比官學堂認真者也。中、英文上課後必背誦，仍罰跪、罰站、責手心等等，俱系舊法，規矩嚴肅。學生頑劣不馴者，重責之。

十六日　晴　三月十七日　星期一

今日下午，閔劍沖來晤談。云王知生已歸，問余兼課事，細詢之無甚誠意。王素尚詐術者。閔爲教務主任，恐未能當家也。

十七日　晴　星期二

照常上課。旁晚至國臣家，買得圖章六枚，佳且廉。

十八日　晴　星期三

今日爲學生作文改竣課卷，下午發交各該生，並爲講以後作文法。

十九日　晴　星期四

今日渡江往晴川中學上課，夜歸。閱《莊子》半本。

二十日　陰雨　三月廿一日　星期五

閱報免熱河都統署總務處長譚樹馨職，以馮德祖補之。

廿一日　雨　三月廿二日　星期六

早起至漢陽上課，數次逢雨，心焦灼甚。劉質如爲庶務，袁星樵教算術，王雨香充校監。下課後，偶與諸同學話舊事，殊多感慨。下午四時歸。

廿二日　陰　三月廿三日　星期日

今日袁子青來坐談去。袁今年已就第一中學事，寒溪舊雨紛紛散矣。先接其來片，借錢一串文已付訖。

廿三日　晴　三月二十四日　星期一

今日上下午均有課。父親六十五冥壽，未能在家致祭，甚愧。湖南省長張敬堯電呈："湘省西南兩路連歲凶荒，疊遭兵燹，流亡載道。"中央撥二萬元賑濟之。此杯水車薪之仁政也。

廿四日　大風　三月二十五日　星期二

報載政府發行民國八年短期公債，以鹽餘款作擔保，駐京英、美、法、日等公使提出質問反對。

廿五日　雨　三月二十六日　星期三

報載洪述祖刺宋案，京師審判廳判洪以無期徒刑。洪迭上訴，後經大理院判決處以死刑。

廿六日　晴　星期四

今日下午外出代學校購國文課本。現在各書店多有相熟之經理人，可借書閱，閱後還書。

廿七日　晴

今日課忙。晚間爲學生改文費力。

二十八日　晴　三月廿九日　星期六

報載特任何佩瑢署湖北省長。何前爲王占元參謀長，累遷要職，如湖北財政廳長，大發鄂人之財。又以貪污費多給王，以固其寵，今竟授鄂省長矣。何建始人，日本士官生，有智略。

二十九日　晴　三月三十日　星期日

今日下午接厚訓南昌來片，知其於本月十九往南昌，廿二日抵達，謀事無事可圖。

三十日　晴　三月卅一日　星期一

張瑞璣電呈：現在陝省已一律停戰，該省連年匪擾，人民受害已深，瑣尾流離。特飭財政部速撥銀五萬元，交張瑞璣會同地方長官、正紳妥爲撫恤云。

三　月

初一日　晴　四月一日　星期二

鹽務署與日本駐濟南領事訂立山東鐵路運鹽及膠濟之協定，附條文七件，又附則三。

初二日　晴　四月二日　星期三

報載廣東政府拘捕沙面電報局長，另委局長。英領要求釋放局長，未允。而新任局長，英不承認。

初三日　晴　星期四

報載交通部呈次設立航空事宜籌備處於部中。吾國航空事業落人後矣。

初四日　晴　四月四日　星期五

今日上下午均有課。後日清明，教會中人掃墓，余則未能歸家祀祖。厚訓亦在江西就事，鄂城墳托洪英代爲祭掃。

初五日　晴　星期六

閱報，秦汾經教育部呈請，任命爲司長。秦爲老教員，今作官矣。

初六日　晴　今日清明　四月六日　星期日

晨六時起，渡江上課。下午因學生以清明節，多未到校。余遂請假回校。四時半至丁國臣家略坐談，感慨多。此補星期六。

初七日　陰　雨　四月七日　星期一

飯後往國臣家看古玩字畫。遇見劉東青，黃岡人。談辛亥革命事。午後至察院坡各書店看雜書，許多新出雜誌，無力購買也。

初八日　陰　四月八日　星期二

派丁士源、衛國垣切實辦理航空事宜。

初九日　陰　星期三

晚飯後與楊君同往察院坡購新書數種，皆必要用書也。

初十日　晴　四月十日　星期四

今日飯後課畢，獨往街市閒步，心無聊甚。

十一日　晴　四月十一日　星期五

湖北政務廳長今日報載已爲韓光祚。

十二日　陰　六

今日午後各處來往信件甚多。至友均知余到省城就事，非大冶也。保定立群來函最多，次則北京稚松，與余多言家事，極注意余之身體也。吃紅色補丸已六瓶，身體漸復原狀，飲食增進無已。去冬服參、燕無效也。此丸大補氣血，開胃強身可貴，真西藥之有益者，且對余症也。晴川課畢，歸校書之。

十三日　晴　四月十三日　星期日

稀飯畢，出門至各友處回看。余到省已久，未往各友人處答拜也。並在西廠口四十七號馮壽軒家開同學會。

十四日　晴　星期一

昨日同學會，系省議員單家燊、張福蓀、翁舉安、張雲龍、周之瀚、葉蘭彬、馮兆南各議員發起。

十五日　晴　四月十五日　星期二

連日春晴，余病漸愈，飲食已增。每日除上課、夜間改文外，有餘時即自修讀書，看新雜誌。本校所選國文評注系余主張買者，宋、明文均佳易學，余必三復誦之。報載王嵩儒於前日經中央任爲湖北財政廳長。王系滿人，雙壽改名，辛亥起義時已逃未殺者。

十六日　晴　四月十六日　星期三

今日下午課畢，閒步至閱馬場、大東門外，看桃花，聽蛙聲，頗可樂也。新柳垂條，尤爲可愛。

十七日　晴　四月十七日　星期四

課餘即在寢室中閱《莊子》半本，期以十日讀畢。《莊子》文法佳，能開人智慧也。

十八日　晴　星期五

今寄函與厚訓，囑買江西磁印色盒及皮箱等等。

十九日　晴　四月十九日　星期六

早起，渡江至晴川上課。午飯畢，與劉質如同學及呂會計同游碧田庵。一尼主持，辦素麵一次。此庵清靜，雅潔可喜，夙聞其尼不清修耳。晚在校宿，預定明日遊歸元寺及伯牙臺。

二十日　陰　四月二十日　星期日

早飯後與王雨香、劉、袁、呂四人同遊歸元寺、伯牙臺等處，並坐船遊湖中。見石壁上有"靈鷲飛來"四字，大二尺，石刻也。下午五時渡江回校。

廿一日　雨　今日穀雨節　四月廿一日　星期一

今日課忙。連日改文未竣，心煩亂。

廿二日　晴　星期二

今晚看《老子》約半本，計三日可讀竣。四德堂刊六子均佳，余從前讀書未研究板本。

二十三日　晴　星期三

今日閔劍沖來。回模範小學，四年級學生國文四小時，教《東萊博議》。

廿四日　陰　星期四

今日上下午均有課。

廿五日　晴　星期五

校課多。接北京次松來函云，已向王知生約余兼教員。

廿六日　晴　星期六

早到漢陽授課，午後五時渡江回校。晚飯後在察院坡書局借得《鬼語》一册，譯西洋女子與Ｘ愛克司某死友通信扶乩語也，與中國舊説靈魂受胎之説相同。就吾國果報不爽，此書亦有至理存焉。

廿七日　晴　星期日

今日訪袁子青，約其明日同游洪山。下午至國臣家略坐。

廿八日　晴

今日上午有課。午飯後至國臣家，子青已先來相候。略談，帶同國臣之子戊申與余游洪山。自東門外長春觀，一路遊人如織，灰塵蔽天。此爲武昌舊俗如此，每年此日，全城人男女老幼三分之一往遊，甘蔗屑遍地皆是。下午六時方歸。到校閱厚訓自南昌廿四日發信，謂大印色盒已定就，皮箱此時未買，每月餘薪存九江人朱姓家中，朱系公司同事。

廿九日　晴　晚雨　四月二十九日　星期二

今日，早至模範小學授課二次。下午本校有課。自此每週有廿二點鐘之課程矣。勞勞殊甚，所得可比大冶中學薪資，惟不及冶校零用少，可餘錢耳。

四　月

初一日　雨　四月卅日　星期三

今日課忙，下午爲同事寫對聯二付。

初二日　晴　五月一日　星期四

連日下午爲學生改文。余在金湖未教國文，故甚清爽。在寒溪以改文爲苦。此校學生程度低。

初三日　晴　星期五

今日課畢爲同事寫對聯二付，皆展轉相托者，予不能拒之。將來恐爲寫畫所累。

初四日　晴

早起至漢陽授課四時畢，緩行出城，搭輪船渡江。漢陽城內街道污穢不堪，警察僅有其名，知事食粟而已，吾國政治愈見敗壞，奈何！

初五日　晴　五月四日　星期日

今日天氣漸熱，幸三一住宅清潔，尚不覺有不快之事耳。晚寫復各處函，吾國數年來只有郵費便宜，平信一封洋三分，郵片一分半，武[昌]寄漢口則止半價，不知將來更變否也？因郵票總辦爲外國人，如系中國人主辦，早已弊端百出矣。

初六日　晴　星期一

自定一課表，除向學生授課外，餘時不外出即自修。以所購新舊書流覽之。

初七日　晴　今日立夏節　星期二

今日課餘看雜書。以後改文，每夕只攤改六篇，以最劣者先改。

初八日　晴　星期三

校課忙。余身體漸恢復，則紅色補丸之功也。

初九日　晴　星期四

日來求書者多，以所求之紙匯在一日，如星期日書之。磨墨則給幼年學生分任之。

初十日　晴　星期五

校課畢，照自定單習自定之課。除往丁國臣家看書畫文玩外，不思他往。

十一日　晴　星期六

早起渡江授課，下午五時方歸。隔江行動舟車、上下坡最易疲身體，城內又無他校可兼課者。

十二日　晴　星期日

今日午飯後外出遊覽，至國臣看字畫及册頁、扇面小品多件，並取回石章一對。

十三日　晴　五月十二日　星期一

今日下午開始習篆隸。余幼時習鐘鼎文不久，當時亦能應酬，惜未善也。

十四日　晴　星期二

兩校兼教圖畫。余自此月起，須用寬二尺五寸、高二尺之紙作樣本，渲以色彩。

十五日　晴　星期三

校中一日三頓，食後服補丸二粒，顔色轉好，食量大增。

十六日　晴　星期四

每晚看購歸之《鬼語》三四頁，細推其理與中國扶乩同也。

十七日　晴　星期五

《鬼語》爲美國譯本，細體會之，亦有至理，又似近吾國果報之論。

十八日　晴　五月十七日　星期六

早至晴川中學上課，晚六時方歸。

十九日　晴

早飯後至國臣家爲之畫山水扇面一張，就其家午餐。下午二時遊黄鶴樓。

二十日　晴　星期一

今日上下午均有課。天氣漸熱，夜間改文，已有蚊蟲咬人。

二十一日　雨　星期二

今日下午上學生化學課，無人幫忙，頗吃力。以後當教出學生之慧者爲余助理。

廿二日　晴　星期三

今日午後四時寫行書一頁，戴文節詩。晚九時又寫一頁，文節詩極佳，人品甚高。

廿三日　晴　星期四

今日晚間看劍南詩，自首頁起。劍南詩余肄業湖堂讀過一遍，今已漸漸忘矣。

二十四日　晴　星期五

早接厚訓南昌來信云，本月底可寄洋六元回家，欲辭南昌事，謀武漢小事。

廿五日　晴　星期六

下午在晴川教課歸。飯畢，至丁國臣看字畫文玩，國臣以其所知者爲余詳言。

廿六日　晴　星期日

今日渡江至曾心如報館坐談甚久出。遊新市場，心目一快。傍晚方歸。

二十七日　晴　星期一

今日課畢，往丁國臣家買舊書並取圖章二枚，石不甚佳。一曰江上散人，一曰相如，刻法甚好。余愛之，彼因以贈。

廿八日　晴　星期二

今日午後寫行書一頁，王維論畫一則。

廿九日　晴　五月廿八日　星期三

今日在模範小學上課，學生程度不齊。一陳姓學生頑劣不受規矩，余欲干涉之，該校謂此爲彼班高材生也。余擬明日具函辭之，且小學兼課薪極微末，何必操此心耶。教課不及兩月，恐稚松介紹劍冲來說數次，是以勉幹此兼課耳。

五　　月

初一日　晴　五月廿九日　星期四

白駒過隙，匆匆又到五月矣。懷念舊事，感觸太多，自好自解而已。晚讀陸詩卅首。

初二日　雨　星期五

初三日　雨　晴　五月卅一日　星期六

早起至晴川上課。下午領得五月份薪。

初四日　雨　六月一日　星期日

今日下午買糖食二包送丁國臣。

初五日　晴　下午雨　今日端午　六月二日　星期一

今日校中放假一天。

初六日　晴　雨　六月三日　星期二

上午課忙，下午又至國丞家談半日，遇劉東青談篆隸。

初七日　晴　星期三

天氣漸熱，三一堂校舍雖小，甚潔淨，且有高梧數株，葉大能蔽日，故不覺熱也。

初八日　晴　熱　星期四

余今日卅六歲初度。去年運氣過壞，不知今年如何。俗以卅六歲爲明九最壞之年，然聽天由命而已。

初九日　晴　六月六日　星期五

今日課畢，以餘時讀劍南詩，約盡二本。體會其立意與唐代白居易同一派。

初十日　晴　今日芒種　六月七日　星期六

接敏深轉來黃石港魏香屛先生函，述已在港教書，學生十七人；又述治校過去事。

十一日　晴　六月八日　星期日

今午渡江遊新市場。

十二日　晴

上午課忙，下午二時出外購宣紙、老硬紙四張，作書畫之用。紙質均較清末所造者不佳。

十三日　晴　六月十日

十四日　晴　雨　六月十一日

照常上課。課餘作字畫小幅存之，恐荒畫課也。

十五日　晴

今日立一單貼壁上，每日□出四小時，分閱、書寫、畫三項，視案上時鐘，規定每一時作課。

十六日　晴

上午課畢，寫一單粘壁上云：勿謂今日不學有來日，今年不學有來年，是再氏自愚也。

十七日　晴

今晨到晴川中學上課，下午歸，帶回錦春醬菜數事，備明晨佐稀飯也。

十八日　晴　星期日

今日稀飯畢，至國臣家午餐，看字畫不少，就之閱日本所出版中國書畫名人印譜。

十九日　晴　星期一

今晚閱《放翁集》，已盡六册矣，能記誦默出者三分之一。

二十日　晴　六月十七日　星期二

教課忙，改文尤苦。自今夕起爲學生改文，晚間必至十一時止。

廿一日　雨　六月十八日　星期三

今夕爲學生改文至十二時乃止。

廿二日　雨　六月十九日　星期四

今夕爲學生改文已畢，共爲卅五篇，尚有未作文四人。

廿三日　雨　六月二十日　星期五

上午授課。下午在教室發卷，並爲之講解半小時。

廿四日　晴雨不一　六月廿一日　星期六

至漢陽上課。

廿五日　雨　今日夏至　六月廿二日　星期日

無事可記。因雨亦未出門，在室午睡二次。

廿六日　雨　星期一　六月廿三日

三一學校停課待大考。

廿七日　雨　六月廿四日　星期二

自昨夕起忽患牙痛，甚劇。

廿八日　陰　晴　六月廿五日　星期三

今日考學生國文，下午考圖畫。

廿九日　晴　六月廿六日　星期四

今日上午考國文，下午考圖畫，各班已畢。

三十日　雨晴不一　六月二十七日　星期五

今日晚飯後，至國臣家坐談，請其物色《淵鑒類函》及《佩文韻府》二種。教國文，替人作詩文，此兩種書決不可少。余已有《詞源》參用，如全得，以後作文不費力矣。

六　　月

初一日　晴　六月廿八日　星期六

今早至漢陽，各班學生考圖畫畢。領取六月份薪水。

初二日　雨　晴　六月廿九日　星期日

今晚購零件及藥品，準備放暑假回家之用。

初三日　雨　六月三十日

三一學校今日放暑假。薪水暑假期間發半個月，餘俟下季來補送。

初四日　雨　七月一日

余今晨渡江搭輪回家。下午二時到家，見母親及老幼均好。傍晚至王樂峰家坐談一時許，便至趙茂林家一談。

初五日　雨　七月二日

午飯後至程師家坐一時出，便訪石鏡卿。

初六日　晴　七月三日

飯後檢出書箱，曬各項新舊書。

初七日　晴　七月四日

舊書再曬一日，不能用者毀之。

初八日　晴　七月五日

初九日　晴　七月六日

初十日　晴雨不一　七月七日

連日與母親商議，至南昌吳殿魁二舅父家中一遊。母親以余去冬鬱悶太過，今日疾已愈，身健強，亦願與余同往南昌。計畫已定，便看厚訓在公司作事。

十一日　晴　今日小暑　七月八日　星期二

今早布置家事，囑內子、甥女好好照料家事，並托同屋汪小軒各事。下午四時飯畢，郵局尉遲敏派老戴划子來請余及母親渡江，在劉長發棧候大輪下水。六時半抵黃州洋棚，候王小齋日清公司船，不到。怡和輪、公和輪雞鳴時約三點鐘方到黃州。余與母親上船後購得房艙票，天大明方抵九江，幸此輪甚快。

十二日　晴　小雨　七月九日

怡和輪抵九江碼頭已七時半。一接客棧□友九江人，余問之，與朱先生爲熟人。彼云距火車開時尚有半點鐘，可趕車至南昌甚便。遂由此接客人招呼行李，代余雇車趕忙之至。余囑其買二等票，甚舒適，與母親聯座。幸此人招呼，得以安全覓位，引導諸事。約停三四分鐘，車開行矣。對坐一人，初不知爲金永炎，系曾任陸軍部次長者。一人江夏口音，劉姓，系江西候補知事，圓滑獻媚，與金談笑數小時不倦。車至德安站換水，候車有一副官模樣之人，上二等，問誰是金次長者。金乃起與言，蓋南昌督軍方本仁接電派人來迎者也。官場中卑鄙如此。到南昌後，方知江夏口音者名劉鳳經云。下午五時過河，六時抵見義公司，晤見子英舅父，系渴別情形。

十三日　晴熱　七月十日

住南昌。

十四日　晴熱　七月十一日

與朱先生同游滕王閣，閣已爲水警廳辦公之所。先與街警交涉，入內觀覽，僅一空閣，地下大敞廳，樓上未便往觀。中屏四扇，每扇約寬二尺餘，書王子安原序，翁□書，乾隆五十三年所刊。書又一新序，古真州程荃書。橫額甚大，書子安一序，四字。上層書"西江第一樓"五字橫匾。左右大聯各四字，曰"大江東去"，曰"爽氣西來。"余逗留一時許出。

十五日　小雨　晴　七月十二日

早飯後，舅父約母親與余同游蓮花池，下午歸。舅父購得香橼洋酒一瓶，去洋三元餘，與余同飲之。明日公司船開九江，余商之母親，單人往九江遊廬山牯嶺等處。

十六日　晴　七月十三日

晨六時上長福輪，舅父與余七時上船，開行。晚過吳城鎮，略上一遊。丁未春亦系夜半過吳城，各家關門，未有所見也。

十七日　晴　熱

下午到九江，余乘汽車到蓮花洞。上車見各茶館均歇有藤轎數乘，每乘四人抬，因山高須換班也。有定價，有伕頭管理之。二時半登輿上行，愈上愈陡，天氣愈變寒。山路有極險處，立有欄干或鐵欄。直上約十五六里，抵胡金芳大旅館，此館爲教會人所開，招待避暑官商者也。其館主已發財，又做新居數十間。晚飯後，詢之隔壁房間一李姓名震寰者，襄陽人，博文學生，前日到此，亦系遊覽者。問之彼亦未遊過牯嶺。遂約定明日與李同遊。旅館火食房間均佳，每日收價二元，以余爲教會教員，遂以半價計算。

十八日　晴　山中時雨時晴

　　早飯後與李君同出雇轎，先遊黃龍寺，著名大廟也。門外橫額"黃龍寺"三字，南海康有爲題。寺前有大樹三株，二株系柏樹，一株系白果樹，俗則云娑蘿樹，謂爲晉代惠遠和尚所植，爲印度僧人帶來種子云云。高約五丈餘，各有木柵圍之。以余推測，雖非晉代物，亦在四百年以上之樹也。此處望前一峰，名曰鐵騎峰。寺右，大石臥地，刻有"降龍"二字，字徑五尺，旁刻"大明王士昌"。余逗留一小時，白雲從地起，與李君立雲中，面目幾不辨識。未幾，暴雨來矣，一刻鐘即止，又現日光。據土人云，山中夏季每日如此。雨止，至烏龍潭看瀑布，西洋童子就水浴爲樂。午後二時至小天池寺飲茶，寺爲周顛僧所長駐，明太祖甚禮敬之僧也。此寺甚涼爽，避暑佳地，惟不及黃龍寺之偉麗堂皇耳。欲游白鹿洞，問之土人，距此八十里，興行一日可到。惟地系崇山窄徑，時有蛇虎當路，以故遊者非人多不可。且輿金太貴，又須在洞宿一日，恐無此鉅資也。傍晚方與李同歸。飯後早寢。山中無蚊蠅臭虱等物。夜在月光下望山中各宅樓閣等等，燈光外射如蜂巢也。

十九日　晴　七月十六日　星期三

　　早飯畢，與李君各買草鞋着之，遊四仙亭，明代所建者。亭有陳沂題七律一首。又遊山所見小瀑布甚多。廬山主峰名漢陽峰，位置極高。五老峰在南康府，此處不可見。幼時閱江西闈墨詩題"影落杯中五老峰"是也。此次游牯嶺系初來，又無引導者。以時間迫促，須搭長福輪返南昌。今日下午三時飯畢，結算旅館費，乘輿下山至蓮花洞時，仍有汽車到九江，時已下午五時半矣。遂到長福輪晚餐畢，另雇小船由水手引余游琵琶亭。此丁未到潯，僅聞吳蠡生云此亭風景未往者。今晚急往一觀，亭廟冷落，似少人來此進香遊覽者。有聯云："聚散總前緣，最相宜明月一船，清風兩岸；古今幾名士，合共唱大江東去，秋雁南來。"款題"邑人萬才美"。此聯寫作俱佳。以時晏，匆匆乘原船歸，再上長福輪宿。

二十日　晴　今日初伏起　七月十七日　星期四

早八時長福開行。

廿一日　晴　熱

下午四時，船到公司門口起岸，到家見母親述遊牯嶺各事。

廿二日　晴　小雨

住南昌。

廿三日　晴

家母以出門時久，欲回鄂城，余亦購買各零件準備回家。

二十四日　晴

下午三時與母親準備上船，舅父、舅母送余並派水手招呼一切。四時船開，舅父垂淚分別，上岸去矣。輪船夜行未停，各碼頭裝貨，稍延時刻而已。

二十五日　晴　熱　七月廿二日

下午四時，船到九江停泊。余上岸一遊，洋街遊遍。至九江城內，尋"淵明故里"石坊不可得。余丁未春與陳喜入城，曾親見此坊者。歷年開通商埠，九江寸地值洋元若干，以故古跡多毀矣。在城外東望，寶塔依然。傍晚回船上宿。

二十六日　晴

　　早飯後，至各公司打聽上水輪船。均云招商、怡和、寧紹各公司均有船，約今晚可到埠。余請母親上岸一看江景。下午六時聞寧紹輪船快到，與母親飯畢，囑送行諸人準備。七時船已抵躉船，余與母親同上。由三水手搬物，購得房艙票位。此船甚大，房艙較怡和公司之艙位更好。佈置已定，與母親坐談。此次母出門，大小輪船，二等火車，均系第一次乘坐也。母心甚歡。十一時，船已準備開行，余囑送行人上岸去。十二時船已開，中途過武穴略停，過圻春已天明矣。

二十七日　陰　今日大暑　七月廿四日

　　早飯後，與母親同看江景。下午三時半，望見黃州關上。五時下划子時，遇見楊厚安之弟，在船上未見也，爲之代開划子錢二百文。當即改小船渡江歸家，母親乘轎到，余同行李挑一路抵家。見內子抱四女出，甥女均好，與同住汪小軒說各事，贈以禮物數件。

廿八日　晴　七月廿五日

　　早起倦甚，飯後至程、王諸家奉看並送禮物。至楊厚安、王福興及劉幼浦諸友人家去奉看。晚寫郵票與厚訓，告知母親與余平安回縣，此片未發。明日晤敏深再談。

廿九日　陰　晴　今日處暑　七月廿六日

　　今日至尉遲敏局長家，方知北京有信二封，已轉寄南昌矣。

七　月

初一日　晴熱　中伏起　七月廿七日　今日星期日

初二日　晴熱　七月廿八日

初三日　晴熱　七月廿九日

初四日　晴　七月卅日

初五日　晴　七月卅一日

初六日　晴熱　八月一日

今日接厚訓回信，知余已平安抵家，述公司事甚忙。

初七日　晴　八月二日

初八日　晴　八月三日

初九日　晴　八月四日

初十日　晴　陰雨不定　八月五日

連日辦理燒紙打錢紙，準備祀祖。寫包袱無人幫忙，甚煩悶也。

十一日　晴　熱　八月六日

連日辦理包袱已畢。

十二日　小雨一次　晴　熱　八月七日

今日下午三時祀祖，一如向例。惟厚訓招呼，約王國煌來幫忙。朱姓一邊，胡姓及外祖一邊，余則敬謹行禮，五時畢。連日足疾大發，現已五年矣。每年發時在暑假中。

十三日　晴熱　東北風大作　今日立秋　八月八日　星期五

十四日　晴熱　八月九日

十五日　晴　熱　八月十日

縣中仍照常有盂蘭會。

十六日　晴　熱　八月十一日

寫一函與李長青，彼在葛店局無多友人，余前在牯嶺曾寄一片與之。

十七日　晴　八月十二日

十八日　晴熱　八月十三日

十九日　晴熱　八月十四日

接長青在葛店發函，述其小病一次。

二十日　晴　八月十五日

廿一日　晴熱　八月十六日　星期六

廿二日　晴熱　八月十七日

廿三日　晴熱　八月十八日　星期一

廿四日　晴　八月十九日

廿五日　雨晴　八月廿日

廿六日　晴　小雨　八月廿一日

廿七日　晴　小雨　八月廿二日

廿八日　晴　八月廿三日

廿九日　晴　八月廿四日　星期日

閏七月

初一日　晴　八月廿五日

初二日　小雨　八月廿六日

初三日　雨　八月廿七日

初四日　雨　八月廿八日

初五日　雨　八月廿九日

初六日　雨　八月三十日

今秋教會學校放假兩個月。晴川已開課，前已具函請假，因足疾未愈也。

初七日　雨　八月卅一日

今晨六時搭輪往省。以天雨人甚少，同輪葉楚波閒談，與余看相，謂將來必貴云。下午五時到校。

初八日　陰雨　九月一日　星期一

校中今日考新生。下午至國臣家。

初九日　晴　九月二日　星期二

今日補考舊生留級諸事。下午寄家信回鄂城。並寄片南昌告之甥厚訓。

初十日　晴

今日正式上課，予薪水已改爲月支廿元，酌加鐘點。

十一日　晴

今日在國臣家買舊書數種歸。

十二日　晴　九月五日　星期五

十三日　雨小　晴　九月六日　星期六

十四日　晴　九月七日

十五日　晴　夜雨　九月八日

十六日　晴　今日白露　九月九日

十七日　晴　九月十日

今日鄂城轉來南昌訓甥信，知已撥長虹輪船走吉安，加薪二元，從前所許寄洋歸家作罷。

十八日　晴　九月十一日

十九日　晴

二十日　晴

廿一日　雨　九月十四日　星期日

廿二日　晴　燥　九月十五日

廿三日　晴　九月十六日

廿四日　晴　九月十七日

廿五日　晴　星期四

廿六日　雨　九月十九日　星期五

廿七日　陰雨　九月廿日

廿八日　晴　九月廿一日　星期日

接馮壽軒通知，後天在其家開會。

廿九日　晴　九月廿二日　星期一

三十日　早雨　晴　九月二十三日　星期一

今日下午六時至馮宅開會。同學多有不相識者。石柱，天門人，今日乃認識之，義齋同學也。

八　月

初一日　曇　夜雨　今日秋分　九月廿四日　星期三

今日接南昌函訓甥函，長虹輪未走，已起修。公司無薪水，彼月中想回武漢謀事。

初二日　雨小　陰　九月廿五日

今晨復厚訓一片，余囑其勿來。武漢現在江水小，白天自九江上船，下午四時即抵黃州。

初三日　雨　九月廿六日

初四日　雨　陰

初五日　陰　曇　小雨　九月廿八日

今日接鄂城轉來厚訓函，仍述長虹停班彼欲回鄂之意。

初六日　曇　晴　小雨　九月廿九日

接南昌函，謂舅父已發老病，囑訓甥照料。加長虹輪船八月底可回縣云。

初七日　半晴陰　九月三十日　星期二

上午十一時半，到東廠口馮壽軒家開同學會。湖堂同學前未團結，同人覺悟，乃有此會。

初八日　雨　晴陰　十月一日

初九日　雨　上午晴　十月二日

初十日　雨　十月三日

十一日　晴　十月四日　星期六

今早至晴川中學上課，傍晚歸。寫函與周鵬程轉向劉聘之，薦勺庭中學兼課事。

十二日　晴　十月五日　星期天

今晚接鵬程轉劉老函，並李華穠校長復函，謂一時無缺，不能安置。余悔多此一求也。

十三日　晴

十四日　晴　十月七日　星期二

十五日　晴　今日中秋節　十月八日　星期三

今日校中下午放假，余約袁芷青五時半遊黃鶴樓待月。

十六日　晴燥　今日寒露節　十月九日　星期四

十七日　晴　今日國慶日　十月十日　星期五

今日各校放假。余早飯後登鶴樓遊覽，便至國臣家看字畫，甚樂也。

十八日　晴　十月十一日　星期六

今日渡江授課。下午請假歸。

十九日　晴

二十日　晴　十月十三日　星期一

廿一日　晴　十月十四　星期二

廿二日　晴　十月十五

廿三日　晴

廿四日　晴　十月十七

二十五日　晴　十月十八日　星期六

今日至漢陽上課。下午停上，爲各班學生送寫宣紙聯一副。代親友乞書者，自己名下一副須扣除之，非如是不足以拒其請也。下課後，呂、劉、喻謨烈、袁君約在羅校監家中夜餐並爲竹戰戲，約余同往。余以今日無事，遂同去，耽延數小時。本欲遊夜市，而無所謂夜市也。各街關門早，路燈甚少，各巷則黑如漆矣。十一時半，候彼等竹戰畢，方同回校。余臥喻君床，喻則往別處宿矣。

二十六日　晴陰不定　十月十九日

早九時渡江回三一學校。午後寫復各處信。下午三時至國臣處看字畫書籍圖章等等。計有下列各件：

何子貞聯大小二副。

王夢樓中堂一，扇面、立軸各一。

劉石庵大小對各一副。

鐵保大屏一張。

成親王大聯一副。

翁方綱小對一副，册頁八開，水晶圖章三，白壽山一對，田黄二枚，其餘均舊壽山石，石佳刻字甚精。

元板《禮記》一套。

明板《王右丞集》四本。

高麗板麻紙印醫書三種俱精。

元板《中州集》一部。

明板《陸劍南集》一部，其餘殿板書數種。

廿七日　晴　十月廿日

廿八日　晴　十月廿一日

廿九日　晴　十月廿二日

三十日　晴　十月廿三日

九　　月

初一日　曇　今日霜降。　十月廿四日　星期五

初二日　晴　十月廿五日

初三日　晴陰不定　十月廿六日

初四日　晴　十月二十七日

初五日　晴　十月廿八日

初六日　雨　十月廿九日

初七日　雨　十月卅日

初八日　晴　十月卅一日

初九日　晴　十一月一日　星期六

早至晴川上課。午後有課未上，與劉、呂諸君遊歸元寺、伯牙台等處，以應重九登高之節。余年三十四矣，自民元、民二入政界，去年入政界未遂其願。今則父故已六年，欲顯親而父不在矣。伏處教育界，寄人籬下，實非所願。每屆不勝感慨系之。傍晚渡江回校，晚爲學生改文，轉鐘方寢。

初十日　晴　小雨　十一月二日　星期日

接肖鵠自萬縣美華公司來片，一時不能東下，介紹學生楊啓疆來鄂住三一學校。

十一日　陰　十一月三日

十二日　雨　十一月四日

十三日　晴　十一月五日

今日母親壽辰，未能在家奉祝，甚愧之也。

十四日　星期四　十一月六日

十五日

接厚訓函，大冶在縣中學生十人共遣壽帳祝母親六十五歲壽辰，用錢不少云。

十六日　晴　大北風　今日立冬節　十一月八日　星期六

早起渡江授課，風大本不欲往者，現有新班，加課一小時，共三班。晚歸。

十七日　晴　今日上午日偏食　十一月九日

十八日

十九日

二十日

廿一日

接訓甥函，余代寒溪買書錢卅六串已撥家中矣，周子南帶回之信並糖食等等亦收到。

廿二日

廿三日　晴　十一月十五日　星期六

廿四日　晴雨不一　十六　星期日

廿五日　晴　十七日　星期一

廿六日　晴　十八日　星期二

廿七日　晴　十九日　星期三

廿八日　晴　二十日　星期四

廿九日　晴　廿一日　星期五

十　月

初一日　廿二日　星期六

初二日　大北風　今日小雪節　十一月廿三日　星期日

初三日　十一月廿四日　星期一

初四日　十一月廿五日　星期二

初五日　大風　十一月廿六日　星期三

初六日　大北風　雪　十一月廿七日　星期四

初七日　風　雪　五　晚寒

初八日　雪　寒　下午陰　十一月廿九日　星期六

今日大雪，晴川功課用電話請假不去。晚在校改學生作文，至轉鐘一時方寢。

初九日　陰　寒　十一月卅日

初十日　晴　十二月一日

十一日　晴　十二月二日

十二日　晴　十二月三日

十三日　晴　十二月四日　星期四

十四日　晴　十二月五日　星期五

十五日　晴　十二月六日　星期六

十六日　晴　十二月七日

十七日　晴　今日大雪節　十二月八日

十八日　晴　十二月九日

十九日　晴　十二月十日

二十日　晴　小雨　十二月十一日

廿一日　晴

廿二日　晴　十二月十三日　星期六

今日往漢陽上課。

廿三日　晴煖　十二月十四日　星期日

廿四日　晴　十五日

廿五日　晴　十六日

廿六日　晴　十七日

廿七日　晴　十二月十八日

廿八日　晴　十二月十九日

今日下午用電話向晴川中學請假，明日以疾未往。

廿九日　晴　十二月二十日　星期六

三十日　晴　十二月廿一日　星期日

冬　月

初一日　雨晴不一　十二月廿二日　星期一

初二日　晴　廿三

初三日　晴　廿四　星期三

初四日　晴　廿五　星期四

初五日　晴雨　廿六　星期五

初六日　雪　寒　廿七

今日至晴川上課。

初七日　晴　廿八　星期日

初八日　晴

初九日　陰　十二月卅日

初十日　晴　十二月卅一日　星期三

今日各校放假，準備慶祝。本校學生明天演文明戲。

十一日　晴　中華民國九年　元月元日　星期四

今日上午學生籌備新年甚忙。晚七時起，至十二時演文明戲。

十二日　晴　中華民國九年　一月二日　星期五

今日放假續一日，因學生昨夕已疲矣。此等事在前清未有不駭且怪，因戲子列爲賤民，爲四民所不齒。朝廷並不許優人子考試入仕途。民元以後賤民之例破除矣。

十三日　晴　元月三日　星期六

今日亦未到晴川上課，彼校仍在假期之中。得家片，胡方城來縣，允代借款，又皮馬褂已做就。

十四日　晴　元月四日　星期日

十五日　一　晴

十六日　二　晴

十七日　三　晴

十八日　四　晴

十九日　五　晴

二十日　晴　元月十日　星期六

今日漢陽上課，下午四時歸，候船見河邊蘿葡菜行廿餘家。近月皆系民划渡江。

廿一日　晴　元月十一日　星期日

廿二日　晴　元月十二日　星期一

廿三日

廿四日　元月十五日

廿五日

廿六日

廿七日　星期六

廿八日　晴　元月十八日　星期日

今日在國臣家買舊書數種，看字畫四小時，平昔未見真者如何紹基、王夢樓、鐵保、翁方綱諸名家，每以僞者認爲真矣。好古家每每被人欺者，見真跡甚少耳。又欲購七弦一張，以索價昂，力不能致之。

廿九日　陰

三十日　元月二十日　星期二

十二月

初一日　今日大寒節　元月廿一日

今日在國臣家買《西漚全集》一部，又《庾子山集》十二本。

初二日

初三日

初四日　元月廿四日　星期六

初五日　元月廿五日　星期日

初六日　陰　元月廿六日　星期一

初七日　陰　元月廿七日　星期二

初八日　雨

初九日　一月廿九日　星期四

本校昨停課，今日大考，準備放寒假。

初十日　雨

十一日 雨 雷電交作 一月卅一日 星期六

今日漢陽課未上，懼風雨，渡江不便。先用電話請假，再補考圖畫。

十二日 雨 二月一日 星期日

今日上街購買歸家之物，三一學校聘書送來。民九二月至民十一月，期爲一年。

十三日 雪

十四日 雪 寒

今日本校考畢，下午渡江至漢陽補領薪水，準備明天回縣。晴川中學明年照常教學。計今年所得比大冶校稍遜也。下午五時與周樹棠談各事。

十五日 雨

今晨渡江搭輪，人客擁擠。午後三時抵鄂城，到家見母甚健，心快然，惟不能無感慨也。目前僅一小女，厚訓亦在家無所事。

十六日 雨 雪 今日立春

今日天寒，飯後命訓甥購年下應用各物。午後三時，石雲衢、孟春溪同來坐談一時去。今年臘月餘錢不多，然亦未向各戚友借債也。父親忌日照去年例祀之。

十七日 雪 寒甚

十八日 雪 寒

十九日　晴　二月八日　星期日

今日出門看親友。

二十日　陰寒

清理家中各事，掃舍宇，備明日換新字畫懸挂之。無心過年，勉强佈置，娛母老也。

廿一日　雪　寒

今晨又下雪。秋間晴甚久，臘月應有此一番寒雪也。

廿二日　雪

廿三日　雪　寒

連日下雪，心煩亂殊甚。晚間送竈神。

廿四日　雪　寒　二月十四日　星期五

今日寫寄三一同事及各友未復之函四件。午後至郵局與敏深談各事。敏深爲人無甚能力，一切事由其妻主持，對內對外精明過於男子，真內助也。

廿五日　陰　二月十五日　星期六

今日買齊年下應用之物，囑厚訓換堂屋字畫。

廿六日　陰　二月十六日

廿七日　陰　二月十七日　星期一

廿八日

今晨五時吃年飯，未約戚友，心緒不快，回思先君在日諸事極難過。晚至樂峰家略坐談。

廿九日　陰　寒　晚雪

三十日　雪　寒　二月十九日　星期四

早起佈置各事。午後五時具酒饌祀祖燒包袱。晚間囑厚訓料理燈火。十時半帶同厚訓至百勝廟進香歸。十二時，余以身疲早寢。

民國九年（1920年）庚申日記

　　是年七八月份大風暴十餘次，天乾甚。
　　冬月大雪數次。
　　二月廿九天下雨者十四天。
　　予在省已二年，交際漸廣。不時往丁宅看字畫文玩之屬。鑒別力已具，且能看辨古書板本。
　　今年爲友人應酬書畫甚多，自去年更名繼昌後，下款均用之，且以區寫作時代也。
　　暑假滿後，七月廿四日搭漢文小輪到漢，恰遇五十餘年未見大風，一連三日危險，遇而受凍二日，何如此之湊巧耶。冬月十六日予添第三子庚生。以前二子俱早夭，此子生，請人推算八字，均稱爲拱祿格，慰甚。抗戰時八月十九，此子在宜昌病沒。
　　是年臘月蕙芳欲依予，以有子矣，尚拒之。
　　　　　　　　　　　　　　　庚寅十二月峙山老人閱後記

正　月

初一日　陰雨　今日雨水節　二月二十日　二月閏二十九天

　　卯初進香與祖宗拜年。與母親拜年後和衣寢。七時起，王樂峰來拜年，略坐談去。余以今日天氣不佳，未出門，如有來客，囑厚訓招呼。

初二日 雪 寒 二月廿二日

賀年客來數次，有留談者。

初三日 晴

來客數次，春溪、小齋等坐片刻去。

初四日 晴

今日仍有客來拜年。晚以香楮、菜肉祀先祖母，今日忌日也。

初五日 晴 二月二十四日

今日余出門至各友戚家坐談。

初六日 晴 二月廿五日 星期三

今日上下午均出，答拜各處。

初七日 雨

樂峰、雲衢來談甚久。

初八日 晴 二月廿七日

客來有談甚久去者，未記其言。

初九日 晴

聞萬景祥舅弟發血疾甚劇，下午去看一次。

初十日 陰 二月廿九日 此月閏多一日 今日星期

十一日 雨

十二日　陰　三月二日　星期二

十三日　晴　三月三日

聞今日各街均有燈，吾不知彼等何所樂也。

十四日　晴　三月四日

連日清理家中各事及書籍等等。晚疲乏，早寢。

十五日　晴

早倦甚，八時聞舅弟萬景祥昨夜半逝世。九時余往其家看情形，岳母不善治家政。岳父在日，遇事受其支配，以故家中落不振至於窮困，百物賣盡。去年聯合三房將祖遺大屋一進四重者又賣去矣。余視舅弟慘狀，囑姪女下午待款。余向鄧次丞之母借三十串，付其家料理安葬。四舅弟更壞，不可教。噫，此家之窮困非偶然也。

十六日　晴　今日驚蟄　三月六日

今日內子往母家尚未歸。晚聞萬姓堂兄弟等送舅弟安葬矣。從前岳父去世，二舅弟、三舅弟病死，皆余挪借款項爲之理喪費，此真索前世債者耶。

十七日

十八日

十九日

二十日　晴　三月十日　星期三

清理往省物件，準備往省。蓋在家亦無多事，且惹煩惱也。

廿一日

廿二日

廿三日　陰　三月十三日　星期六

清理物件已畢，明日當搭小輪往省，晚間囑付厚訓各事。

廿四日　三月十四日　星期日

早起辭母親與厚訓，下河搭小輪。同船人多，無可共語者，下午四時到校。

廿五日　三月十五日　星期一

今日考新生。下午至丁國丞家及各書店坐談。歸後寫家信，告知母親到校後情況。

廿六日

今日至漢陽晴川中學，問及功課，與去年同。

廿七日

在校清理各事，十二時方竣。床鋪易位安置之。

廿八日

外出看友四次，下午四時至橫街買舊書。

廿九日　晴　三月十九日　星期五

今晨到漢陽上課，學生已到三分之二。

二　月

初一日　晴　三月廿日

今日至晴川授課，學生仍未到齊。官學校規矩鬆，不似教會學校之嚴也。

初二日　陰　今日春分　三月廿一日　星期日

上午在校清理案上書籍，下午至國臣家看字畫。

初三日　陰雨　三月廿二日　星期一

初四日　雨　三月廿三日

初五日　雨　寒甚　下雪　三月廿四日　星期三

今日上下午均有課。晚飯後以天寒未出門。寢後夢似回家，仍居古樓宅。壬子二月搬入，此屋乙卯遷出。見隔鄰徐宏年，大對門王福興仍記門，又呼子恒、又呼母親，是時大姊尚在也。自去年春起，以身體不好，每夕多夢。此不知主何事也。初六晨補書之。

初六日　雨　三月廿五日　星期四

天未明，聞雨聲大作。八時起，今日課忙。今年學生更多，各班皆滿，收入學費不少。

初七日　雨

今日下午無課，飯後將大冶中學分類抄本八本檢齊。余已分抄者不過十分之一，無所用也。俟將來財力充裕時，當請青年善書之士爲余抄之。看書分類易而寫則難也。包爲二大捆，暫藏之。

初八日　雨　三月廿七日　星期六

早至晴川上課，午後四時歸，便借三月份薪水。

初九日　雨

今日以雨未外出，在房中寫字二張，留存以看成績。

初十日　雨　三月廿九日　星期一

十一日　雨

十二日　大雨如注

今日大雨，到處皆漏。午後悶甚，在室焚香坐，以安心情，紛不能去，又時念蕙芳也。晚看雜書，十一時寢。

十三日　雨　四月一日　星期四

十四日　雨

十五日　晚晴見月　四月三日　星期六

早起，渡江至晴川中學上課，下午五時歸。此月已過十五日，晴天一日，殊爲悶悶。

十六日　晚晴　四月四日　星期日

早飯後向各處訪友。在國丞家晚飯。今日看字畫甚多，如王文治、翁方綱及近代翁同龢、張謇諸作，眼福不淺。

十七日　晴　今日清明　四月五日　星期一

今日下午外出至黃鶴樓一游，憶唐人"清明無客不思家"之句，殊感慨也。

十八日　晴

十九日　陰晴不定

二十日　晴　四月八日

曾校長之岳母江姓朱太夫人年八十三卒。其孫江之泳英文甚佳，在文華充教授，足跛好大言。校長約同送祭帳輓聯，準備廿五日渡江吊之。

廿一日　陰　四月九日

廿二日　晴　四月十日　星期六

今日渡江晴川上課，晚六時方歸。

廿三日　陰

今日未出校，在室中讀杜詩廿首，劍詩廿首，均默誦二遍。

廿四日　晴

今日校長面約明日同渡江至江宅行禮。

廿五日　晴

早間稀飯後，與同事八人渡江至江宅行禮。下午五時歸。

廿六日　晴

廿七日　晴　星期四

今日下午課後閱杜詩一本，擇其佳者記誦之。

廿八日　星期五

今日上下午課忙甚，晚爲學生改文至轉鐘方寢。

廿九日　晴　四月十七　星期六

今日至漢陽上課，下午請假，一時即歸。晚飯後雇車至國臣家看字畫古玩之屬，以練予之鑒別力也。

三十日　四月十八日　星期日

天氣漸長，晚飯後餘時多，再至丁宅，看字畫印硯多種。丁於鑒別板本書尚須加功。

三　月

初一日　陰　四月十九

今日課忙，以後擬將功課編□上下午各二時。□□□□□□□□。

初二日　今日穀雨

初三日

初四日

初五日　雨　四月二十三日

今夕早寢，夢已回家，似居古樓何姓宅，而隔壁徐宏豐忽失火。余狂呼母親，不知主何兆？

初六日

初七日

初八日

初九日

初十日

十一日　霧　四月廿九日　星期四

今日下午在丁宅買得舊書集部一類書四套歸，價甚廉，如《庾子山集》等等。

十二日　晴　四月三十日　星期五

十三日　五月一日

天氣愈長，午飯後須午睡半時。晚間讀白香山、王右丞集各十頁，默志之。

十四日

十五日

十六日

十七日

十八日　晴　大北風　今日立夏　五月六日

今日爲友人寫對聯六副、中堂一張，晚間讀《唐宋詩醇》半本。

十九日

二十日

廿一日

廿二日　五月十日

廿三日

廿四日　五月十二日

今日課忙，下午外出買紙及墨，自備書課。每日必寫數頁以爲經常課。

廿五日

廿六日

午後無課。五時半到丁宅看古本書籍。

廿七日　五月十五日　星期六

今日到漢陽上課，下午五時歸。

廿八日　晴　五月十六日　星期日

今日例假，往國丞家吃飯後，帶同丁□申游洪山，人多如蟻，灰塵蔽天。歸途遇周斗丞，立談。

廿九日

四　月

初一日　雨　五月十八日　星期二

今日三一學校教職員同照一相，因李仲元須往江西就事者也。

初二日　雨　五月十九日　星期三

下午六時至丁宅，買得石章三枚價，價廉刻工亦佳，皆壽山石也。

初三日　雨

初四日　雨

初五日　雨

近日教育廳召集各縣勸學所長到省開會，聞湖堂同學有卅餘人到省。今日沈小山來奉看。

初六日　雨　五月二十三日

初七日

初八日

初九日　晴

初十日　大雨　晴　星期四

昨日同學程子堂、劉鼎三、周鵬程等發起開同學歡迎會於抱冰堂，連劉易雨師共六十餘人。正午雨後到齊照相，開席七桌，盛會也。自辛亥分別，此爲大團結，第一次宴畢，予賦詩二首。

十一日　晴　五月卅日　星期五

今日渡江至晴川中學，飯後與王雨香、劉質等再游伯牙台。先在碧田厂吃軟餅，頗可口。

十四日　五月卅一日　星期二

下午課畢，至丁宅看古琴二張，有斷紋，琴音碎，索價四十元。

十五日　六月一日

今日忽患牙痛，甚劇。講書費力。

二十日　今日芒種　六月六日

今日課忙，牙痛未愈。

廿一日

天氣更長，無事作詩消遣，今年鑒別書畫有□力矣。

廿二日

廿三日

廿四日

二十九日　六月十五日　星期二

五　月

初一日　六月十六日　星期三

初二日　雨

初三日　雨

寫家信及各處未復之信，均於下午五時發出。

初四日　六月十九日　星期六

今日到漢陽。

初五日　晴

今日端節又值例假，午飯後至國丞家。

初六日　大霧　晴　六月廿一日

下午出校購物，便至丁宅看字畫。

初七日　晴

初八日　陰

今日余卅五歲初度，寫復各處積壓信件。下午六時外出至黃鶴樓飲茶。

初九日

今日課忙，夜間改文心煩甚。暑假後擬不教國文，以化學六小時換國文，八點不改文。

十一日

連日將三一學校大考，考畢俾早回縣。

十二日　晴　六月廿七日　星期五

十三日　六月廿八日

今日渡江，晴川大考。便取薪水歸。三一學校定七月二日放假，余之堂課前已考畢，在省耽延五天即歸家。

十五日　六月卅日

十六日　七月一日

十七日　七月二日

十八日　雨　七月三日

十九日　小雨　陰　七月四日

今晨搭小輪回縣。見母親康健如常，甚慰。鉽女亦養得甚好。晚至樂峰家坐談，彼已與孟春溪開親矣。

二十日　雨　七月五日

廿一日　大雨如注　七月六日

因雨在家清理書籍，今夏零星購書共計有二箱，皆國臣代買者。余志在買集部昔日所缺者，財力充裕必須買之，償吾願也。

廿二日　雨　今日小暑節　七月七日　星期三

　　　　廿三日

　　　廿四日　七月九日

　　　　廿五日

　　　　廿六日

牙再痛，根紅腫甚，不能食。

　　　　廿七日

　　　　廿八日

　　　廿九日　七月十四日

　　　三十日　七月十五日

　范心禪來談，甚久去。心禪，張叔華表弟也，與予在甲辰歲試同入縣者也。

六　　月

　　初一日　七月十六日　星期五

　　　　初二日

初三日

初四日

初五日　晴熱　七月廿日

今日到敏深局坐談，飯後小齋、桂芳、敏深及余爲竹戰戲，傍晚方歸。

初六日　雨　今日初伏起　七月廿一日

初七日　北風

昨原擬曬書箱，以雨中止。今日檢查，連舊藏可裝六箱矣。

初八日　雨　大風　今日大暑節

初九日　風

今日大風，將皮衣服在堂屋中吹之，比較曬尤佳。

初十日　晴

今日往汪星垣家竹戰，同局星垣、桂芳、沈君與余，就其家二餐。彼不過藉此消遣而已，余之技術不佳，每每輸錢也。

十一日　大北風

十二日　晴　七月廿七日

十三日　晴

十四日　晴

今日在堂屋邊及天井內曬書籍，而八股書另置一處，此無用之書必焚之。

十五日　晴

十六日　晴　中伏起

十七日　晴　八月一日

飯後至郵局爲竹戰戲，敏深、馬先生、星垣同局。

十八日　晴

十九日　晴

今日又至敏深局作竹戰戲，小軒、小齋、敏深同局。

二十日　晴　八月四日

廿一日　晴　熱甚　九十四度

牙疼未愈，心煩甚。傍晚雇車至丁宅看字畫。

廿二日　晴　熱甚　八月六日

程雲生來閒談，此人眞無所事事者也。彼欲一七弦琴一張與予換雨衣一件。

廿三日　晴

今日寫大聯二副、橫批中堂各一，同事馮君代求者。

廿四日　小雨　今日立秋　八月八日

牙疼漸愈，至鴻盤樓飲湯並叫一菜吃飯。

廿五日　晴

廿六日　晴　今日末伏起

連日足疾大發，流水如涕，粘肉如松脂。此疾自民三夏季起，每年逢熱必發，發則甚劇者，得六七天不能着襪行走，亦舊病也。

廿七日　晴　今日不熱　八月十二日

囑厚訓趁涼爽辦祀祖包袱。今年開學甚早，俾祀祖後七月初即赴校也。足疾痛甚，擽藥無甚效力。

廿八日　晴涼　爽

早飯後清理樓上陳書雜稿，地下各書籍什物分別安置之，以免凌亂，徒增人中煩惱也。下午至少松家略坐。

廿九日　晴　八月十三日　星期五

今日接彭師無爲來函，内述前績溪縣歷任知事甚詳。民元宋履豐，江蘇人。民三江慕洵，旌德人。民四洪本棠，號仲盛，長沙人，年四十餘。五六年方以南，號昆山，黃安人，四十餘。七年李攀延，合肥人，年五十八。民八九張承鍪，號芷蕃，江都舉人，年四十餘。無爲縣知事則民元沈宣揚，江蘇。民二三關建藩，安徽，四十餘。民四五錢顯曾，浙江，四十餘。民六陳居綸，山東。民七陸士奎，號效莘，無錫人，清翰林，年五十餘。民八元月李戀延、李仲英，即屢約余佐幕者也。

七 月

初一日　晴　熱　八月十四日

初二日　晴　熱

今日囑厚訓已將包袱辦齊，準備初四日祀祖，腳疾未愈，急待診好便上課也。此疾發後不能行，不能着鞋襪。

初三日　晴　熱

初四日　晴

今日下二時半祀祖，朱胡二姓包袱左右列。外祖系包袱列近階簷，一切具酒肴祭典，悉如往日，四點方畢。

初五日　晴　熱甚

今日準備往省物件，明日往省。家中一切事仍請母親主持，因内子無能力，不能分母親之勞也。余足疾更劇，前函三一請假，緩到省。下午接樹棠復函，謂三一學校以天熱故改爲九月一號開學，三號上課，不必早來。余遂中止。可在家休息多日矣。

初六日　晴熱　八月十九日

今日到敏深局竹戰戲，有小齋、少松、小軒同局。

初七日　晴　熱　今日末伏止　八月廿日

初八日　晴　熱

初九日　陰　八月廿三日

初十日　晴　熱　今日處暑

十一日　晴熱

連日以足疾未出門。春溪、少松等今日來家陪余竹戰。

十二日　晴

十三日　晴　熱

十四日　晴　熱

今日鄉間有人頂香盤經過城內求雨者，聞各鄉均報旱災。縣署已據情呈請免錢糧，云各街今夕做盂蘭會者多。

十五日　晴　熱甚　八月廿八日

聞縣署今夕仍有盂蘭會，熱鬧如舊日云云。

十六日　大雨如注　八月廿九日

今夕晚間甚涼。自上月初八日下雨後至今，有五十五天未下雨，奇事也。今年收成可想矣。

十七日　小雨

十八日　陰

十九日　陰　九月一日

二十日　晴　九月二日

天氣已改涼，足疾似轉愈，惟不能着襪外出耳。

廿一日　陰　九月三日

陽九月已到，余擬即上省。又再清理物件，明日搭輪赴漢口，一切準備畢。

廿二日　大風　晴

晨五時聞大風陡起，枕上念及不能搭輪也。八時起，決定風息明天往省，自是大風不息。

廿三日　大風　陰

今日風更大，恐危險。下午打聽有漢文輪下，明日可搭。

廿四日　早晨　午後大風

五時即起，飯畢。六時同厚訓帶挑子下河搭輪，輪甚寬敞可無慮。惟太陽一線紫紅光可疑。古諺：日出胭脂紅，無雨必有風。余迭年試看甚驗不爽。船過團風時微風乍起，到葛店則漲矣。行至陽邏，風愈漲，船震盪不已，東北風大作。幸船行順風順水，抵漢口風聲怒吼已靜江矣。余遂起行李至新聞報館曾心如處借宿。

廿五日　陰　大風　午後更大　九月七日　星期二

余早起至河干，見風勢大，尚有利湘輪過江。利湘者，渡江最大之輪也，人多如鯽，擁擠不堪。八時半開行，甚遲。逆水而上，北風橫來，輪幾覆，乘客駭甚。到三一校已十一時矣，與同事相見問好。飯後風愈大，一連數日，天乾繼以北風，秋收鄉間無望矣。晚飯後至國丞家略坐談歸。

廿六日　大風　時雨時晴　九月八日　星期三

今日上下午均有課。

廿七日　陰

廿八日　大風　九月十日　星期五

今日課忙，並清理室中各事。

廿九日　陰　九月十一日　星期六

早起至晴川上課，午後四時歸。接厚訓片，云王小齋要典禮摘要已取去矣。厚訓求謀電訪局事。

八　月

初一　陰晴不定　九月十二日　星期日

今日去國丞家午飯，飯後爲之寫大對二副、中堂一件，並取回舊石圖章三枚作交換條件。其家藏有古琴三張，惜余無錢，不能買也。

初二日　大北風竟日

初三日　北風

初四日　晴　午後雨　九月十五日

連日功課繁忙。

初五日　雨

初六日　雨　大風

初七日　陰

今日到漢陽上課。

初八日　陰

初九日　晴　九月廿日

今日下課後，聞對門北方人開糖果店，所做香蕉月餅甚佳，余買八枚食之，果然。此餅甚小，如藥糕大，因人多購之，價亦廉。

初十日　陰

十一日　陰　大風

十二日　晴　午後曇

十三日　晴陰不定　九月廿四日　星期五

十四日　早陰　午後二時大北風陡起
九月廿五日　星期六

早六時起，至晴川上課。飯後下第二次課。大風不能渡江，遂宿漢陽。

十五日　大北風

早起，風未息，余心焦甚。午後一時風稍小，有輪渡江，遂回校。今日中秋例假，午後至周宅竹戰。三時大風又起，余原欲過漢口，遂罷。

十六日　陰　九月廿七日　星期一

十七日　晴

十八日　大北風

十九日　陰晴無定

二十日　早晴　午後大風　十月一日

今年八月已過廿天，大風靜江者八天，殊爲怪事。秋風何其厲耶，七日中大北風六次。

廿一日

廿二日

廿三日

廿四日

廿五日

廿六日　十月七日

以上數日功課照常，自修養時多，無特別事可記者。

廿七日　今日寒露

廿八日

廿九日

三十日　十月十一日　星期一

九　月

初一日　十月十二日

今日下午到丁宅，又買舊書一批，如《胡文遊文集》《方望溪集》等等，價甚廉。

初六日　十月十七日

初七日　十月十八日

初八日

初九日　十月二十日　星期三

今日下課後獨之黃鶴樓登高。

初十日

十一月　陰　十月廿二日

本校教員李仲元已就江西鹽務稽核處事，辭職。另聘吳硯農補其缺。同仁爲之餞行，並在禮拜堂下合照一相，共十一人。

十二日

十三日

十四日

十五日　十月廿六日

十六日　今日下午月偏食

連日功課照常，無事可記。

十七日

十八日

十九日

今日看朱右庚於撫院街石公館。石和生以前曾以知縣在皖候補者也，右庚教讀其子。

二十日　陰　十月卅一日

廿一日　十一月一日

昨朱右庚介紹余與石和生爲友。

廿二日

廿三日　十一月三日

廿四日　大北風　十一月四日　星期四

今日下課後至國丞家看字畫，便選圖章二枚。因余昔藏無佳石，辛亥失去好石二枚。戊申已贈沈師好石一對，今年稍稍選好石。

廿五日　十一月五日

廿六日

廿七日　陰雨

廿八日　雨　今日立冬　十一月八日

廿九日

十　月

初一日　大風　十一月十日　星期三

今日上下午均有課，晚飯後至國丞處買得陳墨二錠，乾隆間松烟也，云可治吐血症。墨以豬膽、麝香、松烟爲原料者也。

初二日

前由朱右庚介紹石和生見面，和生皖人，爲張文襄之戚。現時內務部長張志潭爲其妹夫。彼爲下新河氊呢廠保存員，取薪水供好房屋，一事不做，真優差也。右庚在其家教讀，石時時來校看余，尚無官僚習氣也，彼接此差不久。

初三日

初四日　晴陰　十一月十三日　星期六

和生約余到廠住一日，以便參觀存件。今日晴川下課後，回三一校略休息，雇車至下新河氈呢廠訪石和生。出武勝門三里，所見皆鄉景也。久居城市，人事繁悶，今日得以一吐新鮮空氣，快然也。車行二小時乃達至廠。下車與右庚、和生晤。陪余談者尚有老三，亦政界中人。老七曾住文華書院者，與曾校長、周樹棠均認識。三、七皆和生堂兄弟也。晚餐甚豐，並見其子。如是諸人相聚談歡甚，至十二時乃散。余宿另一客室，中洋式俱備，蓋昔日工程師住房也，墊蓋被皆華麗精潔。大家待客如此也。廠中機械多年未用，陳舊生銹甚重，尚有已毀壞之氈呢成捆者甚多。工廠偉大，不知何故停止也。銅鐵器鑄字均有德商禮和洋行字樣。

初五日　晴

早起再至各廠參觀存廢物件機器，深爲太息，午飯後雇車回校。

初六日

初七日

初八日

初九日

初十日

十一日　十一月廿日

十二日　十一月廿一日

十三日　今日小雪節

十四日

十五日

十六日　十一月廿五日

十七日

前日屈佩蘭議長下訃爲其父母開吊，父死在先，其母盧太夫人在後。十九日吊香，余購白綾輓一副，作文書贈，命國丞家明司夫送去。

十八日

十九日　晴　十一月廿八日

今日上午十時至巡道嶺屈宅吊香，人客極多，屋小難容。本欲在其家坐席，然見支客勢利談笑，與議長無關者多人在宅呐喊，誠可恥也。遂乘車回校午飯，明晨可不送殯也。

二十日　陰　十一月廿九日

二十一日

昨日崔思恭之母汪夫人殯期來訃，三一同人均送輓，余亦搭一份，因其弟之勉曾延余前教夜課二月也。

二十二日　十二月一日

二十三日　十二月二日

今日上午同李仲元李就江西事尚未定局，故未往贛。至崔宅吊香，就其讌歸。崔皖人，曾在武昌開過典當者，故有錢。其兄弟六人，俱文華畢業，甚沾教會中力量也。與仲元均爲好友。

二十四日

二十五日

二十六日　十二月五日

二十七日

報載一日孫中山在廣州通電重開政務會議，有伍廷芳、唐紹儀、唐繼堯等署提出五項宣言。

二十八日　今日大雪節　十二月七日

二十九日

三十日　十二月九日

前報載中山先生五項宣言中：一爲厲行自治。二普及教育。三發展實業。四整理財政。五廢督裁兵。皆切要之圖，北京政府能同情歟？

冬　月

初一日　十二月十日

初二日

初三日

報載萬國郵會劉荷誠代表通過，在華英、美、日、法四國在中國境所設郵局一律撤消。

初四日　十二月十三日

初五日　十二月十四日

初六日

初七日

初八日　十二月十七日　星期五

報載，本月七日意國將馬西羅五月間抵京，飛機一架贈中國航空處，由該國公使杜拉酢致函詞。

初九日　十二月十八日

今日至晴川上課，下午三時歸。托石仲章買真冷金珊瑚箋四張。晴川及曾雨村、雪忱師共送母親壽詩，付裱後再分請劉藍田諸人書之者也。

初十日

十一日

十二日

十三日　晴　大風　今日冬至　十二月廿二日　星期三

今日上下午均有課。午後外出二次，在國丞家購舊書。

十四日　半晴陰　十二月二十三日

十五日　陰晴　大北風　寒甚　十二月廿四日　星期五

今日校中停課。學生籌備耶穌聖誕節，縶彩又準備演戲，接各家長來聯歡云云。予遂至國丞家看字畫、碑帖、圖章、竹石、硯池等。予在省已近二年，夙有好古之癖。前清時沈雪庵師教予者字畫、磁器之考證，頗受益。己酉至辛亥與丁厚訓來往密，郭文卿、郭享時來兩湖學堂，或予往文卿家研究多物品真僞，遂能一目了然矣。惟二郭讀書少，收藏亦不多，非如厚餘之能談，能檢真僞以示余；亦由其多財能搜藏，有多書能參考。余與諸人周旋，真獲益不少矣。厚餘爲國丞之父，貌佳如儒士；對余頗多周濟，余甚感之。國丞目力亦不錯，惟書讀少，考證、看書均不行。下午五時方歸。晚演戲均學生爲之。

十六日　陰　寒　十一月廿五日　星期六

今日到漢陽上課，下午歸。本校演戲，劉英生爲外客，余接之來者。至七時學生演戲起，十二時方止。

十七日　陰寒　十二月廿六　星期日

今日渡江一次，訪曾心如，談甚久。下午購零星應用之物歸。

十八日　陰　下午小雨　大北風　十二月廿七日　星期一

今日上課。下午閱報，轉載曹錕、張作霖、王占元、盧永祥致電滇黔磋商統一吾國，果能統一耶？

十九日　雨　北風　十二月二十八日

今日晚飯後接厚訓信，用紅箋書之，系十六日晚間寫者。云內子已生一男孩，系十六日未時生，大小皆安。余甚喜。函後請余買桃紅夏布品、紅湖縐白印花夏布等等，均甥女托買者。晚間思爲男孩取一名。十六日爲耶穌聖誕，是兒同其生日，耶穌更生者也，兒生庚申年，遂名庚生亦可。古人詩"有子萬事足"，余今有子矣，真萬事足也。寢後甚安。

二十日　雨　大北風　寒甚

飯後寫家信回縣，命兒名爲更生，囑家中好好撫養。

廿一日　陰

廿二日　陰　大東風　十二月卅一日　星期五

今日下午無課。本校籌備過陽曆年，學生又縶彩。閱報各省道尹爲疊床架屋之官制，於政治、民生毫無裨益也。廣東陳炯明任省長□即將嶺南、欽廉兩道裁撤，繼又撤高雷等四道。

廿三日　大東風　雪　寒　民國十年元月一日　星期六

今日年假，晴川無課。午後至國丞處研究古玩字畫等等。有許多舊官僚、新軍閥至其家看字畫、買古董，然皆無眼力，以錢多欲冒充風雅人也。

廿四日　北風　雪　寒甚　元月二日　星期日

今日仍在假中。飯後仍往國丞家看古玩，又有大腹賈數人來買字畫，更無眼力。余見之好笑而已，此有錢無奈何矣。

廿五日　晴

廿六日　晴

廿七日　晴　元月五日

廿八日　晴　燥　今日小寒　元月六日

廿九日　晴　元月七日

今日我縣寶和祥、郭君來校，交上厚訓函並網籃一個，準備放假時買物及海味各菜之用者。

三十日　晴　一月八日　星期六

今日渡江至晴川上課，與王雨香、劉質如談同學時舊事。民元三月之敗，皆鵬程、斐然有以自取者也。許學源天性薄，急私利，不顧大體，以故其人至今同學均鄙之云云。

臘　月

初一日　晴　一月九日　禮拜日

初二日　晴　一月十日

初三日　晴　一月十一日　星期二

今日接厚訓函，家中添買藍竹布一丈一尺，紅湖縐六尺，小兒養得好云。

初四日　陰　一月十二日

初五日　晴　一月十三日

初六日　晴　十月十四日

初七日　晴　一月十五日　星期六

今日晴川上課。該校已準備放年假，支取一月薪水歸。

初八日　陰　一月十六日　星期日

今日到國丞家又買零古書數種，如題畫詩鈔等等；又在譚老板店買得鈔本數冊以歸。

初九日　晴　一月十七日

初十日　晴　一月十八日　星期一

三一學校大考本日起，余十四日可回家。今日容康照相館約余照六寸，四寸相各三張，酬情也。

十一日　晴

十二日　晴　今日大寒節　一月廿日

十三日　晴

上午考學生畢，下午買應用之物回縣。今冬添男孩，一切須多用錢也，至國丞家談甚久，八時歸。清理各事畢，早寢。

十四日　晴

六時起渡江搭輪，輪中人客多。下午二時抵家見母親甚健，小孩養得聰秀，貌肖余也。今冬薪水增加，稍有餘蓄。晚至樂峰家一談。

十五日　陰　一月廿三　星期日

十六日　陰　晚八時一刻地震約一分鐘　一月廿四日

今日更生滿月，請樂峰、子恒、小軒等男客一棹，又女客一棹。

十七日　陰

十八日　晴

十九日　雨

二十日　晴

廿一日　晴

廿二日　晴　一月卅日　星期日

更生晚間時時腹痛啼哭，母親招呼精細之至。

廿三日　晴　一月卅一日

廿四日　陰　二月一日

今夕送竈，一切典禮如舊。

廿五　雨

自添更生兒後，家人欣喜。來客必以此兒爲問，云其八字甚佳也。

廿六日　二月三日

廿七日　晴　今日立春　二月四日　星期五

今日下午四時立春，余進香迎春。今冬添子，欣慰中乃有此禮也。

晚間已備各菜，並約國程明晨來吃年飯。

廿八日　陰晴

四時半起，進香祀祖宗。六時闔家吃年飯，七時乃畢。

廿九日　晴

三十日　晴　舊除日　二月七日　星期一

下午五時，排供祀祖燒包袱，具酒肴，此余家祖傳典禮也。抱更兒進祖宗。飯後至汪同昌略坐即歸。守歲囑之家人，余以身體不佳，十二時即寢。

民國十年（1921年）辛酉日記

是年二、三、四、六、九等月缺記甚多，但記晴雨氣候無缺。原因不一。兼課應酬廣，蕙芳在隨，又時時同居相囑，累予腦筋不靜，又時時牙痛不愈，講課不便，極以爲苦。

王占元在鄂作惡多端，筆難盡述，鄂人恨之刺骨。秋初，鄂人蔣雨岩、余子祥、萬幹□、劉菊坡請夏斗寅率湘兵來驅之，人心大快。

七月中，宋大沛敗軍集鄂城，威脅商會辦餉，中元節幾欲劫城。聞夏兵至，乃急退，從水路逸。十月間亦缺記，以蕙芳欲同居武昌，予心煩亂又不能拒之。冬月十七夕彼自隨歸，自是與予同居武昌。

此年所缺原定臘冬月補之，年逾卅五，記憶漸弱，不能一一憶出。

丙寅十二月中旬峙三補述

正　月

初一日　晴　二月八日　星期二

四時起，帶同厚訓至岳廟進香，歸後進祖宗拜年，又與母親賀年畢，仍和衣睡。一切有客來拜年者，由内子與厚訓招呼。九時再起，客來甚衆。

初二日　陰晴　二月九日

早起，帶同厚訓至各街拜戚友畢，在王、程二宅略坐談。晚間更生啼哭甚久，母親以爲腹痛，多方治之，以水烟吸一口向臍上噴之。

初三日　雨　陰　三月十日　星期四

早起，客來留坐者僅三人。晚爲先祖母明天忌日燒紙、進香、排供。九時更生啼哭不止，余與母親均睡不安，大約因寒腹痛也。

初四日　晴

今日下午至子恒、樂峰二處坐談，傍晚歸。飯後更兒疾稍好，似能安睡。

初五日　晴　二月十二日　星期六

初六日　晴　二月十三日　星期日

初七日　晴

今日請客一桌，王樂峰、小齋等九口。

初八日　晴　二月十五日　星期二

初九日　北風　晴

初十日　晴　二月十七日　星期四

十一日　晴　二月十八日　星期五

十二日　晴　今日雨水　二月十九日　星期六

十三日　晴

十四日　晴

縣中連日玩龍燈，仍爲承平氣象。

十五日　晴　二月廿二日　星期二

今日與次誠、敏深、小軒等遊西山、寒溪等處。

十六日　晴　二月廿三日

十七日　晴

十八日　晴　二月廿五日

十九日　晴　二月廿六日　星期六

二十日　晴　二月廿七日　禮拜

廿一日　晚大風　二月廿八日　晴

廿二日　風雨　三月一日

廿三日　雪寒　三月二日

廿四日　雨

以上數日，無事可記。

廿五日　晴　三月四日

連日王文心來催王利師上學，利師爲余所薦。文心近來欲附庸風雅，買七弦琴以後又停先生，教其姪與舅弟。彼有三妻妾，無子。據醫生云好嫖甚久，腎脈全無，難望生子。

廿六日　三月五日　禮拜六　晴

六時起搭輪往省。厚訓送余下河，與王師會，同輪。下午四時到漢渡江即送王歸，往廣福坊就飯。余回校清理房中諸事，校中尚未上課。

廿七日　晴　今日驚蟄　三月六日

早清理各事。午後四時王文心請王利師酒，有艾子高、孔醫生同陪。余去甚早，王席菜均豐盛，晚九時方歸。

廿八日　晴　三月七日　星期一

今日上課。學生舊生已到三分之二，新生尚未招齊。

廿九日　晴

三十日　晴　三月九日　星期三

學生已到齊，正式授課。下午五時飯後至利師處談甚久。

二　月

初一日　雨　三月十日　星期四

聞卓芳昨到郭公館上學矣。郭家諸事方便，館款較利師甚厚，蓋請女師比男師難也。余薦卓芳教專館，余心已安矣。

初二日　雨　三月十一日　星期四

初三日　晴

初四日　晴

初五日　晴　三月十四日　星期一

初六日　晴

初七日　晴

初八日　晴

初九日　晴

初十日　晴

十一日　雨　三月二十日　禮拜

十二日　晴

十三日　雨　三月廿二日　星期二

今晨往察院坡買物。回時見南樓上桃花已爲風雨所摧殘矣，因作一詩以志之。

十四日　雨　三月廿三日　星期三

十五日　雨　三月廿四日　星期四

十六日　雨

十七日　雨

十八日　大風　三月廿七日　禮拜

十九日　晴

二十日　晴

廿一日　晴

廿二日　晴　三月三十一日　星期四

廿三日　晴　四月一日

廿四日　晴

廿五日　晴　四月三日　禮拜

廿六日　晴

廿七日　雨　今日清明節　四月五日　西北風

今日清明，未能在家祀祖，心中悵悵然。

廿八日　雨　四月六日　星期三

廿九日　大北風　陰　四月七日　星期四

三　月

初一日　晴　四月八日

初二日　晴

初三日　雨

初四日　小雨

初五日　晴　四月十二日　星期二

初六日　晴

初七日　晴

初八日　晴

初九　雨　四月十六日　星期六

初十日　晴　四月十七日　禮拜

今日接厚訓信，謂胡貴堂太炳與胡子書、香書訟案經高心田調解，佘季香加入，已平和了結。由子書辦酒四席，以兩席在縣，以兩席回祠堂辦理。又汪資安托寫扇子，催索甚急云云。

十一日　晴

今晨本校師生至溝口旅行，步行去，並遊琴園等名勝。下午就火車回小東門下，天晴氣爽，心目爲快。

十二日　晴

今日校中休息，無課。午後至萬發祥看字畫，一王夢樓橫批，二劉石庵大聯，三何子貞七言聯二副，四張廉卿大對二副，五楊星吾長聯中堂等三件；畫則湯世澍之花卉多件，上官周、任伯年等名家之作，並無海派氣；圖章則雞血、田黄、凍石等等甚多。丁國臣家藏之件甚多，以多財能收貨，得善價則賣去。倘余有錢，則收入而不賣出矣。彼輩賈人也，圖利三倍尤不快心也。

十三日　晴　四月二十日　星期三

今日接厚訓函，母親患氣疾，刻已愈。王樂峰七十壽辰系四月初九，家中買炭半頓，去錢五串八百文，祖父普山墳已挑高云云。

十四日　晴

十五日　雨　四月廿二日

十六日　雨

接厚訓函，云胡林訟事送汪資安卅串文，又在縣用去火食七十餘串。貴堂與子書、香書訟事設無知事作主，資安做禀，已爲子書欺壓下地。此真土劣之流，專欺本族者也。

十七日　晴　四月廿四日　禮拜日

十八日　雨

十九日　雨

二十日　陰晴不定　大北風

廿一日　晴

廿二日　雨　四月廿九日　星期五

廿三日　雨　四月卅日　星期六

廿四日　晴　五月一日

廿五日　晴

廿六日　晴

廿七日　雨

廿八日　雨

今日在問竹軒買得珊瑚箋屏八幅，寫詩送樂峰。彼生期又云系四月廿二日。詩作八人寫，朱右庚代做二首，劉南田代寫二，□擬五天內寫就帶縣。樂峰得子遲，兩子均不肖，此屏不知兒輩能傳存否也？

廿九日　晴　今日立夏　五月六日　星期五

三十日　晴

今日渡江至漢陽上課，晚六時方歸。

四　　月

初一日　雨　五月八日　禮拜日

初二日　雨

初三日　晴

初四日　晴　五月十一日

　　今日下課後至萬發祥看古書，汲古閣刻《渭南文集》《劍南詩集》明板初印本。又元板《禮記》一套，又元板《四書》一套，又明板《中州集》一套，俱精美。又看石章魚腦凍石一對，白壽山一個，青田石長章一對，俱精品。又初拓《集王聖教序》一册，五福三奧俱全，高陽縣之字略有損，有翁方綱、趙之謙題跋，亦佳本也，但非元搨，余疑之。

初五日　晴　五月十二日　星期四

　　得厚訓函，云沈福田帶歸之畫一包收到，又甥女要買緑湖縐裙子料。

初六日　晴

初七日　晴

初八日　晴　午後雨　五月十五日

初九日　陰

初十日　晴

十一日　晴　五月十八日　星期四

十二日　晴

十三日　雨　五月廿日

今日石仲章帶函云，寒溪撥兌之款六十五串家中已收到。

十四日　晴　今日小滿　五月廿一日

十五日　晴

十六日　晴　五月廿三日　星期二

今日上下午均有課。午後六時至萬發祥看舊書，見殿板書甚多，印工精，墨色佳，似較明板甚好。又石印《古玉圖考》二本，吳大徵在上海初印，紙墨極佳，可貴也。

十七日　雨　五月廿四日　星期三

十八日　雨

十九日　晴

二十日　晴

廿一日　晴

廿二日　雨

廿三日　雨

廿四日　晴

廿五日　晴　六月一日　星期四

廿六日　晴

廿七日　雨

廿八日　晴　雨　六月四日　禮拜日

廿九日　晴　六月五日　星期一

今日帶錢回家，分三人帶去。許俊□二十六元，王利師放假回縣托帶卅串，范伯高帶廿六串。想家中端節必有餘存矣。

五　月

初一日　晴雨　今日芒種　六月六日　星期二

早起，作詩一首。今日下午漢陽有課，就便領款。明日又有課，遂宿漢陽。

初二日　晴

早起。午前午後均有課。已領六、七月份薪資各九成。均欲余就校中宿。晚間至羅校監家打小牌。余以天氣甚早，如有輪渡渡江即回三一學校，無輪渡則轉校宿。至江干則輪渡候客待開矣，余上船，到校正早。

晚飯後出門買糕點數件、好茶葉二兩，九時將王□恂先生等所寫四幅高麗紙小屏懸之臥室中，細細閱之，甚閒適；飲茶食糕點，心快然久之。十一時，閱書甚倦，十二時遂寢。剛睡着，忽牆外槍聲三四響，余驚醒。繼又聞三四響，自小巷中出。值余窗未關，遂起視，則牆上有軍隊三四人坐牆頭，北方口音。繼聞前重大吼，聞前重學生俱起床，至傳達室鐵柵外觀之。軍隊多行街市，大劫民財。繼聞劉有餘宅火起，茲見火光燭天。余遂避入禮拜堂下層，街上時聞軍隊喊聲。噫！殆王占元之兵有計劃整隊而搶商民也。天將曙，聞集合吹警笛聲，軍隊回兩湖書院二師司令部矣。余校中三百餘人驚恐萬狀，幸兵只放槍二次，未傷師生，亦幸矣。自是未睡，待打聽消息，使今夕在漢陽不歸，免此驚駭，真凡事有定也。

初三日

七時街上行人漸多，知長街逐家被搶，只搜金銀鈔票細軟，不要銅元。火死誤殺者六七人，兵士爲電線觸死者二人。武昌各街巷俱搶，幸免者此次不過十分之一而已。王占元爲湖北督軍兼省長，專用北方人。聞其家鄉館陶縣城鄉間無一着長衫，蓋僅能着長衣者，俱來湖北就各機關職員。不識字之老粗則帶來充街兵，其縣只有農人及必要工人在焉。噫！軍閥當國，段祺瑞專用北方人，以南方爲魚肉，傷哉！聞王占元三個月未發兵餉，計已乾沒數百萬，而其本縣私產估價已有六千萬元，皆鄂人之膏血也。省議會豬子議員不能爲鄂人伸冤說話，議長屈佩蘭、劉錫侯專爲之趕網提魚而已。

初四日　雨

聞王占元今日殺變兵二人懸首示衆。然輿論太壞，省議會亦不敢不說幾句以敷衍民衆。又聞下午約商民開會，將此一批變兵及其所搶金銀等物付之，帶歸回原籍遣散。軍官及士兵願意回家，今晚八時上車，九時專車開回北方云云。

初五日　小雨

今日端節，校中放假。晚間六時傳聞變兵在孝感停車。劉佐龍軍隊已先在車站旁放哨，用步槍機關槍向此三列車射擊，變兵死車廂內者無算。聞逃者不過三四人，金銀細軟未動，廂內血流於外，見者寒心。此王占元計策，先以密電告之孝感駐軍者也。武昌人聞之甚快於心，而此些北軍健兒又冤死矣。軍閥之手段毒辣，軍隊則凶而愚矣。此五月初二可爲占元與鄂人紀念也。下午六時戒嚴，余未外出。

初六日　雨

初七日　晴

聞各校提前放暑假。以兵變後商業受影響，學生亦不安寧。本校亦提前放假，明日大考。

初八日　晴

本校今日大考。余今夕卅六歲初度。余生以亥時末，推造者作亥時算命，然五月天氣甚長，恐是子初，則交初九日矣。後知靈推余造謂卅六歲以前運氣極壞，過卅六歲則順境矣。大運在交四十歲云云。噫，達人知命，靜以俟之而已。

初九日　晴

初十日　雨　六月十五日　星期四

早起清理各事。照常上課。下午接利師自縣來函，云許、廖、范三處錢俱收到。母親囑買白洋布二丈四尺、白夏布二丈八尺、白竹布一丈二尺，做萬氏衣服的。買草帽一頂與更生。

十一日　大雨

　　　　十二日　早晴　午後雨

　　　　十三日　晴　六月十八日　禮拜日

　　　　十四日　晴　六月十九日　星期一

　前日連與程雲生交涉。余以雨衣太短不便着，雲生願意以家中紅色七弦琴交換。此琴本不佳，余以急欲學琴，無練習之物，遂易之。此琴爲伏羲式。

　　　　十五日　晴　六月二十日　星期二

　　　　十六日　晴

　　　　十七日　陰晴　今日夏至　六月廿二日

　學校會議，準備廿一日起大考。

　　　　十八日　晴

　　　　十九日　雨

　　　　二十日　雨　六月二十五日　禮拜日

　今日至萬發祥看古玩字畫三小時，劉東青同在座。

　　　　廿一日　雨

　今日大考，上下俱有考試。

　　　　廿二日　雨

廿三日　雨

廿四日　雨

余之各門考試已畢。看卷子每晚甚忙，填寫分數册。

廿五日　晴　六月卅日　星期五

早起，買應用物件帶回縣者。晚間至萬發祥取所購舊書及圖章，已購得之龍門風雨琴亦帶回縣。此琴琴面有缺陷數處，正當弦位須補添生漆也。

廿六日　晴　七月一日

校中已放假，原定明天搭輪回縣。

廿七日　晴

早起。今日命校僕送余渡江搭輪回縣。船上人多，余已購得鋪位安睡。下午一時到家。母親甚健，小孩均好，與家母閒談各事。晚看王樂峰等。

廿八日

晏起，倦甚。午後清理帶回書籍等件，余自就武昌三一學校及晴川中學第一師範事，現在省已二年半，書籍等件添置不少，以故存錢無多。鄉人勸余置田地，余一哂而已。

廿九日　晴　七月四日　星期二

飯後出門訪各親友。

六　月

初一日　晴熱　七月五日　星期三

初二日　晴

初三日　晴

初四日　晴　今日小暑

接李長青自蘄州來函，約余暑假期內至該局小住，藉作旅行云云。

初五日　晴熱

初六日　晴熱

初七日　晴熱

初八日　晴　熱甚　七月十二日

初九日　雨

初十日　早小雨　午後晴　七月十四日

今日略檢換洗衣服，下午五時半搭郵局划子渡江，在黃州棚小憩。王次齋、高子青招呼余搭大輪。轉鐘一時襄陽輪到黃，王等送余上船買鋪。小睡，四點鐘到蘄州洋棚。系姜華山接余，蓋其子爲三一學生也，與談片時天明矣。蘄春城門禁嚴，夜晚不能入城。

十一日　晴熱　七月十五日

早起，入城與李長青相見，甚歡。早飯畢，與同遊街市，今日天熱甚，晚間寢不安。

十二日　晴　熱甚　今日初伏起

十三日　晴　熱甚　七月十七日　禮拜日

今日同長青至江邊遊釣魚台，此台有人招呼。夜燈大輪各公司所出，欲雇人者也。日扯球於船中，只准用二人，慮其晚間打牌也。午後三時便訪胡干城，未遇；又訪同學劉偉才，談片刻。天熱如火，該縣隙地太多，行時無樹陰，無棚遮，汗出如瀋，決定明天回鄂城。

十四日

今日晚飯後，長青送余在姜生洋棚候上水船。其家待余與長青酒食甚豐，候至轉鐘三時，搭岳陽輪回黃州。

十五日　晴熱　七月十九日

早八時，船到黃州棚，余下船後雇民船回家，見母親告以蘄州各事。此行去來僅五日，短期遊歷，無所得也。

十六日　雨　七月廿日

十七日　晴熱

十八日　晴熱

十九日　晴熱　今日大暑節　七月廿三日　星期六

二十日　晴

廿一日　晴　七月廿五日

廿二日　中伏起　七月廿六日

廿三日　晴　熱

廿四日　晴　熱

廿五日　晴　熱

廿六日　晴　熱甚

廿七日　晴　熱甚　七月卅一日

廿八日　晴陰不定　八月一日

廿九日　陰　八月二人

　　今日開始清理書籍，曬書。逐一清查，計余近三年所購書籍以集部爲多，僅萬發祥最近買得者如《墨林今話》《有正味齋尺牘》《龔定庵全集》《汪竟峰文集》《金石錄》《金石學錄補》《陳檢討詞鈔》《秦淮畫舫錄》《駢體南針》《耿天台先生全書》《桐陰論畫》《畫學心印》《隨園隨筆》《壯悔堂文集》《王右丞集》《庚子消夏記》《江村消夏錄》《溫飛卿集》《歷代畫史彙傳》《劍南詩鈔》《張船山詩集》《元次山集》《李笠翁一家言》，其大部則《佩文韻府》六十二本，《淵鑒類函》一百廿八本。噫，此廿五部大半爲顧印愚之子售與萬發祥者。余則自去年春初開始節省自己私人生活費與薪水，累積所得。以性養書。民初、民三時均無力購買者，不知吾子孫將來如何，則又自悟矣。孟子云："君子之澤，五世而斬，小人之澤，五世而斬。"天下之公物天下人公有之。但非水火力兵，終見古籍長留天地間也。晚間清理裝箱，精力疲甚。

三十日　小雨　八月三日　星期二

昨清曬書籍，疲勞甚。今日請工補做二箱，連萬發祥所購四樟木箱，已共有書箱十二口。先君醫書民元尚有十二套，大部如《景岳全書》《黃氏八種》等。聞從前之《醫宗金鑒》《陳修園全集》等因貧已分賣黃舜卿、洪小平、程松師、沈伯卿等，大約有二十餘種。先君醫書自閱以朱筆圈點者爲多。於十三四歲時在舜卿、松師兩家見過四五套，均蓋先君名章於前頁。余未學醫，當時曾問及先父，果有此事否，父告之故，是以知之。今欲贖回，則黃程以星散爲辭，均不願也。

七　月

初一日　陰　八月四日

初二日　陰　八月五日　末伏起

連日報載湖南軍隊以夏斗寅關係，助鄂人驅王占元，因在京鄂人控王在武昌縱兵大掠及種種殃民事，中央不理也。故蔣雨岩借兵來攻，吾邑之劉菊坡、李紹虞、余子祥等俱參加討王。聞已攻至通城、蒲圻地域矣。

初三日　晴

初四日　晴　夜大雨一次

初五日　早雨一陣　午後晴熱甚　今日立秋
八月八日　星期一

初六日　晴　八月九日

聞鄂軍進入鄂境，距丁泗橋不遠，而省議會豬子議員仍有一半袒護王占元。奇哉。

初七日　晴

閱報，昨日中央已免王占元職矣。

初八日　晴　八月十一日

初九日　晴

初十日　雨

今日聞宋大霈敗兵竄入鄂城附近黃州，亦分駐此爲王占元之基本隊伍，爲蔣雨岩、夏斗寅所擊潰者，由金牛一帶搶掠而至。

十一日　晴　八月十四日

宋潰兵源源到鄂城城外寒溪學校，已有到街上購物者，紀律極壞，一律北方口音，傷哉。鄂省全境商民近五年來聞北方口音之軍隊無不頭疼服慄者。袁世凱之流毒也。余想此等軍隊素畏洋人，將來以對日本或俄國作戰則無勇氣，僅僅威駭小民而已。

十二日　晴

今日各家人口不敢外出。下午聞黃州有宋兵打虜。傅象虛經過清源門外，一兵士硬向他將洋盒奪去。石雲衢哂之曰：此舉人遇倒兵也。鄂城之內小街僻巷，軍隊搶掠。

十三日　晴　大北風　月色大佳

連日商會招待潰兵無微不至，懼其搶也。宋兵日日言開差，但未行動。

十四日　晴　月明如晝

全家今日祀祖，約仲章、國煌來吃飯。午飯後三時聞槍聲數發，詢之乃潰兵擊過江民船。自是除商會辦伕外，該兵等自己抓伕，有銀元或鈔票者抓而仍放之。各兵以此爲取錢之方法。

十五日　晴　晚月大明　八月十八日

今日聞宋軍開拔，仍抓伕。縣署商會辦差，慮禍遇之，曲忍之。晚月色甚佳，早已關門，街上行人甚少，步哨又多。余今夕懷念蕙芳甚切。

十六日　晴　八月十九日

潰軍今日尚未全開走，鄂城商民懼搶劫。

十七日　晴　月色大佳　八月廿日

潰兵今日已開，大部分□仍不出門。夜見月色，作懷蕙芳詩四首。不敢外出，只有在家作詩而已。聞今日被抓夫者無錢贖即帶之同去。吁！此北洋練兵好成績也。

十八日　晴

潰兵走盡，商民喜甚，大難已過矣。

十九日　晴

二十日　晴

廿一日　晴　八月廿四日　星期三

廿二日　晴

今日清理各事，準備到省。

廿三日　大北風竟日　八月廿八

今日大風，改定明日到省，乃風至晚不息，遂止上省之約。與敏深談二小時歸。

廿四日　大風未息　八月廿七

今晨仍大風，又須改期。至晚風稍小。余清理各事，決定明日到省。

廿五日　大風　晴

風仍未息，較昨稍小。我想今晚一定無風，九時以後天氣開朗。

廿六日　晴　八月廿九

晨起，厚訓送余下河，搭漢武輪船。風平浪靜，午後四時抵校，尚未開課。

廿七日　晴

飯後往各處訪友，並向進化書局借得新出版關於文學、史、理、化學等八本回校，晚間閱之。學生已到三分之二。

廿八日　晴　八月卅一日　星期三

佈置余房中各事，挂新裱字畫，琴書佈置頗為美觀，惜房大①小耳。

---

①　大，疑為"太"字之誤。

雷金聲來談甚久去，一云陳豫生古文詩學俱大進，二云朱次誠名佛緣彈七弦琴甚佳，欲余往其寓拜訪求學也。余琴未入門，系初學，若從名師，又恐人看不起，且卅六歲矣，容當詎之。孫景鳳來奉看，孫南京人，曾爲枝江知縣者，精篆刻，藏佳石極多；又精佛學，以《粗淺佛理》書贈余，請學佛。彼住曲馬池八號。談二小時去，容答拜。

廿九日　晴　午後大雨　九月一日

余今卅六歲，一事無成。貧困雖較辛亥以前稍好，然多病體弱，頻年恃館穀以養母，而於政治上無建樹，可恥也。孔子云："邦有道則仕。"又曰："邦有道貧且賤焉，恥也。"吾思之赧然。校中今日上課。

八　　月

初一日　晴　九月二日　星期五

今日上下午均有課。晚至國臣家看字畫古玩，心快然久之。

初二日　陣雨　九月三日

初三日　晴

初四日　晴　九月五日

初五日　晴　九月六日

吳金生今日來校，帶厚訓函及雨衣、被臥裹子等件。函云方城控案已了結，並向家中借去四元，楊大生老老板前日去世等事。

初六日　晴

初七日　晴　今日　白露

初八日　晴　午後小雨

初九日　大雨

初十日　雨　九月十一日

今日傷風流鼻涕甚多，十二時以後尤難過。

十一日　晴　九月十二日　星期一

今日轉咳嗽甚劇。

十二日　晴　九月十三日

十三日　晴　九月十四日　星期三

今日上下午均有課，晚咳甚，購雪梨膏服之，無甚效。

十四日　晴

今日帶病上課。晴。

十五日　晚有月色　今日中秋

今日接厚訓片，吳茂順撥兌卅串已收到，餘洋付王樂峰代放縣中。杜玉成二爹昨日去世，年八十一矣。下午至萬發祥去坐談甚久。

十六日　晴　九月十七

今日渡江上課，傍晚歸。晚咳甚，早寢。

十七日　晴　九月十八　星期日

今日接厚訓函，衛茂浦帶上棉袍一件，帽子由次松再帶。

十八日　晴　九月十九

十九日　大風　陰

二十日　雨　九月廿一日　星期三

廿一日　晴　今日秋社

廿二日　晴　九月廿三日

廿二日　九月廿四日

今日下午六時至萬發祥看得張廉卿大中堂一幅，何子貞大聯二副，奚鐵生山水立軸，又鐵保大中堂一件，俱爲精品。

廿四日　晴　九月廿五日

廿五日　晴

廿六日　晴

廿七日　晴

廿八　晴

廿九日　晴　九月卅日

今日下課後至萬發祥購得琴譜抄本四種，又乾隆年造香墨一錠，又白高麗紙五尺、六尺各一張，紅色一張，皆蕭安伯從前售與彼者也。

九　月

初一日　晴　十月一日　星期六

此月陰陽曆相左一月，九月一日即十月一日。下午渡江。

初二日　晴　星期日

今年下季第一師範鐘點加多，該校距三一學校甚近，此校下課可趕至該校接授課也。

初三日　晴

初四日　晴

初五日

初六日

初七日　晴

今日接厚訓函，謂程少松在縣，母親接他吃飯一次。又馬春丞請余代作之聯望速寄下。

初八日　小雨　十月八日　星期六

今日下課後，乘車訪石和生，前用函約者也。朱右庚、石老七均見面。石老三能文，夜談至轉鐘方寢。

初九日　陰　小雨　今日重陽　十月九日　星期日

早飯後乘車至漢陽門渡江，遊新市場，正午回校。劉芺生、賀新山約游洪山，均乘車，故不覺其勞也。

初十日　晴

十一日　晴

十二日　晴

今日次松回省，帶來余之棉袍一件；又厚訓函，轉魏湘屏介紹余寫紅緞子壽屏八張，錢八十串爲潤筆費，余回函許之。

十三日　晴

十四日　晴

十五日　雨

十六日　雨

十七日　雨

十八日　陰

十九日　雨

二十日　雨

廿一日　雨

廿二日　雨

廿三日　晴　十月廿三日　星期日

連日苦雨，愁悶萬分。下午五時半至萬發祥看書畫，便購得《書目問答》《舊政藝叢書》十本，《説文解字》《事類統編》十二本歸。

廿四日　晴　今日霜降

廿五日　晴

廿六日　晴

前接龔仙舟壽祺。之母丁太夫人去世。余擬一挽書贈，明天當寄去。

廿七日　晴

連日下課後即往東廠口四十七號看張福蓀，病甚重。余問以事，似不省人事者。

廿八日　晴

下午六時乘車至張宅，福蓀病危，其夫人與養頤招呼頗盡心力。

廿九日　晴

今日下午晤馬壽軒，謂已推算福蓀八字，似難望生理也。

三十日　陰　細雨　十月卅日　星期日

今早即至張宅，看福蓀病已無生望矣，囑資生準備各事，戌時福蓀謝世矣。余爲之流涕者逾時。福蓀客死在外，非考終命。其生庚爲癸未四月初五未時。其父張正綱爲桑植縣巡檢，年七十；母亦七十，尚存也。去年添一子，有二女，已年十五、十二歲。

十月

初一日　晴　十月卅一日　星期一

今日下課后往張宅料理喪事。今晚大殮，棺衣均豐，以其家向富有也。彼爲議員，荆施宜三府人均擁戴之。

初二日　晴　十一月一日　星期二

今日午後無課，仍往張宅幫忙。其家人已在途中，其堂弟亦來此，余爲之指示各事。歸接厚訓函，梁桂芳借余款尚未還，夏生之錢緩還；更生有病，現已愈；家中買河下米二擔，每擔十串文云云。

初三日　晴

初四日　晴

初五日　晴

初六日　晴

午後雷金聲又來，彼説已與朱次誠晤見，囑余與晤見學琴；擬明日同金聲過其寓造訪。四時半至張宅，仍爲之料理各事。

初七日　晴　十一月六日

初八日　晴

初九日　晴　今日立冬　十一月八日　星期二

今日下課後至張宅，指示其訃文發出。同學在省者有卅餘人，均分赴告。湖堂從前無團結，同學交遊泛泛，視之今年，似相親愛者。省議會中有九人充議員。

初十日　晴

十一日　晴

今日厚訓來函欲謀事，述袁、梁之款已還清。四女、更生均養得甚好。

十二日　晚月色佳　星期五

今日下午至張宅談各事歸。飯後清理各事。七時月色甚佳，余自校後門出西街一遊，至西街轉兩湖後門。歸途得詩一首，用九佳均，此均余素未用也者。

十三日　晴　十一月十二日　星期六

十四日　晴　十一月十三　禮拜日

今日整天在張宅料理各事。同學張少白、鄔雲齋均在其宅幫忙。

十五日　晴

午後六時至張宅，見其諸事準備齊全，明天開吊。余晚十時方回校。

十六日　晴

今日上午上課二次，即往張宅。其子功其，其胞弟養頤、資生陪拜。至晚八時方休息，余仍回校宿。吾國舊紅白喜事客多不能睡，必抹牌賭博，以消長夜。人多愛之，每有藉做客爲樂者，余則深恨之。

十七日　晴

六時起，即往張宅。擾擾至十時方出殯，喪禮甚熱鬧，惜福蓀年未五十即作古人也。福蓀與余及秋舫、肖鵠七人有金蘭之誼。福蓀對余個人謀事、周濟無不盡力，講友誼如此人不多，今死別矣，魂歸長樂，傷哉！余送櫬至漢口往宜之蕈船上，與其妻弟珍重別去。渡江回校，心猶念其昔日事也。

十八日　大風　十一月十六日

十九日　晴

二十日　晴

廿一日　雨

廿二日　晴　十一月廿一日　星期一

廿三日　雨

今日下課，以雨未能外出，將孫景鳳所贈佛經一閱。《心經》略了解，其他則閱之再三，不明晰也，此殆余無緣耶。九時念及福蓀，靈柩今日應該到漁洋關矣。

廿四日　十一月廿三日　星期三　晴　今日小雪節

今日感寒咳嗽，老疾復發。

廿五日　晴

今日嗽甚，痰不得出，頗以爲苦。

廿六日　雨

今日下午渡江，以錢六十串交夏西昌錢莊撥兌回家。夏以作縣令發財，今年在漢口新設錢莊也。傍晚過江。

廿七日　晴

廿八日　晴

前約拜訪朱次誠，久未去。今日雷金聲來導余見面述往事，有世誼也，談甚久出。

廿九日　晴　十一月廿八日　星期一

冬　月

初一日　晴　十一月廿九日　星期二

今日厚訓函來，帶青臥龍袋一件，又請買牛乳與更生。

初二日

今日又接訓函，云慶雲女大病，已派人送往石家云。

初三日　晴　十二月一日

初四日　晴　十二月二日

初五日　晴

初六日　晴　十二月四日

初七日　陰　十二月五日

初八日　陰　十二月六日

　　爲李緘三作挽寫就，命校工□送巡道嶺四十七號。文云："刻意著新詩，玉谿生、李長吉以還，僅見此作；傷心悲舊雨，劉介眉、張福蓀而後，又哭斯人。"李繼劉、張兩同學後死，同學諸人均以予所作爲切。

初九日　晴　十二月七日

　　今日接厚訓一片，云許俊甫帶回縣之款已收到，梁逢甲之父請予爲其子撥廿串文，外孫女病已大愈。

初十日　晴

　　今日上午十時到巡道嶺李宅開追悼李同學會，李運舫招呼一切。緘三曾出日本三年，在教育廳充科員一年餘；無子，可慘也。與同學張眉宣、袁幼安等略與周旋，後回校。下午接龔楚仙家訃文一件，其母年七十餘在籍逝世，已安葬矣。

十一日　晴

十二日　晴

十三日　晴　十二月十一日　星期

　　今日上午九時至萬發祥看字畫，下午三時方歸。

十四日　雨　十一月十二日　禮拜一

　　下午接蕙芳自隨縣來函，囑予本月十七下午到京漢路車站接彼，請萬勿遺誤。

十五日　晴　十二月十三日　星期二

今日下午細閱蕙芳函，似無他人可至車站代接者。彼又有小女孩，如隨縣有人送，途中尚無他慮。予今年卅六矣，父親生前及死後欠賬俱還清，且稍稍有蓄積矣，再添娶□非所願。

十六日　陰晴不定　十二月十四日　星期三

今日下課後靜坐室中，每一念及蕙芳事，心煩意亂，無所主張，晚寢亦不安。如明日不接，又恐傷其心。彼必欲就予，仍可任職以助予。此時作爲友誼不可能，只有順其意同居而已，寢後不安。

十七日　晴　十二月十五日　星期四

早上課一次，即請假渡江。十一時訪曾心如，談甚久出。午後一時至交通旅館看房間二間，付定洋二元出。三時至車站茶肆坐，候車。到四時半車到，予接蕙芳及小女下車，彼甚喜。隨縣有二人送，皆鄉愚也。至交通館開飯後，囑蕙芳自清理物件，談一時許請彼休息。予遂出館訪友人，六時半歸。八時與談近年事，約三小時乃已困，從前在縣宅未能多談也。至轉鐘二時方與同寢，並說前去年夢中鬢插花似再適，此天緣也云云。

十八日　雨

早七時起，以今日有課須渡江。囑蕙芳往吳宅住一日回縣。明年決定不到隨縣，予再設法薦近縣或省城就事，容緩計議。八時出館，雇人力車行半里，車夫不慎將予跌下，予甚恨之。警士代予呼一車，另載渡江後上課，晚寢多思慮。

十九日　晴

二十日　晴

廿一日　晴

廿二日　雨　十二月廿日

今日下午接蕙芳函，知已平安回家，囑予另覓學校事。

廿三日　晴

廿四日　今日冬至節　十二月廿二日　星期四

廿五日　晴

廿六日　晴　十二月廿四日　星期六

今日下午接吳江縣寄來訃文，知沈雪廬師於本月十二日患中風去世，年五十七歲，其爲傷感。沈師本年九月廿五日曾以挂號函寄畫一件，仿宋畫院《萱堂耄耋圖》三尺，堂心極精美。函稱此畫窮三日之力所成者也。白貓一頭，神氣如活，照相亦所不及。毛則一筆筆寫成者，並附紅箋致祝。十月十二日與畫此幅時，相距不過四十七日耳，豈料竟作古人耶。想系自監理修葺新屋積勞所致也。兩月始接此訃，傷哉！

廿七日　晴

廿八日　雨　星期一

廿九日　晴

三十日　晴　十二月廿八日

臘　月

初一日　晴　十二月廿九

初二日　雨　十二月卅日

初三日　晴　十二月卅一日　星期六

校中停課放假，下午接蕙芳自縣中來函。

初四日　晴　民國十一年一月一日　星期日

今日放假，下午方旭初、王養安、陳小葵來校約出遊，至萬發祥看字畫古玩。方欲買七弦琴，因價昂未妥。

初五日

今日校中上下午大考。

初六日　晴　元月三日

初七日　晴　元月四日

校中上下午均考試，夜看學生試卷，打分數，至十一時寢。

初八日　晴　元月五日　星期四

初九日　晴　一月六日

予所授課今日考畢。下午接厚訓來函，請帶年貨，又須買紅對子二副送三舅父與大老表做屋送禮。晚八時帶校役同上街去買定。

初十日　晴　一月七日

予今已將學生分數册寫齊交周校監。清理室中各事，準備回縣。

十一日　陰　元月八日

今日王小齋來校約予明晚同船回縣，留之飯去，約定明下午四時渡江。

十二日　晴

下午四時與小齋渡江，九時上瑞陽丸，轉鐘一時到黃州，以夜寒不敢冒險乘小船渡，遂在小齋洋棚中宿。

十三日　晴　元月十日

七時與小齋雇舟渡江，八時半抵家入門，見堂中停一小棺，予驚甚，則知軾女於昨晚以急症動驚夭亡，愁涕流溢，心痛甚。家母徐徐爲余言女昨日上午無事，下午乃猝發急症，繼轉驚以死，傷哉。余自遷此宅後，喪吾長女，病僅二日而轉驚。次子太錚病，七日轉慢驚以死，此凶宅也。幸三子根生年已一歲，尚好。然急思另租屋以居也。心煩亂，母親頻頻慰之。余從前恨此女出生不久而太錚夭，因感於夢中事。今日思之，謂此爲劫數矣。又作自寬，□小齋坐片刻即回去。

十四日　晴

十五日　雨　元月十二日

十六日　雨

十七日　雨

今日遞一信與蕙芳，言余歸，軾女已死。

十八日　雨　轉寒　元月十五日

十九日　雪

今日寄沈伯名函，並寄紅呢祭幛與輓聯至吳江。

二十日　陰

廿一日　晴　元月十八日

今日寫信與曾周二先生並劉藍田，述余歸後狀況。

廿二日　晴

晚寫賀年片至三一學校及省中諸友。

廿三日　晴

今晚到孟宅與蕙芳見，述近事，彼頻頻慰余。

廿四日　陰　今日大寒　元月廿一日　星期六

今囑訓甥換堂屋中各字畫，晚六時再與蕙芳晤，商明春就館事，歸後送竈神。

廿五日　陰

清理打掃宅中內外，撫視根兒，思曩昔事，時時傷感。

廿六日　陰

廿七日　陰

廿八日　雨

廿九日　陰　元月廿六日

三十日　陰　元月廿七日　星期五

今年就事薪水增加，而用費亦多，如應酬、交際、買書籍等等花去不少，而拂意事亦多。除夕欲總結評□，以困倦而止。

民國十一年（1922年）壬戌日記

　　本年正二兩月，幾於無夕不有夢，蓋氣血虧，神不守舍也。蕙芳遭難，又未就事，余時時系念之。自寫詩文自此季起，繼寒溪中學寫《覆瓿集》，自是有著書之念。學琴亦以自此季精心研究，惜余學琴前十年未得師，卅六學琴手指不靈活，記憶力亦不強矣。

　　本年上季，有造幣廠一師、三一各處薪水多，除買書籍字畫外，暑假中七事無憂，且時為竹戰之戲以為樂。暑假後一個月皆在程稚松家照料松師喪事。予於此舉可以對得起師門也。心廣體胖，環境甚佳。

　　暑假期中七月十二起，忽患痢疾，甚劇，十六日乃愈。予初懼此疾與在大冶中學時相同，則殆矣。今年暑假竟延長至七十天。

　　今年七月廿六、廿七日之風暴為廿餘年所未見者。憶戊戌大風暴時間甚短，三小時即止，此則連續二日；而予乃於江行逢之，逢於輪船中而無衣服增加，則更奇矣。此日同船男女客較予苦者更多，男客佔四分之三，大約三百餘人。今年七月以後逐漸添購書籍，子集一類之書約卅餘套，薪水多有存者。母親省減度日，以此款貸鄉間戚族之人：晏表叔、吳表兄、王子恒、許叔文、金玉山、王興發，其後子恒、叔文等全本錢僅還三分之一，吳表兄僅還半數，餘均損失，遑問利息耶。

壬辰三月杪復閱此日記記之

正　月

初一日　雨　陰　星期六　晚大風　寒甚
一月廿八日　丙申

　　四時起，出方，進祖宗。至岳廟行香，仍如曩歲。帶同訓甥去，歸後與母親拜年，囑訓甥招呼應門答賀年者。余午後出門一次，匆匆即歸。傍晚書開筆紅箋，並題詩四首見志。七時即寢，雞鳴時醒。記夢中作聯云："有賢□宦，民之父母；無金吾禁，酌以兕觥。"下聯四字，初夢"酌以大斗"，以爲成語矣，旋又改爲"酌以兕觥"。用《詩經》語也。天將曙，記得清楚如此，以後主何兆耶？

初二日　早風息　午間細雨如絲

　　早起王樂峰、程少松來，開門晤談去。余至汪同昌、杜振卿二家去叩新香，順道就友家拜年。餘則囑訓甥拜，余名片代之。晚寢後又有夢：大冶學生馬德手持胡琴爲其父索書對，請款曰星殘。夢中知其父已作古。天將曙，夢魘壓身二次。

初三日　陰

　　今日來客多。午後接黃松師來函，中有歎息沈雪廬師作古語。晚寢後，夢先君與二瞽者作媒成婚；又夢張肖鵠在三一學校取新書一部去；又夢同學湘人彭貞吉着海軍服帶軍官演操。一夕數夢，心血虛象也。

初四日　晨微雪　午後大雪　雪子平地厚三寸
十一年一月卅一日　星期二

　　今日雪寒，未出門。在家寫復各處函：張立群、胡抱琴、程次松、李亮丞、屈馨存，備明日發出。晚早寢，夢雜不能記，似謝武剛購外省彩票，希望發混財也。先祖母忌日，今日祀之。

初五日　陰　寒甚　午後日光半時仍陰　二月一日

午正，袁子青自鄉間來，余留之飯去。至少松、樂峰兩家略坐談歸。寫復各處函四件：劉南田、李長青、李益之、胡經廷，備明日發出。晚十時寢後多雜夢。

初六日　陰　寒甚　晚結冰　晴　二月二日　星期四

汪同昌請年客，十二時去，四時歸。寫敏深函，早寢。夢四眼井舊宅被焚，余痛哭，見神主及神柩亦焚去。

初七日　早晴　午陰　晚晴

今日往汪同昌、王樂峰二家略坐談。晚間寫黃松師及劉誠安信，備明日發出。作古詩一首，《人日讀司馬相如傳》爲題。寢後夢乘人力車訪胡某二次。劉伯英改字誠安，胡某不知何人，夢中記如此。

初八日　晴　今日立春　二月四日

今日飯後出城掃墓，先至祖父母塋，再謁先君淺厝處，心傷甚。再至寒溪塘一望，歸後作《哭父詩》二首，又作《立春步至寒溪堂題》。晚飯後寫復劉季奘函。亥初具香燭接春，並卜牙牌數，問今年謀事，甚吉。晚寢，夢郭守禄開單頌揚余。郭守禄先君學生也，居小西門，其人卒已久矣。檢閱昨報，川省通電裁兵。

初九日　早晴　午後晴　晚間月色

今日又出城至宭尊石①、寒溪塘各地一遊，歸途得詩一首。午後汪

---

① 宭尊石，宋代縣令書刻於小北門外半里，前四年爲縣長毀碎送省築路。戊戌記。——作者批注

翰章來談甚久去，晚睡後夢多奇雜。

初十日　雨　晚晴

今日未出門，在家清理詩文稿。寢後默記詩稿，又作詩二首。睡熟後夢朱士堪送余銅錢，阮次扶在兩湖與余晤談。又武昌有學生卅餘人來訪余，余屋爲之塞滿。最後夢一大蟒困乏在溝中污地，余撿石擊之，蟒忽躍起，余乃驚醒，心跳數分鐘乃已。夢多而雜，乃心腎兩虧之象也。作《步行至寒溪塘詩》一首。

十一日　早晴　陰　晚晴　二月七日　星期二

今日未出門。晚寢後夢雜可笑，又池召欽來晤談。醒後補續昨日《偶成詩》二首。池君早死。

十二日　晴

今日出城再謁祖父母墓、先君淺厝處、先嬸先伯父等墓，帶香紙攜訓甥往歸。後與母親談及先君宜早安葬事。前月晏表叔來談晏家灣附近有葬地要賣，約余去看。今日報載吳佩孚請交通部用日本技師。

十三日　晴

早起，飯後與晏表叔同往晏家灣。小憩後，表叔引看，多爲人家田地，余不願意。有許地山先生同往，云不成葬處也。歸後心煩甚，先君何時可安岁耶？寢時展轉不寐，作詩一首，起句："中原離亂後。"

十四日　早晴　午後大雷雨　平地水深一尺　晚晴　大北風　二月十日　星期五

今日未出門。午後天變，出人意料之外，大雷雨，平地水深尺許。晚間又晴矣，寢後雜夢多。

十五日　晴風　晚有月色

　　飯後汪小軒、王久旈、李少禹來約余遊月半，至西山轉回，經西門看三官燈仍存在。吾邑歷年正月十三至十五各街有三官會，點燈三夕。三官燈分上下二層，以白絹畫極細人物，各街爭妍鬥巧。清季以巡撫街熊致堂之燈爲最佳，其家式微，現已不挂此燈矣。夜寢多夢，今晨至東門，聞蕙芳遇難事。

十六日　早晴　午後陰　二月十二日

　　今日午後王樂峰請宴，五時歸；作詩一首，有憤激語。夜寢，夢余居四眼井舊宅，門前水深二尺，見紅蛇長丈許，爲工人二以鋤擊斷之。今早接蕙芳送來函，詳述各事，余心難安，彼痛苦已深。

十七日　陰　二月十三日　星期一

　　今日艾幼卿來，余請其約陳方廷爲先君擇葬地。午後至夏乃卿家宴，同席者俱城內熟人，五時歸。晚清理書籍。十時寢，夢經過大住宅後邊，有洋房子一棟，似欲避亂者，余居之。天將曙時，又夢中哭泣甚哀，乍醒，枕畔猶濕也。醒後補念十六日所作詩，起句："群陰迷六合。"

十八日　陰

　　今日程少松、杜正卿、陳受卿三家請年酒，同鐘點，余允到程家。早飯後，陳方廷與幼卿來。余陪之出城看先祖父母墓地，據稱甚好，惟立碑需用壬丙兼亥巳向乃吉，可望多添子孫也。先祖父母自前清癸卯葬後，尚未立碑也，謂先君葬地此處不能再添云云。四時歸，便至少松家宴。六時歸，九時寢，夢余仍在兩湖肄業，食時與蔡逢辰對坐，桌椅俱矮，又有連仁山在座。

十九日　早細雨　午陰　晚晴　二月十五日　星期三

晏起，午後四時楊厚安請宴，同席者多商人，傍晚席散。歸後寫信並籌川資與訓甥到江西吳子英舅父公司就事也。十一時寢，夢至蘇州晤沈雪廬師，狀如昔，惟耳聾不便聽話。有一黃陂人向之討鞋錢畢，沈師忽以右臂挾余手與隨行至一僻市，爲余未經之路。談及彼曾出洋事，問及湖北舊友，又談汪洛年之畫，旋又同回其宅，甚簡陋，尚有未成功者。師欲撿其平生畫件相贈，余乃醒。

二十日　早晴　午後大東風　晚晴　二月十六日　星期四

早飯後許老先生來云，城外五六里地遠，伍家壠有陰地一段，與余同去看。耽延三小時，此地不甚佳，作罷論。午後五時送厚訓下河到黃州搭大輪往潯，便托王次齋照拂一切。此子讀書不成，在家亦不能招呼各事，已成無職業之人。到江西後或可望賺錢，添置衣服養彼自身而已。十一時寢，雜夢，多不可記。

廿一日　陰　午晴　夜風雨

十時起，清理各事，準備明日往省。晚寢多雜夢。今日報載交通部促國民籌款續路。

廿二日　早陰　午晴　夜風雨

今日飯後至樂峰、厚安、少松三家略坐辭行，定明日往省。夜夢甚雜，時醒時睡，因往省心不安也。

廿三日　陰　二月十九日　星期日

四時即起，與春溪同行，至小北門，城門未開。候至天明，遂與春溪渡江，改乘大福輪船。稍候，船已到黃州，遂上船買得鋪位。便中曾與談蕙芳遇難事，倘能出面，余願告蕙芳相酬也。惟彼對於新疆可得重利而不能去，膽小欲賺不費力之錢，難矣。二時半船到漢口，三時半抵校。學生已到大半，明日未必上課。一師範不必說矣。晚飯後至鴻磐樓洗澡，甚適。九時歸，十時寢，夜夢甚雜。

廿四日　晴　晚雨　二月二十日　星期一

七時起。飯後至李亮丞、郭炯堂、屈競存三處均未遇，至丁國澄店中談甚久，看字畫甚多。晚飯後至水陸街訪易雪忱先生，談甚久。彼尚充省視學，九時歸。十一時寢，心念蕙芳病狀如何，不成寐也，稍安後雜夢甚多。今夕寫家信並寄蕙芳函。閱昨日報，廣州大本營組織第七軍駐紮桂林。

廿五日　陰　晴　二月廿一日

今日上課學生不多，午後四時仍至萬發祥看字畫。校中已發薪，造幣廠乾薪已補發，候一師範補薪，當彙齊付許俊甫帶回縣。夜夢甚雜。今日丁國澄托余以其子住三一，請余起名曰丁先鼎，號子奕。

廿六日　陰　時有小雨　星期三

聞夏秋舫已就省議會事，往訪晤談甚久。至易泮香、劉粹三處略坐談。下午美籍教員史培生小姐請校中同事西餐，五時去，七時席散。晚寢後夢至劉季奘家，群犬圍吠，狀獰惡。

二十七日　陰　旋雨　雷電交作　二月廿三日　星期四

早至省議會晤秋舫並發信件。易先生來訪余未遇。下午秋舫來校留飯，後就余室宿，樹棠鋪空也。與秋舫談近事至十二時方寢。夢雜且多。又誦李義山詩，誤以"可憐後主還祠廟"二句為李句也。

廿八日　陰　二月廿四日　星期五

今日一師有課。午後五時至屈宅晤屈鐵錚，談片刻歸。夜夢甚雜，心念蕙芳，不知仍就事否。

廿九日　早小雨　旋大風雨　星期六

今日杜棠軒請客，以在漢口，余未去。蕙芳今日來函，請余送款租孟復卿房子，晚間風雨更甚。余心煩意亂，又念蕙芳，作詩一首，起句："多病光陰客裏過。"余近患咳嗽疾也，十一時寢，詩在床上成矣。明日當書之，此亦紀念者也。夜夢甚雜，似已回縣，見先父乃住四眼井舊宅。

三十日　早小雪　午後大風　寒甚

今日星期，周樹棠請校中同事並爲竹戰戲，午後四時開席，余七時即歸。天寒早寢，夢雜不可思議，可笑者多。此一月中無夕不夢，精神衰弱，腦筋複雜，至睡時仍未停，乃病象也。昨接蘇州沈伯銘世兄函，知沈師雪廬系中風卒□之狀，不勝哀挽。閱報北京各界宣佈梁士詒十大罪狀。

二　月

初一日　早結冰　寒甚　陰　二月廿七日　星期一

今日上下午均有課。下午六時訪王文心、賀新三、程雲生，均晤見。歸校後清理桌上什物。夜夢雜。

初二日　陰　午後寒甚　二月廿八日

今日接蕙芳函，囑訪同輩樊先生租房子並另就事。晚間去訪樊女士，告余以芳之近狀甚詳。蓋彼對樊同事年餘，無話不說也。歸後寫一函復之程稚松，自北京回鄂住漢口福昌旅館來訪余，已晤見。

初三日　陰　三月一日

今日校中及一師範造幣廠俱發薪，俟便帶回家，留三分之一做買舊書之費。補昨日詩，即憶清宣統庚戌二月二日與稚松同登南城。

初四日　陰　三月二日　星期四

今日美術學校教員王君來訪，王系蘄洲王恕之子，王恕畫有時名。並見周彬階，麻城人，能彈七弦琴。

初五日　陰

今日晚飯後渡江，訪次松，談近事並及蕙芳事。彼與余籌計之，就旅館宿。

初六日　陰　小雨　星期六

早起。十時渡江回校。次松約明天來武昌住程雲生家。報載浙督軍盧永祥向中央索餉。

初七日　陰　晚雨

余上午未出門。午後三時次松來約余就杏花天便餐，談話甚多，餐畢，與同至關劍沖、程雲生二處坐談甚久，歸後十一時寢。夢先父仍居四眼井舊宅，似天熱面有汗，自外診病歸狀。

初八日　細雨　旋大風雨　星期一

丁國臣今日請客，下午五時有周樹棠、馮藝林兩校監及余，似酬情者，九時歸。十一時寢，夢先父仍住四眼井舊宅，又有二夢，醒時記不清。

初九日　陰雨　三月七日　星期二

今日下午在朱次誠家晤及羅資生、周斌階，並彈《平沙》《鷗鷺》二操，聞為湘人楊時伯在北京所傳授者。楊有著作，曾任北京大學琴學教師。今晚仍多夢。

初十日　陰雨　星期三

今日下課後雇車至國臣家，購得《賓萌外集》《九九消夏錄》《金石錄》共八本，價不貴。

十一日　陰雨

今晚又在國臣家購得《古詩源》《爾雅疏》各一部。報載陝督陳樹藩敗退至夔州。

十二日　陰雨

今日報載膠濟路決，由民有籌款贖回。

十三日　陰雨

馮玉祥與蕭耀南聯防，因陳樹藩敗軍已到鄂西北邊境也。

十四日　陰雨　三月十二日　星期日

連日陰雨。晚寢後僅一夕無夢。今日上午未出門。周月亭自縣中來，與談片刻，問余家中各事。本欲將薪水付之帶歸，慮其扯用難還，遂中止，因彼在縣中借人錢，向不愛還者也。

十五日　晴

陰雨十日，今始放晴。下午課畢出外一遊，便至察院坡買得《詩注題解》《策府統宗》等書歸，價廉，皆無人購之書也。吳佩孚回電辯明，謂反對梁士詒系反對其媚外手段，非反對其組織內閣也。

十六日　晴　三月十四日　星期二

今日課畢，方旭初來訪，余便約至萬發祥看七弦琴，因前日有一張已被王文心買去，實非佳者，另有一張索價昂，我等不妨一看。丁對於琴之好否不能懂也。陳小葵亦同去，國臣以佳者付余等閱，索價五十元。方旭初故意云此琴面中裂有毛病，恰當四弦中，恐難修理，冷眼視之而出。今晚仍有夢，父云厚訓不聽教訓，可恨。問余今年收入如何。

十七日　早微雨　午後大風雨　星期三

今報載川軍內訌日深，現駐鄂邊者已退至重慶。川省軍閥頭目甚多，官兵皆土酋匪棒變相。

十八日　小雨　陰晴不定　三月十六日　星期四

今日課後作詩一首，起句"十日原無一日晴"，久續未得。晚仍雜夢，醒後又續句。

十九日　晴

報載雲南省議會舉唐繼堯為省長。雲南人團結堅固，又在邊境，不容外人加入，中央亦無如何也。

二十日　晴　三月十八日　星期六

下午胡桂林及呂姓來訪。余以下午無課，與之同往黃鶴樓一遊，歸後作《春郊曉望》詩一首。晚寢後，夢先君如平昔狀，仍住四眼井舊宅。噫，今春屢夢先君，或者未葬之故，靈櫬不安歟？

廿一日　終日晴　晚有風　星期日

今日理髮一次，下午至鴻磐樓洗澡，身衣俱潔，心胸舒適矣。晚在電燈下抄近來詩稿，得卅餘首，已成之詩文計三本。以後就此式一律書之，皆較從前在寒溪中學時天地頭略短。又填詞一本，今夕亦就燈下書之。十二時寢，今夜竟無夢。五十一天中僅兩日無夢。

廿二日　大風　寒甚　三月二十日　星期一

今日上下午均有課，午後程雲生來談，余便問其父畫稿存否？彼答以無人傳畫筆，願以贈余也①。晚寢仍有夢，甚雜。

廿三日　陰　今日春分　夜轉鐘　暴風大起

今日上下午課忙，晚至國臣家略坐即歸。孫景風前日來，今日又來，勸余學佛，謂可止晚間雜夢，送來初入門學佛之書甚多。晚作春分節詩。

廿四日　晴　三月廿二日　星期三

今日下午萬子湘來訪，請余代售彼之畫件。子湘甚困苦，余答以代銷者。晚間看佛經至十二時寢。轉鐘一點半時，忽起暴風，飛砂走石齊來，屋瓦震動飛起，頗駭人，自是不能安寢，得以無夢。

廿五日　大風　星期四

早起，得知昨夜江河中壞船及木排甚多，天氣轉寒。今日上下午均有課，睡後仍有夢，似魏湘屏來訪，並閱余前五年之薪水摺子。

廿六日　晴　星期五

今晚三一同事開會，以收考生餘款。定明日在抱冰堂宴會一次，決議自校長至教職員均往，因星期六本校十一時以後無課也。

廿七日　晴　星期六

上午課畢，同事在校午餐後先後至抱冰堂。茶點後共照一相，外籍教員史小姐亦去。下午三時開席，酒菜均豐。今日出城，見湖景絕佳，桃紅柳綠，蛙聲盈耳，至足樂也。宴畢與劉藍田、嚴其安至千家街一遊，得詩一首，擬爲其安寫一中堂。晚間補作抱冰堂宴集詩二首。

廿八日　晴　禮拜日

飯後王久旃、汪小軒同來，約余至蔡家花園訪李少禹。李與蔡耐庵

---

① 予得此墨稿，並請工裱一層，經日寇吾邑□失去。——作者批注

熟，其媳爲黄岡人，李爲其子作伐者也。耐庵即蔡新，皖人，善花卉，能詩，與沈雪師、黄松師稱畫友，亦曾入張文襄幕者。花園在楚望台附近，余等步行去見耐庵，彼此叙世誼。正在作花卉，藉潤金以養老者。其子曾任警佐，本屬無用之人，不能養其父，其後母亦黄岡人。余與耐庵談甚久，並便求畫花卉屏四張，仍送潤金，耽延三小時乃出。王、汪均上省來謀事者。此時那有可謀之事耶。

廿九日　晴　星期一

早起至嚴衡山家略坐，聞彼有舊書賣，特訪之。午後有課。晚間抄文詩五頁。聞次松已自縣來省，準備返京。寫信一件致蕙芳。十二時寢。枕上仍改前日所作詩，未安者數字，緩一二天必以好紙書之，並叙是日遊覽情形。

三　月

初一日　晴　三月廿八日　星期二

今日報載，司法部因欠薪停止辦公。京中各部止財、交兩部有收入，不欠薪水，餘如參教二部最苦。

初二日　雨

今日午後課畢，至丁國臣家購就《淵鑒類函》全部四十函，廣東板巾箱本。去洋十六元。聞系高七爺托彼賣者，高在湖北候補，甚窘困。高襄陽人，時來丁家看古玩者。

初三日　晴

正午次松來訪，次松約余出。余下午亦無課，與次松同至黄鶴樓，並在抱膝亭茶叙一小時，再至斗級營便飯。今日所談，彼純爲策畫接蕙芳到省，另就省事也，旋次松別去。余購紙爲其安寫遊千家詩，寫作均佳。

初四日　晴　星期五

昨與次松約定，余請其至杏花天酒叙，請嚴其安、馮藝林作陪。正午去，酒食費用去五元餘。晚間閔劍沖接次松晚飯，均余作陪。劍沖面求余作畫相贈，已許之。晚間送字至其安家，夫婦見面，閱詩與字大喜，稱謝不置。晚寢念及蕙芳事，舊恨新愁，不寐直至天明，困乏殊甚。

初五日　晚七時大雨　旋止　四月一日　星期六

今日下午渡江訪王文旉，聞鄧次誠、汪小軒俱住漢皋旅館。又訪石和生之香巢。石素懼內，不知何以敢在漢藏嬌也。略坐即出。次誠約余訪文旉，文旉請余宴於漢口大酒樓。汪、鄧、王同座，文旉叫局二人來佐酒，用去洋十餘元。彼數起數跌，真不知艱難者矣。十二時方散席，余至福昌旅館會稚松，談至轉鐘，二時乃寢。今夕並作七律一首，即"漢皋春夜話離居"首句也。

初六日　晴　四月二日　禮拜日

早七時起，因次松今晚上車回京，余謂晚間再來送車。渡江到校清理各事。下午五時半，仍渡江至福昌旅館與談片刻。李潤生亦來送行，李與次松系西路小學同學，聞感情甚好。十時半余與李同車送次松，十一時車開行，余轉回福昌旅館宿。

初七日　晨大風　星期一

七時渡江，輪船搖蕩殊甚，下午陳乾弢來請余宴。

初八日　大風雨　四月四日

劉鼎三請余宴，下午四時去，同學菊坡、少山等八人同席。晚歸仍補寫詩文，並看佛經一小時。十一時寢，夢似回縣，與先父談及前清資格刺刺不休，先姊是時亦在座。又見一小兒，與余子女貌不相似，家人云此買得者。惟此兒身材矮小，與更生同在庭中遊戲。余問母親，謂此蕙芳所得者歟？今日作《武昌寒食詩》。

初九日　陰　今日清明　植樹節　四月五日　星期三

今日校中放假，余以謀生計，未能歸家於清明節祀祖，容日當請假歸縣。

初十日　晴

十一日　陰

今日下課後，嚴適之來，約余至青年會看電影。以時間早，先至丁國臣家看字畫古玩一小時，乃至會看電影，余不好此也，十時歸。

十二日　晴　星期六

今日下午出城至抱冰堂等處一遊。歸後作《春日郊行詩》一首，憶蕙芳也。

十三日　雨

十四日　雨　星期一

十五日　雨　星期二

今日請假。下午渡江回縣祀祖，晚宿新聞報館。

十六日　雨　星期三

六時起，七時至王家巷搭大慶輪，午後一時到家，見母親康健，根生兒養得甚好，至慰。預定明日天晴先祀胡家書坊正華公墓，再祀近處祖墳，約洪英來幫忙。

十七日　晴

早起，飯畢。帶同訓甥及洪英雇船至李家下灣對面起坡，到正華公墓地，尚完好，惟界石漸漸被水冲去。祀畢，未遇一人，無可問近狀者。仍就原船回明塘起岸到家，已午後矣。飯畢，寫一函寄朱次誠，大意云：天蔚藍、地濃綠、水澄清。本日午前十一時祀曾祖正華公，出南郭與小甥惠安雇小舟行六里，得此清景，真天然圖畫也。祀畢，到館特書大意，以告次誠仁弟，兄某寄自峙山山館云。晚間再寫包袱備祭近處墳。

十八日　晴　四月十四日　星期五

今日看各親友，午後清理家中各事。寄挽聯一副，文另錄。又祭幛一懸與沈伯銘，吊沈雪師也。

十九日　晴　四月十五日　星期六

今日早飯畢，同訓甥出城祀先祖父母、先叔、先伯、嬸母、何老孺人、仰山公、先姊、姊丈艾承倫、普山士榮公、李庶曾祖母、先君淺厝處，至下午四時方畢。自大西門歸，足力已疲乏。

二十日　晴　四月十六日　星期日

早飯畢，至寒溪學堂訪廖純古談後，便約子青、伯高周遊西山寺，食油餅等等甚可口。三時又至寒溪，飯畢歸，小憩。晚間汪星垣屢約余回看曾廣源縣知事，余許傍晚同去。因余回縣時少，一進署惹人注意也。七時到署，傳達云，曾正會蕙芳，爲催案事。余囑俟曾談話畢再請余。星垣早知余心事，遂在花廳坐候片刻，繼乃談渴別事。余不提及蕙芳事也。晚作《遊西山詩》一首。

廿一日　晴

早起清理家中賬務，午後清理書籍。計今年春季又添書箱二口，滿儲集部書。

廿二日　晴　四月十八日　星期二

早起，別母親，訓甥送余搭輪。母仍送余出，如辛亥前余住學堂時往省情形一樣，等予賺錢就事。今則從政以後仍充講習，衣食無缺，二年來亦蓄有餘貲，母心快慰者也。到江干上小輪覓得坐位，即開行。余以錢一串買得鋪位，睡至漢口方起，四時渡江到校。閱報，孫文由桂林返廣州。

廿三日　雨　四月十九日　星期三

今日上下午均有課，晚間乘車至丁國臣家一談。報載曹錕軍隊由馬廠退回保定。

廿四日　雨

閱報，本月十五號張作霖以保衛京師爲名運兵入關，計已九次。其兵分駐馬廠、北通州等處。

廿五日　晴　星期五

廿六日　晴

張作霖十八號曾有電以彌兵爲名，調兵入關後，百姓極度不安狀態。現宣言決以武力爲彌兵，後備可疑也。

廿七日　晴　大風　星期日

明日廿八日，武昌人俗例齋游洪山。余以明日有課，今日閒暇，乃約同事楊星階同游洪山，步行去，乘車回，途中人亦多。

廿八日　晴　星期一

馮玉祥通電反對奉兵入關。恐戰事在急，奉直戰爭歟？

廿九日　晴　四月廿五日

吳佩孚約齊、蕭、陳、田、趙、劉、馮各大軍頭共通電討張作霖。

三十日　晴　四月廿六日　星期三

四　月

初一日　乙丑　晴　四月廿七日　星期四

今日上下午有課。晚至國臣家看王闓運、俞曲園、何子貞聯各一副，又畫三件：一仇十洲、一文徵明、一王宸，俱系上中品，非極佳者也。報載，廿九號奉直兩軍在近畿衝突。嗚呼！此之謂內戰。

初二日　晴

駐京各國公使提議奉直軍應出城作戰，以後外人生命財產應負責。

初三日　晴

今日家中帶來長衫三件，短褂褲二套，附訓甥函，縣中便人到漢轉送來者。

初四日　晴　四月卅日　星期日

今日上午在丁宅吃飯，看元板四書一套，成親王大字對一副，王石谷畫册七頁，缺一頁，系真品。又看王鑒册頁七頁，亦缺一頁。王夢樓題語或詩合裝者亦七頁，題曰二王合璧，惟夢樓字真跡無疑，王鑒畫則贗品也。想當年必骨董鬼將二王字畫冊全璧破爲二套者，真王畫配以夢樓假字，另早售出矣。此則真王字、僞王畫又成一部未賣出者也。聞王文心屢次向丁求此冊，已出價二百四十元者矣。國臣必欲售三百元，請余向文心添價，許以二十元酬余。余許之，約以明後天回信。晚至樊先生家看蕙芳，知其已來省，住樊家。余見面頗慰之，然傷於心也。

初五日　早大風　氣候轉寒　午後雨　五月一日　星期一

早氣候變，午後竟換棉衣。今日上下午均有課。晚寢後有夢，有人云先父已在粵做官矣，其資格則用從前軍功執照也。又見似在四眼井舊宅又至王利師家，又見先姊。姊見余，呈不悅狀。近旬餘無夢，而今夕復原矣。

初六日　陰雨

初七日　陰　星期三

今晚再看蕙芳，知已再就隨縣事，另添湯副教員，即從前任余校小學部教員者也，湯品欠佳。

初八日　雨　五月四日

今日劉質如、程子堂發起武陽夏同學聯合，通知到省開教育會議之各縣諸同學及師長，星期六宴集。

初九日　晴　星期五

今日上下午有課。晚飯後至丁國臣家看字畫，歸後作《三一堂晨起詩》一首。晚十一時寢，夢楊子榮師來鄂與余相見，師較前甚胖。晚間，夏秋舫來余處宿，似同辦事。余向各同事云，楊師某科詞林也云云。昨報載，張作霖通三省政權，由東三省人民主張與西南及長江各省一致行動，蓋已獨立矣。

初十日　晴　星期六　寒　今日立夏　五月六日

早起，天寒，仍着棉衣。十一時課畢到抱冰堂，公讌湖堂同學卅餘人並劉聘之、胡經廷，王夢喬三先生。此次系來開會者，劉以舊監督資格，同學不計舊日惡感。因此次省議員同學有七人，是以相約也。劉鼎珊主張照一大相爲紀念。四時開席七桌，五時半散席，各自回去。今日袁先生來校，便托帶錢十串歸家。今日作《立夏詩》未成，遂止。

十一日　晴

今日星期日至漢陽再遊琴台，質如、雨香兩同學同往。下午五時歸，作詩一首。

十二日　早晴熱　午後熱甚　寒暑表至八十八度上　六時狂風　五月八日　星期一

早起，天忽熱。正午熱甚。下午六點鐘狂風大作，天黑暗，飛砂走石，夜寒甚。天變如此之速，誠爲怪事。九時寢。今日廖純古回縣，托帶款廿串寄家。四號奉直戰争，先互有勝負，現奉敗至落岱矣。

十三日　雨　寒甚　午後小雨

今日上下午均有課，寄蕙芳一函。午後四時周樹棠家請吃飯，聞系生期，周爲丁亥生人。

十四日　晴

今日報載奉軍于五號敗績，退至關外，直軍守原防。此爲内戰第一幕。

十五日　晴　五月十一日　星期四

報載七號馮玉祥、王士禎、田中玉等□請奉直兩方各守原防。

十六日　晴　五月十二日　星期五

接厚訓片，云廖、袁二先生帶回之款已收到，並索端節開消費用。報載中央免張作霖職。

十七日　晴　星期六　五月十三日

報載東三省議會及各界不承認中央免張職命令。

十八日　晴　五月十四日

孫傳芳、盧金山等主張中國統一辦法應請黎元洪復總統職。今日陳少松回縣，便托帶函並皮袍子一件回家檢曬，校中僅一箱，不能置多衣服也。

十九日　雨　星期一

正午課畢，嚴適之請林子京在杏花天酒叙，約余與菊孫、樹棠、藝林去作陪。杏花天酒館在本校斜對面，房子好、酒菜精潔，較各館價廉，頗爲同事便利請客也。

二十日　晴

二十一日　晴　五月十七日　星期三

今日上下午有課，晚間看佛經，不能入也。夜夢程松師病甚流淚，似欲余整理其詩文稿而表揚之者，繼而余焕卿來視師疾，遂止此夢。旋又夢高幼泉師亦欲余表揚其詩文者。高師余似知其已死，程師則疑其在人間。連旬無夢，今夕又發，此病奈何。袁夏生又來省謀事，住天來棧內，此時謀事極難。

廿二日　晴　五月十八日　星期四

今日下午課後，接厚訓來片，云少松到家交收各件。許俊甫面托請撥其子發棠用款廿串，以後兌家用云。余復函並交發棠錢作零用。

廿三日　晴

廿四日　晴　星期六

今日下午到國臣家看字畫，所見劉墉、翁方綱、成親王三聯俱佳，又張廉卿屏四塊楷書《趙充國頌》，系中年筆也。購回壽山石圖章一對，又引章一枚。

廿五日　晴

上午至鶴樓一遊，便至國臣家再看字畫，就其家飯畢回校。寫一函賀傅幼虛年節。吾邑城內清代止張書城官御史，王孝鳳官奉天府丞，後至少卿，涂仲舫官九江贛南道二次，自是無官簡任者。前傅已官建安道尹，民十以前困京中部科員，久不得薪水，去歲自隨王永泉到湘任參謀主任，未久即下臺。現王任延平鎮守使，已保彼爲道尹，亦得官之易者也。城內人無團結性，以故在政界出路少。夏乃卿任吉安知事一次，兼護道尹一月，未用城內人。余以幼虛向來平正，因作函賀其年節，用駢語，中有佳聯二句。以乙卯四月余在京，彼曾延余宴其寓，且同應知事考試，俱同取初試者也。彼已飛黃，余尚困窘於學界中。幼虛長於余年四歲，入學早，且有文名。

廿六日　今日小滿　五月廿二日　星期一

今日下午夏生來晤余，謂明日回縣。余勸以歸家後在鄉間謀館教書，以安心爲上，免年年歲歲到省謀事，徒耗川資，無益也。前在陳乾弢家買得宋錦書殼子四張，便請夏生帶回家保存。

廿七日　雨

廿八日　雨

今日接程次松函，請余就省買摺扇一柄作畫題詩，爲其友殷郁之代求者。

廿九日　晴

卅日　晴　五月二十六日　星期五

今日課畢，已購佳扇，取下葉子爲殷郁之作山水，僅得輪廓即停止。閱報，北京午門博物館所藏明末及前清內閣檔案試卷等物，於廿五號由教育部派員督同該館館長移交北京大學收管保存，此真有價值之史料。

五　月

初一日　雨　星期六

今日厚訓來片，云夏生所帶宋錦已收到，惟姚福坪所借先君手抄醫案本未取得。

初二日　雨

今日上午爲郁之補畫扇已成，下午題一詩，甚得意，明日可寄去。五月初二，王占元軍隊搶劫武昌之紀念日也。嗚呼，軍閥橫暴如此，湖北省議議員竟無一人揭參者，真豬子議員矣。

初三日　雨

初四日　陰　五月卅日

今晚寫次松一函並附寄摺扇，用油紙包好，明日發出。校中明日放假。

初五日　晴　五月卅一日　星期三

今日上午校中有酒席，午後至國臣家略坐談。"每逢佳節倍思親"，思唐人句，心中增無限隱痛矣。家母今年六十八，尚康健，余以未得常侍爲恨。晚與藝林同訪嚴適之宅，並索觀其朱夫人所繡花品，甚佳。余與馮均賞之，彼夫婦大喜。

初六日　晴　六月初一日　星期四

初七日　晴　六月二日　星期五

孫傳芳、馮玉祥等對大總統徐世昌不滿。徐亦羞愧思退，此人不爲馮道，又類操、莽，哀哉。

初八日　晴　星期六

今日下午無課，午後出遊，便至國臣家看石硯多方，有綠端硯，有眼珍品也。余今日卅七初度，仍未得志。前聞日者云，卅六歲晦運已過，此後入坦途佳境矣，其信然耶？

初九日　晴

早飯後雇車出城至大東門外一游，"孟夏草木長"，此其時矣。綠陰夾道，農田水利之聲與鳥鳴蛙聲相問答，其田野間有至樂也。午後歸，寫家信一件。

初十日　晴

十一日　今日芒種

報載，六月二號徐世昌通電請黎元洪復職，將其在任經過申述，以印璽交國務院，即日出京住天津。

十二日　晴

盧永祥忽通電反對黎元洪復職。

十三日　晴　晚間月明如晝　星期四

今日上下午均有課。午後五時賀新三來約余至鶴樓茶叙甚久。六時月明如晝，天氣漸熱，遊人漸多矣。七時半至同慶樓食麵一碗，又至鴻磐樓洗澡，回校已九時半矣。

十四日　晴

今年上期第一師範鐘點加多，因馮壽軒已將圖畫課完全讓出，余又兼習字課，每週共十小時。

十五日　晴　六月十日

今日寄次松函，問畫扇收到否。借彼《邃谷神妃》一册，一夕閱竟，此中情節太苦，並示次松勿再閱此書也。

十六日　晴

報載廣東非常國會主張繼續民國八年之國會復會，於是始有民六名詞。

十七日　晴　六月十二日　星期一

十八日　雨

報載四號北京國務院代表高恩洪到津迎接黎元洪復職，吳佩孚等先亦通電請黎入京。

十九日　雨　六月十四日

黎在津發電二：一、慶督裁兵，十一日入京就職；二、暫行大總統職權。

二十日　雨晴

黎十一號就職，任顏惠慶爲内閣，周自齊等爲閣員。

廿一日　晴　六月十日　星期五

黎約孫文、伍廷芳、李烈鈞等北上共謀國是。

廿二日　晴　六月十七日　星期六

今日下午至一師範上課。該校已呈請省公署，欲令駐兵遷出兩湖學堂舊址，因文普通學堂舊址隔壁爲造幣廠，機聲日夕軋軋，非讀書之地也。六月十一號奉直軍和議破裂，又在山海關附近大戰。

廿三日　禮拜日

今日下午至兩湖舊學堂會張副官起豹，其子系三一學生，彼爲基督教徒，每禮拜日即來三一做禮拜。余前曾與面約須到兩湖參觀一次。張爲孫傳芳之副官，六時往訪，張導入，略談。余即請其導觀辛亥八月余之臥室、自習室及正學堂等處。余一一告張曰，此余昔年辛苦地也，不勝今昔之感，垂柳已伐去半數，桃花已折毀十之九矣。如此軍隊真無教育，真羞爲國干城矣。七時歸校。

廿四日　晴　禮拜一

廿五日　雨　午後晴

今日午後新三又來約余至鶴樓茶叙。彼在造幣廠就事，月僅卅元，但每月終分潤，餘利加二三倍不等，年終尚有雙薪之優待。茶畢，又請余至同慶樓晚餐，似向余有索畫之意。余許以買絹來爲之作山水立軸。報載天津舊國會於十一日起移京，到者已二百一十四人，明令撤銷六年六月令，十二日解散國會。

廿六日　晴

報載孫洪伊主張恢復民八國會，設臨時政府機構。

廿七日　晴　大北風　六月二十二日

報載十五日孫文率軍艦永豐等六艘擊岸上陳炯明軍。

廿八日　晴　六月二十三　星期五

今日下午接厚訓片，家中囑買好茶葉送王子恒。報載十二號吳佩孚在京與黎總統密商。

廿九日　雨　六月廿四日　星期六

今日送錢三十串，請漢口夏西昌錢莊撥兌家中。下午六時寫信寄北京清華學校黃松庵師，因在胡抱琴寓見師手札並詢余近狀，因寫此函，明日發出。報載奉直兩軍在秦皇島附近大戰多日。

閏五月

朔　雨　星期日

今日到國臣家購得《麓堂詩話》十二本，《聯語類編》四本，《詩注題解》四本，《積古齋鐘鼎》五本，《尚友錄》廿四本，《都門紀要》八本，《勸誡錄》續錄、三錄、四錄共八本，《草字彙》六本，《書畫過目考》四本，皆價廉有用之書。

初二日　晴　星期一

今日下午六時至國臣家，又購得《酉陽雜俎》《夢中緣》《國語全注》各四本，去洋前後欠共十六元。今日晨起作詩一首，晚乃改定。

初三日　雨　六月廿七日

今日接訓片，許俊甫請撥七串與其子。梁宅請撥十串與梁逢甲，因彼現住私立法政也。

初四日　大雨終日　星期三　六月廿七日

今日校中大考。報載十六日英教士勸雙方停戰，孫烈臣、張學良代表奉方，王欣斌、楊清臣代表直方。

初五日　雨

今日大考，原定今日放假，現已改期。報載奉直雙方簽約定十九號起撤退，此爲中國人自殺。

初六日　雨　星期五

余所教課，今日考畢，下看試卷未出門。報載北京至天津汽車道已成。

初七日　雨

今日計算應還之賬，進化書局所購新書共卅五元，欠次松款十元，用郵匯去寄蕙芳廿串，前欠子青廿串須還去。今年上季造幣廠乾薪，一師範薪水增加廿五元，故有餘款買書，或亦時運已轉也。報載廣州海陸已訂和約，一請孫文下野，二海軍服從陳炯明，此亦奉直自殺之類也。

初八日　雨　七月二日

報載英使有照令，告之已承認埃及爲獨立國。

初九日　陰　晴

今日校中已考畢，準備放假。李長青來借去廿元，云做生意須添款。

初十日　晴

今日午後，李用濤來借去一串文。余七時到街買雜物，準備回縣。

十一日　晴

五時起，命工役送余上車搭漢陽門輪船。現時方便船先在武昌載客，再在漢口停一刻鐘，客上齊即開行矣。正午到縣，起岸後命挑子挑零件到家，見母親與余兒女均好，甚慰。飯後小憩，再出門看親友。此次歸家書多，薪水亦足敷三個月之用，不似從前之窘困。

十二日　晴

今日寫信寄次松。報載廿九號唐繼堯舉張聯省自治，似與陳炯明、趙恒〔惕〕之舉相呼應。

十三日　晴

廣東省議會贊成統一，請孫文下野。孫先生何苦勞神數年耶。

十四日　晴

今日報載，辛亥武昌革命時日本調駐漢口之陸軍數百人自七月二號起運回國。

十五日　晴　星期日　七月九日

今日至郵局爲竹戰之戲，勉之、小齋、西垣、敏深同場。晚七點方歸。因星期敏深夫婦均有閒暇。

十六日　雨　七月十日

報載本月五號孫傳芳與四川遺留鄂西軍隊潘正道、藍天蔚訂條例，編爲施南警備隊。

十七日　雨

北京發表湯薌銘由蕭示意王保綏等組織流氓數百人向省長劉承恩索印交蕭耀南。

十八日　晴　星期三　七月十二日

今日看各親友，在郵局坐甚久。暑假期間有存薪，七事不愁也。

十九日　晴

二十日　晴　七月十四日

報載廣東北伐軍許崇智與陳炯明在韶關附近戰爭，此又是中國人自殺政策也。

廿一日　晴

今日汪同昌請便飯至其家，飯後爲竹戰戲，下午四時半方歸。

廿二日　晴　星期日

天氣漸熱，今日無事與小齋、少松等至敏深局中打牌。下午七時方歸，洗澡。

廿三日　晴

本邑郵局有滬漢各報，以後不向各處再借。今日報載曹、吳反對聯治。

廿四日　晴　七月十八日　星期二

報載章太炎、曹亞伯在滬與舊議員組織聯省自治促進會，各省均派有代表。

廿五日　晴

廿六日　晴

廿七日　雨　初伏起

蕭耀南派代表李作棟向中央索還民元以來爲中央所墊款一千九百餘萬元，此是蕭想發財。

廿八日　雨

報載衆議院議員李慶芳等提出撤消宣統帝號及清室優待條件。

廿九日　雨　禮拜日

早飯後，敏深着人來請余仍爲竹戰戲，晚七時方罷。晚歸後清理書籍。請許叔文代余做書箱二口，共配成十一口，下以長桌改爲架子。此余近四年所積書也。昔日未見之書，如集部之類，余立志須購完全書籍，還須繼續再做十口，且視明後年積蓄如何耳。開卷有益，古來名家於書無所不讀，非如今人之飽食終日也。

六　月

初一日　雨　晴陰　大暑節　七月廿四日　初伏中　星期一

湖北省長劉承恩，襄陽人，貪污成性，爲省議會彈劾，自交出印後已逃在漢口日本醫院。

初二日　雨

初三日　晴

初四日　晴　熱

今日上午清理書籍。下午四時飯後至程少松家，聞松師病，已失知覺多日矣。師母云恐難愈。

初五日　晴　星期五　七月廿八日

本日清理書籍，用草賬記之。今年上季增加書多，新書箱四口，叔文已做油漆，共十三口。下季另當再配七口，共廿口，陸續買書庋之。下午聞松師病篤。老五送信來云，師已逝世矣。予到後痛哭一次。師年已八十，死亦無憾，唯近三年臥床，知覺全失，則無遺囑之事耳。當晚在程宅招呼一切，打電至京囑稚松即歸，用急電發出，不知明日能趕得一視合殮否。予通夜未寢。

初六日　晴熱　星期六　午後小雨一次　七月廿九日

早回家一次，囑厚訓在家曬書。予在家飯後仍往程宅料理各事。晚十二時，師屍像似有變，同人謂不能候稚松歸，即入殮，不加蓋。轉鐘四時稚松歸，得見屍容，亦孝心所感也。予疲乏甚，直至初七上午方回家休息。問之厚訓，昨日書已曬完，並撿字畫二箱，翻曬一次，計有下列各件：

　　胡女士絹底花卉屏四張

　　徐治平絹底花卉屏四張

　　褚近午書屏四張

　　王守仁墨刻六張

黃山谷墨刻四張

吳文宰字屏四張

汪培字屏四張

又大屏綾裱四張

許學源七言對

史閣部墨刻對

集泰山碑四言墨刻對

何紹基大紅對

朱燕大八言對

楊守敬七言對

孫安三仙中堂

談墉山水長條

鄭板橋墨刻中堂

張之鶴隸書對

宗維城大篆四字對

方墉行書中堂

汪培江蠟箋七言對

楊壽昌大對七言集句

沈師畫立軸

黃松師中堂畫菊

字畫、小件冊頁、扇面卅餘件，不能細列。今日小雨，實爲可恨，書籍愈搬愈多，滿身灰塵撲鼻。胡亂堆積頗爲麻煩，疲乏殊甚。

初七日　晴　七月卅日

遲起，將昨日未曬好之書再曬一次，午後四時整理皮各箱中，五時半乃畢。仍往程宅。

初八日　雨　中伏起　星期一

初九日　雨　中伏中　八月一日

今日在程宅料理各事，代稚松作哀啓，但是否合其意，聽其更改而已。

初十日　晴

今日寫袱包等等祀松師，首七也。師每視余若子，以感情論，余亦自擬爲子也。稚松報七不用僧道。

十一日　陰

聞九江昨日兵變，系陳光遠所部，近來軍閥所統率者皆如此。

十二日　晴熱　星期五

十三日　晴熱

今日在程宅料理訃文等等，餘時與稚松談往事。余勸稚松昆季急搜印師手澤爲孝。

十四日　晴　八月六日

十五日　晴　星期一

今日往程宅招呼各事。彼家親戚住此者多，不能做事，吃喝閒談而已。

十六日　晴　下午小雨　今日立秋　八月八日

早起至敏深、次松家略坐，午後作詩一首感秋。聞第一屆舊國會開會，吳景廉爲議長。

十七日　陰

報載八月二號汕頭颶風災。海水高出隄丈餘，屋倒，人沖去甚多。

十八日　晴熱

松師今夕二七，余仍至其家招呼挂輓聯各事，晚十時方歸。

十九日　晴熱　八月十一日　星期五

上午在家整理書籍。下午仍到稚松家幫其爲文字之事。

二十日　晴

聞武昌地方法院票傳屈佩蘭等七人，擬劉承恩罪名成立。

廿一日　雨

今日上下午均在程宅幫同稚松昆季發信件等等，晚十時方歸。

廿二日　晴　八月十四日　星期一

廿三日　雨　星期二

孫文發表宣言，表示以後統一意見：一護法當有合法國會，二實施兵工計畫，三發展實業。

廿四日　晴

昨報載孫文宣言尚有第四尊重全民自治，不容軍閥割據。

廿五日　晴

廿六日　晴　八月十八　星期五

留滬國會議員民八與孫文接洽後紛紛北上。

廿七日　小雨

廿八日　小雨　八月二十日　星期日

今日在家清理字畫，用報紙包好，分爲二箱存之。字畫橫長者置壁上，大架分三層。

廿九日　晴

三十日　晴　八月廿二日　星期二

七　月

初一日　晴　八月廿三日　星期三

初二日　晴

今日買燒紙二塊，囑厚訓急辦祀祖包袱，仍照從前例分朱、胡二姓祖書之。

初三日　晴

初四日　晴　八月二十六　星期六

報載昨日洛陽中學被匪架去四十餘人，洛陽多匪，必有軍隊勾結者。

初五日　晴　星期日

今日下午至敏深局坐談後，仍爲竹戰戲。今年暑假七十日，特別延長，余擬早日祀祖畢，往省上課。七時歸，促厚訓將包袱寫齊，明日買金銀紙裝稞紙袋，預定初十日祀祖。

初六日　晴　八月廿八日

初七日　晴　七夕節

今夕十時彈琴《平沙落雁》一操，現已嫻熟，《漁樵問答》尚不熟，《慨古引》彈四五次，至十二時寢。

初八日　晴

初九日　晴　八月卅一日　星期四

連日發足疾，濃血多，不能着襪鞋，臥床乃止痛。

初十日　晴　九月一日

今日下午祀祖，分胡、朱二姓燒包袱，舉行典禮，仍照舊例，四時方畢。

十一日　雨

十二日　晴　晚有月色　九月三日　星期日

早起清理各事，準備到省，因校中有九月二號開學之議也。午後忽病痢疾，至晚泄十餘次，足軟，眼眶陷。余懼甚，以爲丁巳秋在大冶中學狀況也。至天明泄未止。

十三日　晴　晚月色佳

痢疾稍減，足軟，靜臥床上，請子恒來，服藥，檢先公舊藥方與之一看。

十四日　晴　九月五日

今日痢疾略減，裏熱未盡，仍服子恒藥。

十五日　晚　月明如畫　晴

今日病已大退，飲食漸增。午後寫信向三一學校續假一星期，云足疾、痢疾均未全好。一師則無須請假，逆料此時尚未開學。

十六日　晴　晚月色大佳　有風

今日能起坐，子恒勸仍服解毒藥一劑，從之。下午四時勉起，彈琴一曲。晚間月白風清，真"壬戌之秋，七月既望，蘇子與客泛舟"時也。夜十時，聞黃州輪船頻頻放汽笛聲，北風順吹，與余後宅院正相聞也。以病初愈早寢，欲作詩紀今夕月色，展轉不寐。

十七日　晴　今日白露　九月八日

今日病似大退矣，飲食更增。午後許叔文來看余病，談及昨夕蕭督軍與梁任公及官吏名流乘兵輪到黃州赤壁遊覽，正紀念"壬戌七月既望"也。余謂以兵輪來遊赤壁則俗矣。許云不知若輩曾換小舟遊於赤壁之下否，只聞在赤壁寺中聚飲，天曙轉輪回漢口，黃岡縣招待一夜差事。余知蕭督任、向秘書長、成朗先、陳子丹或者有詩。梁啟超則大名鼎鼎者，必有所作。蕭則不能詩也，此爲缺點，愧作主人耳。叔文又云：雷朗如曾於昨夕彈七弦琴一次。又謂前三四天夜靜，聞城內有清脆美音滿天漫漫如操出者，何也？余謂此余彈《平沙落雁》也，叔文乃晤，相視而笑。余謂此非新奇之事，夜正市聲靜止，七弦琴挑動於萬籟俱寂之時，宜其音之高且長也，叔文乃嘆服而去。

十八日　晴

中央於"九一"撤消通緝第一屆國會議員通緝案。

十九日　晴

二十日　晴　星期一

閻錫山在太原召集全省村範大會，有各縣知事及村長共五十萬人。這些人在何處食宿。

二十一日　晴

余急欲往省清理各事，再寫一函告知周樹棠。報載衆議院選張伯烈爲副議長。

廿二日　晴

廿三日　晴　九月十四日　星期四

接校中回前次函，囑余病愈來省，此時課不甚忙云云。因是余又中止往省期矣。

廿四日

原擬遲幾天往省，因漢武輪已開班來縣，不怕風浪，行駛極速。

廿五日　晴

連日天氣佳，余擬明晨搭漢武輪，因此船大且速也。輪已來縣矣，且明日星期，到省後即可休息半天。

廿六日　早晴　七時半大北風陡起終日未息　九月十七日

五時起，到北門外淩家河候漢武輪，天氣尚早，明月猶在天也。在茶館略坐，厚訓送余候船。今日飯畢後母親仍送余出門，囑沿途過細。六時船到即開，閔孝師亦坐此輪。官艙內尚有左姓住北京大學者，談吐中不寂寞。船過黃州後天似有變，過唐家渡，北風大起。過倪磯則吼聲滿天，風暴至矣，坐客駭甚，但以漢武輪爲行黃鄂之最大船，亦不知懼。聞大副云，恐止能搶團風停止再説。再前進，風愈急，船播搖震蕩，大副鼓率搶行至團風。江心浪湧，靠躉船費時甚久。余所帶皆夏布衣及夏布帳一床，同乘之客均着夏衣，尚有未帶換洗衣服者。天氣轉寒，無法加衣。水手云，今日恐不能再前進矣。余遂同閔師上岸，至許共和匾對店會許二哥。彼堅留飯，謂不能開，就該店歇宿甚好。閔師欲允許，余謂恐不便，借衣服上船宿再做計較，如明晨風息，可行矣。延至下午四時，風怒號未止。余與閔師五時回船中宿，僅有夏布帳當蓋被，隨帶換洗裌褲皆加於身上，尚不甚冷，閔師亦如此。此時欲向茶房水手租被卧，彼等亦未帶上。噫，此等氣候之變，廿年難逢，而逢於小輪船上則更奇矣。余之晦運何以至此耶，幸在官艙中。此際只有客人相擠相偎，以求暖耳。尚有女客怨歎聲大作。輪船震蕩，一夜無眠，此真愁窘之境也。閔師猶時作諧謔語以取笑解悶。

廿七日　陰　大風　寒甚　九月十八

天將曙，風仍如昨。船不能開，又上岸吃早飯。十一時風稍息，船行波浪中，起落傾斜，呈可危之狀態。葛店陽邏只有下客，未上客人。加速馬力前進，至丹水池傍岸行，甚危險。下午五時乃抵漢口靠躉船，極費時間。以今晚不能過江，閔師約余至金同仁宿，金家主人招待甚好。晚飯後，閔師欲余打牌，差一人，余許之，至夜分方散。我邑詹芹香先生在金家教讀，與談片刻即寢。閔師供職警察總局秘書，精神甚好，寢後大風震耳猶未息也。

廿八日　陰　九月十九日　星期二

七時起，風力似減，聞利湘輪可過江。余與閔師由金宅派人送行李上輪。人客擠擁不堪，船行蕩甚，具危險之狀。人客無語無聲息，抵漢陽，乃慶更生矣。較平時客多一倍半，細思尤可怕也。聞武漢相隔靜江一天半矣。到校後同事相慰問江湖風波之險。余出門十餘年，乃恰遇之，何其奇也。晚寫信寄家中。

廿九日　晴　九月廿日

今日上下午均有課。接厚訓片，謂賀新三匯款廿元與余，已托楊厚菴帶漢，又謂前日大風，家中着急。

八　月

初一日　晴　今日日偏食　星期四

今日至一師範上課。後聞前日壞船甚多，第一沙廠之楚武小輪被風打至鄂城江邊，已沈矣。

初二日　雨　九月廿二日

今日下課後，又似痢疾再發矣，因前日感受風寒也。

初三日　雨

初四日　晴　今日秋分　星期日

今日至國臣家坐談甚久。

初五日　雨

今日接家信，內附王子恒診余痢疾方一紙。

初六日　晴

初七日　晴　星期三

報載派薩鎮冰赴皖、閩，李開侁赴鄂，孫道仁赴甘、新，程道元赴熱、綏等省查勘烟禁。

初八日　晴

今日午後，新三陪劉侗來校。莫生、文心請來充科長者，自言能書、能刻圖章，浙江人，能詩云云。

初九日　晴

今日下午渡江訪楊厚安，取賀送之廿元，並加卅元，請其帶縣交家母。晚間補贈劉侗詩一首。

初十日　陰　九月卅日　星期六

今日下午三時至朱次誠寓，旭初、小蔡、羅敬畏、王恕之公子、周斌階均集其寓，彈琴，甚樂也。

十一日　晴　十月一日

十二日　晴　星期一

今日接訓甥函，云厚安帶回五十元已收到。又許共和欲做汪家祠堂油漆，請余轉托汪同昌介紹，當即寫函寄縣。

十三日　晴　十月三日　星期二

十四日　晴　星期三

今日在一師上課畢，並取回九月份全薪。本校薪早收到，惜無便人帶回家中。校中明日放假，嚴其安接余與菊蓀、樹棠、應芹階、鄧雲卿宅□談三小時，飯畢回校。並約新三、劉莫生七時至鶴樓望月，明日希望天晴有月也。

十五日　晴　晚月色佳

早飯後應其安與雲卿之約，菊蓀、芹階與余先去。下午作□談四小時，五時歸。六時賀、劉二君來約，遂同至黃鶴樓望月茶叙，九時半至青龍巷湯回美小酌，甚快然。十時半回校。晚作《中秋望月詩》二首。

十六日　晴

十七日　晴

載撤安徽督軍，以張文生爲定威將軍，派馬聯甲督理安徽軍務。此不過變軍閥名稱耳。

十八日　陰

今早八時到國臣家選購舊書：《不忍》雜誌二册，《中國文學史》，《格物益智篇》，《出使九國日記》。《君憲紀實》，此書記籌安會事，吾鄂辛亥起義人列名勸進者有藍天蔚、謝石欽、梅寶璣等，可恥也。袁皇帝不久即倒，此輩何以對鄂人耶。《古今聯語》四本，《藝舟雙楫》，《分類應酬文匯》十二本，此爲類書，甚有益於作文。《墨林今話》六本。《陶淵明集》《邵亭知見傳本書目》《宋元本書目表》各六本。共去洋五元，攜之歸校。計前日劉伯和帶來《五知齋琴譜》五本，《戴文節畫絮》，共去四元，此皆余久欲得者也。今年下季到校寢後夢少，即有夢，亦短而不能憶及，以後腦筋清而無病。

十九日　晴　十月九日　星期一

上下午均有課，省漢各機關籌備國慶雙十節也。明日又放假一日，劉、賀二君來約明日游洪山。彼等在造幣廠供職，薪水其名分紅利，月可得百餘元不等。

二十日　晴　十月十日

今日放假。十一時半飯畢，劉、賀來約，乘人力車至洪山，遊覽三小時歸。後至中西菜館，小酌畢。六時至國臣家看字畫約二時許。劉好勝，字畫古玩，均稱内行，云文心請其鑒別一切。余亦謬推重之，此等人爲文心門客，其實對於字畫鑒別太膚淺耳。晚歸寢，細思辛亥起義，恰爲八月十九夜轉鐘時也。今日爲劉藍田作題畫詩，畫尚未成。

廿一日　晴　星期三

廿二日　晴

廿三日　晴　星期五

前日與劉、賀等游洪山歸。原擬爲劉藍田作山水幅，久已許之者也。昨夕枕上得詩，即"峙山作畫每秋景"首句也，詩已先成，容日補畫筆。程次松又回縣，今日已來漢口。

廿四日　晴　十月十四日

今日接訓甥片，謂在家賦閑久，欲請金雲飛薦電話局事。下午與同學周程等搭禮送傅漢庭先生之太夫人祭幛。

廿五日　雨　夜大雷雨　星期日

今日又至國臣處買書一批，《窓齋集古録》《玉差些賸》各一本，《東萊博議集評》五本，《虛受堂尺牘》二本，《臨文便覽》二本，《歷科狀元卷》二本，《格言聯璧》二本，《寄園寄所寄》十八本，《詞律》十本，《填詞圖譜》十八本，《説文二徐箋異》二本，《施愚山文集詩集》共二十本，《庚子山集》十二本，共去洋十四元。

廿六日　晴　星期一

今日下午課畢，渡江與次松送行往京。未走時談三小時，仍欲余早解蕙芳之困陋，在車站月臺中又頻言之，感其好意而已。余返漢皐旅館宿，與周茂山談片刻，周在此管賬也。

廿七日　晴　小雨　星期二

早起渡江回校，今日孔子聖誕，放假一日。晚間念及蕙芳環境，至不能寐。

廿八日　晴

上午十一時至傅宅吊蕭太夫人。其家備有酒席，食畢歸校，因下午仍有堂課也。聞周子南明日回縣，籌齊四十串文，明日送去請帶回家。

廿九日　晴　十月十九日　星期四

今日下午課後至程雲生家，托子南帶函並官票四十串，帶縣交家母收，並帶青洋布一疋。報載十月七號明令褫陸軍廿四混成旅長王永泉職並奪勳章通緝歸案，王在閩變亂。

九　月

初一日　晴

初二日　晴

徐樹錚在閩通電設制置府名義，通電派王永泉爲總司令管轄軍民。

初三日　晴　十月廿二日　禮拜日

今日又至國臣家買舊書一批，《陳檢討駢文》六本，《曝書亭集》廿二本,《李太白全集》十六本,《適軒尺牘》四本,《吳越遊草》一本,《樊南文集》四本,《有正味齋駢文》《六朝唐賦》二本,《方望溪全集》十二本,以上三種紙板均不佳。《西漚全集》十六本,《樊南文集補》四本,《清朝畫徵錄》二本,共去洋十二元。暫存其家,請代買舊書箱四只,爲藏書之用。

初四日　晴　星期一

今日接訓函,子南帶款四十串並青布一疋收到。

初五日　晴　今日霜降

初六日　晴

初七日　晴　星期四

今日請假回縣,下午五時渡江。宿新聞報館,準備明日搭小輪。

初八日　晴　十月廿七日　星期五

早起搭小輪,七時開。十二時半到家見母親康健,兒輩均佳。此次又帶款歸,詢家母云,前有餘積,爲晏表叔及鄉間借去,計至今年年底可有餘積三百串之譜。飯後看親友。晚間立一賬簿記存款,以免錯誤,惟鄉間親友每有借款不還之慮耳。

初九日　晴　十月廿八日　星期六

早飯後到寒溪學校訪廖純古、石鏡清,均未遇,僅晤周月亭及曹紹安在座,並約定登高日期。

初十日　晴

早至勸學所訪袁子青,午後廖純古來,爲竹戰之戲。同局約陳季盛、孟春溪，晚六時方散。

十一日　晴　大風

早十時至各處看客。午後四時寒溪學校純古、月亭等約余在挹爽亭登高，同席者尚有孟春溪、陳鐵生二人，酒菜均佳，七時半方歸。校工送余與春溪進城，歸後作詩二首。

十二日　陰　十月卅一日　星期二

十三日　晴　十月一日　星期三

上下午均有課。今日母親六十八歲壽辰，晚間在家致祝，具酒肴，請王子恒等八人。

十四日　晴

在家清理各事，準備往省。

十五日　晴　星期五

今日午後涂小舫先生之次子來見，有精神病，談話刺刺不休，云其兄麟軒待彼刻薄盡致，刺刺至一時半，余催之去。此人曾畢業第二中學校，不料其糊塗如此，爲之一歎。今日接南昌舅父函，囑厚訓往就事。

十六日　晴　星期天

籌川資備厚訓往贛。

十七日　晴　星期日

上午佈置家事。下午五時與厚訓同渡江，在王次齋洋棚休息。厚訓搭下水輪，余搭上水輪往漢。夜十一時半，下水大輪到，厚訓先搭輪往九江，余囑數語令之上船去。轉鐘三時上水輪到，余上船買得鋪位。

十八日　晴　星期一

上午九時船抵漢，余遂渡江到校，午後仍上課，僅今日上午二堂未上。飯後至國臣家略坐談並看字畫，問武漢近事，九時歸。寢後夢先君仍住舊宅，余對之寫一"游"字，接書"子"字，未寫一橫而醒。

十九日　雨

早，賀新三來訪，稱渠事已就正式科員，且以委狀相示，坐半時去。

二十日　陰晴　今日立冬　十一月八日

二十一日　晴　十一月九日　星期四

今日上下午均課忙。

廿二日　晴

上午課畢，飯後嚴適之來余室中，談次必欲余爲其四子各取名與號，欲以梅蘭竹菊四字冠之。當即以長文錦，號菊潭，因其九月生辰；次文彬，字竹村，臘月生；三文治，字蘭谷，亦臘月生；四文煥，字梅墅，正月生。彼歡欣而去。

廿三日　晴

廿四日　晴

廿五日　晴

報載内務部民治司長呂鑄因獎券舞弊，前日已由京師檢察廳派員拘去。

廿六日　晴

廿七日　雨

廿八日　晴　星期四　十一月十六日

廿九日　晴　星期五　十一月十七日

報准交通總長高恩洪撤廢各省電政監督。

三十日　晴

報載東三省省議會電聲明奉直意見誤會，已由鮑貴卿從中調解矣。此怪事，已無中央政府。

十　月

初一日　晴　十一月十九日　禮拜日

報載昨日唐山大學因罷課參加開灤煤礦罷工事，已奉令解散學生。

初二日　晴

初三日　晴

初四日　晴

厚訓南昌事未就妥，昨已回縣矣，今日來函知之。

初五日　晴

初六日　晴

初七日　晴　十一月廿五日　星期六

今日上午課畢時，嚴適之與張祖聰在休息室中拍桌大罵。彼與張為同學又同事，何至相罵。余為之勸解，拉嚴出外。彼此或另有意見，余實不知。

初八日　晴　十一月廿六日　禮拜日

稀飯畢，至嚴適之家坐談。余以彼昨日對小谷態度太差，嚴改容謝余。祖聰號小谷，恰與余兩湖同學張祝南同姓字也。

初九日　晴

報載廿五號電，閣員王寵惠、顧維鈞、孫丹林等八人同時辭職。

初十日　晴　十一月廿八日

今日接訓甥信，云大冶中學學生送家母七十生辰壽幛一幅，款列劉培根、李逢春、馬德、馬驥、熊獻青、朱致賓等六人，此皆有感情者也。今日去函謝之。帶來我縣住中學之明哲、陳暢如、魏淦、盧學選等八人，家中已請酒一桌。又云我家近日送出之人情甚多，用錢不少云云。

十一日　晴

十二日　晴　十一月卅日　星期四

十三日　晴　十二月一日　星期五

今日下午四時，厚訓來省相晤。寫一函，囑其面見張眉宣，謀麻城人所開花行事，當持函去。

十四日　晴

十五日　大風　十二月三日

厚訓事未就妥，買紗二□回縣去織襪子，上各鋪店批發。

十六日　晴

厚訓已回縣，帶錢買紗做本，只需略有幫助家用。余之薪水以後藉以展轉，較放鄉間借款有把握矣。

十七日　晴

報載，魯案第二部綱目協定計正約十八條、附件七項，本日簽字，定明年一月一日接受其鐵路償價。

十八日　晴

今日接訓信，謂同屋黃漢香欲來造幣廠謀一工役。黃爲大冶富人，現不過四十餘歲，計其一生敗其先人業產在廿萬串以上。玩戲班子去錢六七萬，其餘則一家大小抹牌，好吃好喝，以致到山窮水盡之日。噫，今日悔已遲矣。余復函囑其在家候之，看機會如何耳。

十九日　晴

報載，六日電准農商次長楊熊祥、教育部次長馬敘倫辭職。

廿一日　晴

廿二日　晴

廿三日　晴　星期一

報載王正廷、熊炳琦赴青島辦理接收行政事宜。

廿四日　雨

廿五日　雨

廿六日　陰　十二月十四日

廿七日　陰

河南土匪將從前所擄外人全數放回。駐京公使所組織之國際調查團現已終止出發。

廿八日　陰　十二月十六日　星期六

廿九日　陰　星期日

今日早飯後至國臣家買舊書一批：《南潯梧語》一本，《徐霞客遊記》二本，《山海經》三本，《小學集解》三本，《板橋集》《許氏說文》六本，《寤字》一本，《松壺畫憶》一本，《善卷堂四六文》四本，《唐詩三百首注》四本，《林文忠詩集》二本，光緒間《政藝通報》二十本，《聽雨樓畫稿》二本，《百美圖》二本，《詩畫舫》六本，《墨刻聯》三幅，《皇朝道咸同光奏議》十本，《王壬秋全集》十二本，共去洋十元，請其代存，俟買書箱藏之，就其家晚飯。歸途至進化書局，買得石印、鉛印書籍廿一種，《古今文綜》四十本、共八函，《百廿子》四十本、八函，《白香詞譜》二本，《劍南詩鈔》十二本，《聽雨軒筆記》四本，《萬古樓叢畫》八本，《唐宋文醇》八本，《梨洲遺箸》廿本，《漁磯漫鈔》四本，《正續漢印分韻》四本，《隨園詩話》十本，《梁氏筆記》八本，《校碑隨筆》《名人草字彙》各六本，《四朝詩話》四本，《叢畫》八本，《中華中字典》四本，《吳大澂篆文四書》八本，《詞話叢鈔》四本，《篆刻針度》二本，《人名大辭典》一厚冊，共洋五十八元。照分店書局批發例，扣洋七折算四十元零六角。余許以寒假前付清此款，當給洋二十元。書存張、倪二君手，明日著人來取，計今日添購書之費五十餘元矣。

冬　月

初一日　晴　星期一　十二月十八日

初二日　晴

初三日　晴　十二月廿日

初四日　晴　十二月廿一日　星期四

　　今日下午五時請三一學校同事在杏花天小酌，因彼等知余有造幣廠乾薪廿元也，相聚甚歡，用去洋八元餘。

初五日　晴　今日冬至節　十二月廿二日

初六日　晴　十二月廿三日

初七日　十二月廿四日　禮拜日

　　早飯後至國臣家，買張廉卿四尺聯一副，不甚佳，去洋四元。又看湯世澍花卉數件，又看方士庶山水册八頁、劉墉大對一副、曾國藩大對一副，具系精品。下午四時至進化書局買《丁種詞源》二册，照七折扣算，因前一部已補國臣琴價不足，彼換以給其子先鼎者。余需用此書時多，不能不再買也。今日校中各班學生籌備耶穌聖誕節，紮花結彩，甚爲忙碌，並請各教友男女明日來看戲云。

初八日　晴　十二月廿五日　星期一

　　今日放假，上午余至造幣廠約賀、劉二君今晚來看演文明戲。傍晚至程宅，引女兒良琴來看戲，由七時演至九時半止。

初九日　晴　十二月廿六日　星期二

初十日　晴　十二月廿七日　星期三

今日正式上課，校中鬧了三日，學生讀書時少，此民國以來現象。余在清代住學校時紀念之日甚少。

十一日　晴

今日至一師上課，該校功課鬆懈，學生自由，管理人取放任主義，以較劉文卿充校長時規矩全無矣。

十二日　晴

今日一師開課後，請江文波算八字，並為傅幼虛、汪漢章、王伯川三人均推算，所說過去事甚有驗。

十三日　晴　十二月卅日　星期六

十四日　晴　十二月卅一日　禮拜日

本校學生籌備過年，紮彩粘花極忙碌。明日下午演戲，分請各教會男女賓。

十五日　晴　大風　新元旦　民國十二年一月一日　星期一

今日午後與劉萸生同至王文心家坐談。王近買字畫甚多，真者三之一耳，附庸風雅，惟彼識字無多。

十六日　陰　一月二日

十七日　陰　元月三日　星期三

今日下午六時，萸生來約至文心家看字畫，劉滿口奉承，似門客態度。余則無語，蓋彼所買字畫佳者太少。

十八日　晴

十九日　晴

二十日　晴

廿一日　晴

廿二日　晴

廿三日　晴　元月九日　星期二

昨日用電話托馮雁門謀年稅局事，馮已許可，囑厚訓來漢就事。

廿四日　晴　星期三

今日厚訓已來見，馮住漢口龍家巷，稅局無一定之事。馮爲麻城壞人也，說話多不可靠。

廿五日　晴　星期四

廿六日　晴　元月十二日　星期五

廿七日　晴　元月十三日　星期六

接訓甥電話，稅局無一定之事，吃閒飯不好聽。余囑其明日來校帶物回家。馮雁門爲屈馨存之門客，奉承屈而得稅局。彼屢求余畫，余尚未交彼者也。此等壞人，與余原說不上交情。

廿八日　雨　夜微雪　元月十四日　禮拜日

今日上午厚訓來校，余囑其天晴回縣，帶錢回家，買玉色竹布一丈一尺，小風帽一頂，給根生帶的。長長想謀事，無一定職業，將來前途危險矣。好好將打襪子學熟，以後籌本請工，以此爲職業，不離開家中，可以照料祖母，余在外亦安心也。

廿九日　晴　禮拜一

三十日　晴　一月十六日　星期二

今日下午無課，將所借徐行可《王右丞詩集》檢出還之。乘車至府後街徐宅，值其在家，談片刻。徐留余就其家晚餐，爲西席劉先生餞行，且云約有黃侃作陪。余久慕黃侃有時名，前數年在劉伯英家閱其詩詞。近雖與余同在一師範教課，未同鐘點，故尚未見其人也。欣然就其家晚飯也。乃候至六時半，客已到齊，而黃竟未到。主人不能久候，因約四時半開席者，遂各就席。劉先生首座，廖叟二坐，余坐第三，趙小初第四，上餘席易筠室坐之，留一席與黃，慮其來也。食四菜後黃來，衆客起立。彼傲慢殊甚，並無謙語，舉杯就飲，所談系昨夕在漢爲某打鼓書唱伶捧場，又語易君語曰，汝詩集何以尚不送我閱耶？我爲汝做一序，即傳矣！諸客瞠目視之。余見其舉止佻達、出口淫穢，其貌粗鄙，而色眼模糊，已將久慕之心下降，□仇視之矣。如是諸客無語。廖叟與趙小初談，彼與易君談，簡直不招呼衆客。廖叟進彼酒，甚謙言，彼乃睨視之曰："汝貴姓？"廖已六十，答曰："廖。"彼並未回敬也。余聽其言愈狂妄，自度謂名士，乃如此耶？繼而趙與廖談，讀"碩"字爲"索"字音，黃忽聽之，此時彼亦與易言，乃大指斥廖曰："碩"應讀"石"，非"索"字也，大爲引證，廖面赤，忍之而已。繼而聞其談論甚多，自恃爲當今第一學者，肆口罵現代教員無一認識字者。語甚長，記其重者，一則曰："顧炎武、黃梨洲算什麼人。"再則曰："即使龔定庵在，我也要他坐下席。"蓋自恃其詞章優於龔也。余私度之，此瘋犬亂吠矣。屏息久，乃舉杯敬酒曰："黃先生飲一杯。"徐行可見余舉動，知有異，欲防之。余笑謂："黃先生博雅，余教圖畫者也，與君在一師範爲同事，今日所畫系臨畫幅中'十二紅'，請問'十二紅'何鳥也？"黃注目未答。余又問："蒼黃代'倉皇'二字始於何書？"又謂："'文無'系花名，何花耶？"黃面赤，乃顧易曰："筠室，汝系講詞章者，必知之。"易無語。衆客以余能詢黃以古典不能答，心快然，見之顏色。黃乃舉崇禎帝問宰輔周延儒，謂"宰相須用讀書人"出於何典，周等答以"待臣到東閣去查書"之語，笑向余曰："當日大臣如此，何況我輩充教員。"余知其氣已餒，乃更進一典問之曰："余有集子書聯，上句'禍兮福所倚'，下對'巧者拙之奴'。下句出自何子，記不清矣，願君指示之。"黃則左顧而言他，且呈怒容。行可急止之，向余說好話，謂兩先生均醉矣，下席後我等請朱先生以打雀牌陪黃君可也，旋席散。飲茶後余慮黃以《說文》小學詢余，遂托詞出。歸校後細思黃以小聰明而專研文字學，在日本從師章太炎，遂假章名以自重。聞其近五年教大學及專門學校，專以迎合學生心理，在講臺上罵校長、詈教員，狂態人多畏之。章太炎爲俞曲園弟子，未聞時假曲園以自炫也。近時教員如廣濟劉某曾拜黃爲門徒者，每上課必曰"吾師黃季剛先生云云"，假黃以自重，旬爲井蛙所見之天耶。

十二月

初一日　晴　星期三

早六時半，余尚未起，聞敲余房門聲者，徐行可也，乃起開門延坐。余已知其來意，笑謂曰："余昨日非不陪黃叉雀牌也，慮其以《說文》音韻之學考余也。"徐則飾詞，謂黃無惡意，願與余結朋友，改日約余與同至黃宅酒敍云云。又謂黃發脾指徐延余在渠宅，有意訐黃者，後乃索黃梨洲所書册頁一本爲贈了事。余謂彼昨輕視黃、顧，又何以索其字耶。徐笑而不答，坐半時乃去。

初二日　晴　元月十八日　星期四

初三日　晴

初四日　晴

初五日　雨　今日大寒節　元月廿一日　星期日

今日正午乘車至國臣家坐談，謂今年自九月起，今日乃得大雨，甚奇。

初六日　雨　星期一

今日停課準備大考。

初七日　雪　寒　星期二

校中今日各班考國文，下午考圖畫。

初八日　雪　寒甚　星期三

初九日　晴

余所授各課今日考完。

初十日　晴

十一日　晴　一月廿七日　星期六

學校大考畢，今日放寒假，各教員正看卷算分數，下午將過年應買之物辦齊。

十二日　雨　禮拜日

今日找清丁國臣書賬，並買圖章二枚，琴譜抄本二本。下午至進化書局還清欠賬，又買新書十五種，《名人小簡》二本，《歷代名人書札》二本，《林文忠文抄》四本，《歷代題畫詩鈔》二本，《六朝文》二本，《錢牧齋詩》三本，《疑雨集》二本，《亭林文集》二本，《文史通義》八本，《醫學心悟》四本，《本草從新》四本，《中國文學史》一冊，《漢文典》一冊，《法制參考書》一冊。《廣藝舟雙楫》一冊，去洋六元。晚歸，清理各事畢，早寢。

十三日　晴

五時半起，六時出門，至漢陽門搭輪，一開城即上船。再至漢口裝客，現時便利多矣。下午一時到縣上岸，雇挑子到家，見母與小兒在堂屋中，母康健，兒活潑，甚慰。飯後至各友處奉看。

十四日　晴

十五日　晴　元月卅一日　星期三

十六日　晴　二月一日　星期四

成衣匠來換皮裘面子，並與母、小伢、妻、甥各假衣服之應急者，預定十個工可完竣。今年收入多，非從前意料所及也。

十七日　晴　二月二日

今日下午郵局轉到三一學校退函，系閩省王小齋自福安棧所發，中述傅幼虛已得建安道尹，尚未接事。傅欲請余充一科科長，並可約潘階平、朱幹貞同來就事，彼現就督署參謀，傅系參謀長云云。余思小齋說話不可靠，且傅未直接來函相約，或與王談及吾邑現時人士中，彼憶及余也。此函不能復，容訪尉宅一問。

十八日　陰　二月三日　星期六

十九日　陰　二月四日　禮拜日

二十日　早　微雪　今日立春

前接小齋函，余懷疑。今日直接寫函寄幼虛，探其約余佐治之意果誠否，下午發郵。

廿一日　晴　二月六日　星期二

廿二日　晴

今日命僕以祭文灰色綫春一丈二尺送程故松師爲祭幛，前曾送布挽，今日再補此物祀也。

廿三日　陰

今日換堂屋字畫，易以壽屏紅對金對等等，煥然一新矣。今年寒假除買書外，尚餘百餘串度歲。

廿四日　陰

早起整理室內外各事。午後至親友處略坐談。並復小齋函，謂傅如直接來約，明春則辭學校事來閩供職云云。晚送竈神，一如往歲典禮。

廿五日　陰　星期六

廿六日　陰　二月十一日

料理陰曆過年諸事，今日買菜及魚肉，明晚即辦年飯。

廿七日　雨　二月十二日　星期一

今日下午囑家人辦年飯席。劉老表今年已故，往年極困窘，余必約其來吃年飯，今夕思之憫然。

廿八日　陰　二月十三日

五時起，六時進香。七時吃年飯，天已曙矣，家人團聚，八時席散。正午囑厚訓添買應用之物。

廿九日　陰雨　旋大雨　二月十四日　星期三

今晚將各處欠賬來討者一一還清，免爲陳欠也。貼春聯對子等等，勞頓殊甚。

三十日　陰　二月十五日　星期四

上午佈置各事，命厚訓將燈燭等事辦好。買鞭炮令根生施放，此兒已滿兩歲矣，甚活潑。五時除夕祀祖，燒包袱，典禮一如昔日，傳之三代未改者也。夜十一時喝團年酒，圍坐甚歡。余以身弱不能守歲，囑內子與訓甥招呼燈燭。家母不願早睡，余則十二時半寢，擬雞鳴時再起床進香。

民國十二年（1923年）癸亥日記

　　戊子冬季清理舊零稿零冊，開始整理抄錄之，至辛卯上季方竣。

　　今年上季學校事甚佳，徒以閩省函電相邀，遂不能安心教育界事。致七月初四日往閩，別家五千里外，而所得薪水反不及在武漢之數，累心不安，可見人生不可見異思遷也。

　　七月初到閩海道署，月底即動歸念。環境所觸，無一非憎惡之事。冬季遂決計謀復學校原職，屢屢函寄本省友好，因閩中孫、王暗鬥甚烈，余逆料其遲早必發也。

　　閩城孫、王暗鬥，王伯川至逃跑前一時尚不知覺，設非李春生以電話相告，必束手受擒。李亦與孫、周同謀王者也。余當日如不決計謀歸，必受侮辱。同如如不向周寅東探問，亦必遭損失。甚哉人之不可不見機而作也。此年下季，以赴閩爲大錯。孫、王爭鬥應在此年臘月發作者。

壬辰五月一日閱後記，峙山老人

正　　月

初一日　晴　二月十六日　星期五

　　四時起，進香祀祖宗，一如往昔。開門出方後，帶同厚訓至岳廟行香，歸時天已曙矣。匆匆與祖宗拜年，向母親行拜跪禮畢，至小西門叩程師馨香，至則稚松昆季俱不在家，聞往某乩壇處未歸。余坐片刻，有客來叩奠者，彼等何□無人招呼也。余即出往各親友處拜年，下午二時回家。

初二日　晴　二月十七日　星期六

初三日　二月十八日　星期日

今日樂峰、小軒、春溪等先後來，俱坐談片刻去，晚祀先祖母忌日也。

初四日　二月十九日　星期一

初五日　二月二十日　星期二

初六日　二月廿一日　星期三

初七日　二月廿二日　星期四

初八日　二月廿三日　星期五

今日請樂峰及稚松昆季、春溪、鏡清等十四人，共客二桌。

初九日　二月廿四日　星期六

初十日　二月廿五日　禮拜日

今日又請客一次，因傅象虛須往閩，便接乃卿、鏡清、敦五等八人。下午五時席散，便托傅致意幼虛。

十一日　二月廿六日　星期一

十二日　二月廿七日　星期二

十三日　二月廿八日　星期三

今日縣中有燈，各街青年爭勝，仍似清季太平景象也。

十四日　三月一日　星期四

十五日　三月二日　星期五

十六日　三月三日　星期六

十七日　三月四日　禮拜

十八日　三月五日　星期一

十九日　三月六日　星期二

二十日　三月七日　星期三

廿一日　三月八日　星期四

廿二日　三月九日　星期五

廿三日　三月十日　星期六

今日搭輪船往省，至三一開學，下午五時到校，同事尚有二位未來，開課尚有幾日。王利泉師同到省。

廿四日　三月十日　禮拜

今日上午到丁國臣家一談。下午訪賀新三等，並易泮香諸人。王利師已就王文心家中教讀。

廿五日　三月十二日　星期一

今日舊生已到四分之三，正式上課。

廿六日　三月十三日　星期二

今日下午至第一師範上課，學生到三分之二。官學校規矩鬆，遲到校亦無罰則，較之教會太差。

廿七日　三月十四日　星期三

廿八日　三月十五日　星期四

今日下午鄂城家信中，轉到福建延平傅幼虛來電，約余佐道署幕，並邀其兄象虛及其戚金匯山同來，系寒電十四所發也。六時送電至金宅，則知其兄早走矣。

廿九日　三月十六日　星期五

今日復幼虛電後，再作一函用快信寄出，大意謂去臘系小齋寄來平信，又無先生親筆函。春初問象虛云，無親筆函或電約，亦非實情，是以仍受三一中學之聘，須五月底滿約來閩云。

二　月

初一日　三月十七日　星期六

初二日　三月十八日　禮拜

今日至國臣家看舊書，遇京客劉伯和，談板本，極有經驗。若輩所走各省搜求古書，見識卓絕，非尋常藏書家所能道其肯綮者。余所交友能知古本者徐行可，藏書雖多，不如劉君之經驗，且不能談出所以然也。宋板書聞劉君在長沙葉、王二家搜得四套，用重價得之。余謂用重價求之何用，彼云京中求宦者購以送段祺瑞也。

初三日　三月十九　星期一

初四日　三月二十日　星期二

初五日　三月廿一日　星期三

初六日　三月廿二日　星期四

初七日　三月廿三日　星期五

初八日　三月廿四日　星期六

初九日　三月廿五日　禮拜

初十日　三月廿六日　星期一

十一日　三月廿七日　星期二

十二日　三月廿八日　星期三

十三日　三月廿九日　星期四

十四日　三月卅日　星期五

十五日　三月卅一日　星期六

十六日　四月一日　禮拜天

十七日　四月二日　星期一

今日上下午均有課。接稚松函，謂本月廿四日爲先師松年公出殯期，請余早日請假回縣代爲招呼一切。並托買汽燈罩、紙烟等物帶下云。

十八日　四月三日　星期二

十九日　四月四日　星期三

二十日　晴　四月五日　星期四

廿一日　陰　今日清明節　四月六日　星期五

今日下午課畢，向本校及一師請假一星期回縣。五時飯畢，渡江，在新聞報館宿。

廿二日　晴　四月七日　星期六

早六時起，七時至王家巷，搭小輪回縣。下午一時半到家，見母親以下均好，甚慰。囑厚訓將帶物先送程宅，告之余已請假歸家。下午三時至程宅，料理各事。支賓甚衆，負責者少，所謂人多不做事，習俗往往如此。晚十一時回家。

廿三日　陰晴不定　四月八日　禮拜天

今日早起，仍至程宅料理各事，下午行禮人多，皆城內人。余一一爲之招呼，佈置一切。十時酒畢，十一時半余方回家。程師在城內教書十年，昔日爲其生徒者僅周子書、汪小軒、李詩陔及余四人健在。周曾一度爲恩施書記官，汪與李未成也。因思先父在城內四眼井舊宅教書三年，當時生徒聞有十六人，今日存者僅許叔文、劉朝金、吳開卷、何昌言存在，其餘王靈次、余郁文、程功□、陳遐慶、李祖桂、郭守禄、吳秉□、王開枝、李大宮、張有欣皆蚤死矣。農工子弟上道者少，故無考誠獲雋者，現時城內只有許君時時來往也。余廿年前均能記其人。

廿四日　晴　四月九日　星期一

未明即起，送殯。來賓漸集，惟程宅所定路線迂曲難行，余亦不便請改簡便也。八時方啓柩，又行，禮耽延半時方整隊出殯，迎起各挽聯四十餘幅，爲余邑喪禮創例。送殯上、中、下三等及執事儀仗約五百餘人上路。次松昆季於松師在時頗盡孝道，閭里均尊重之。噫，松師亦享生榮死哀者矣。余以足軟，送至春廠與各禮生同回家，其至戚則送至程家下灣葬畢方返云。晚間囑厚訓將祭祖包袱等等辦齊。

廿五日　陰　四月十日　星期二

今日帶厚訓、洪英及根生兒至城外祀近處各墳。祀先祖父母、先叔畢，即命人將根生引回去。余與厚訓至仰山廟祭先嬸、先伯，再轉祀先父及曾祖父母墳，又至寒溪塘上各祖墳，下午四時畢①。

廿六日　四月十一日　星期三

今日雇船至胡家堰坊祭先曾祖正華公墳，尚完好，晏表叔引路者。下午四時仍就原船歸。

---

① 先祖父母及先叔墳已再遷至九曲亭上遵新□也。先伯嬸墳、先曾祖母墳早被掘不知也。已亥六月記。——作者批注

廿七日　四月十二日　星期四

今日至次松家坐談甚久。晚至楊厚安、王樂峰二處，托其照顧余家中各事。

廿八日　四月十三日　星期五

上午整理家中藏書，並請木匠配書箱二口。晚至劉幼浦家中談辛丑年同學讀書瑣事①。

廿九日　四月十四日　星期六

余假期已滿，定明日回校。以母老子幼，厚訓賦閑在家，時繞於胸中，欲托稚松爲彼謀一事，以輕余之擔負也。大姊謝世後，遺兒女以累余，思之泫然。晚清理衣服零件，準備赴省。

三十日　四月十五日　禮拜天

今晨搭小輪回學校，厚訓送余出小北門，母親送余至門外，諄諄語余過細。到船即開行矣。下午五時抵校。飯後至國臣家坐談二小時歸。

三　月

初一日　四月十六日　星期一

今日上下午均有課。

初二日　四月十七日　星期二

---

① 劉君抗戰前病故，年六十餘。——作者批注

初三日　四月十八日　星期三

今日正午朱次誠來約余，遇其家午餐，有酒食甚豐，詢知爲其生辰也。

初四日　四月十九日　星期四

初五日　四月二十日　星期五

初六日　四月廿一　星期六

爲次誠作扇面《春柳齋圖》，並題數行紀事，又作詩二首，晚間乃定稿。此扇畫筆墨工細，着色甚佳。

初七日　四月廿二　禮拜日

今日午後到國臣家看古玩字畫二小時乃已，歸後作函與蕙芳，問其教學困難否。

初八日　四月廿三　星期一

今晚又發失眠症，不能寐，起作《自歎詩》一首，即"清貧兩代雁行單"起句也。此詩未成。

初九日　四月廿四

今日將次誠扇面補畫完竣，書二詩於其上，即"山色螺青雨後晴"起句。

初十日　四月廿五　星期三

今晚展轉不寐，起，開燈作《春夜詩》一首，懷蕙芳也。彼在郭宅教讀，不能時時相晤。

十一日　四月廿六　星期四

十二月　四月廿七　星期五

十三日　四月廿八　星期六

今日次松自縣中來，偶談及數日內即往京。余面約其十五日在杏花天酒樓便酌，邀朱次誠作陪。次松對松師大事已了，心甚安適。

十四日　四月廿九日　禮拜日

今夕十二時方寢，竟不成寐，起作一絕題曰《春夜感作》："鬢有繁霜只自憐，最難堪是暮春天。相如尚作臨邛客，落拓江城漫五年。"噫，教讀僅敷家用，閩中來電亦未能即赴。前年皖省約余任司法官，亦以境遇而失機會。豈命該爲窮儒耶。

十五日　晴　四月卅日　星期一

今日上下午均有課。下午四時稚松來校談片刻。次誠先到余室中候，遂往杏花天酒樓談心一時許。飲酒甚多，佳肴僅六味，因止余三人會飲也。六時席散，乃同至次誠寓中。次誠居武昌府學聖宮，隔壁幽闃之極。時值圓月東上，在明倫堂側調琴，彈《漁樵》《平沙》二操，心恬之至，真聞樂知德矣。稚松與余欣賞無已，停琴再閒話一小時，各別去。余回校後竟難寐，作詩六首，前爲《醉後漫成》三首，則敘月下彈琴，慨然有作。起視時計，已轉鐘二時。

十六日　五月一日　星期二

今日三一與一師均有課。午後六時至萬發祥，購得石章三枚。

十七日　五月二日　星期三

今日午後至進化書局購得新書三種，以備教學參考者。昨夕感蕙芳居隔江未能時見也,作詩一首,枕上頻頻記之。

十八日　五月三日　星期四

爲稚誠寫便函已成,並題二絶。

十九日　五月四日　星期五

爲次誠畫山水立軸,費時六日,然非一次二次能成者也。今日自觀,甚爲得意。此畫應尚存。

二十日　五月五日　星期六

今晚展轉不寐,起床開電燈,作一詩,題爲"春暮感作"。

廿一日　五月六日　星期日

廿二日　五月七日　星期一

廿三日　五月八日　星期二

廿四日　五月九日　星期三

廿五日　五月十日　星期四

廿六日　五月十一日　星期五

廿七日　五月十二日　星期六

廿八日　五月十三日　禮拜日

廿九日　五月十四日　星期一

三十日　五月十五日　星期二

四　月

初一日　五月十六日　星期三

今日上午有課。下午系一師校圖畫，三次分三班教者也。

初二日　五月十七日

初三日　五月十八日　星期五

初四日

聞第一師範修理舊兩湖學堂，快遷移。此後上課則予辛亥以前肄業之地也。

初五日　五月二十日　星期日

今日一師下課後，飯畢，復北京稚松函，述及王文心爲小人之尤，胸無點墨。予近三月未與往來。丁國臣正利用時機，將一切久藏未售之字畫僞者盡量銷出。其他銅磁玉竹之類尤多，因予與王未往來，彼得計俱售出，小人哉。又述周鵬程校長恐不能久任，內訌數起。又云少松前日送小妹來省未久，仍回家云云。

初六日　五月廿一日　星期一

初七日　五月廿二日　星期二

今日上午課畢。下午一時至一師授課，在舊兩湖學堂，予首上之教室，即予從前聽講之第二堂也。回思舊時情形，胸中則有無限感慨也。再上對面之堂，再上樓上堂，恍如夢境。歸後與三一同仁述之。晚九時偶以詩紀之，即"高槐夾道綠陰稠"起句也。

初八日　五月廿三日　星期三

今日兩校均有課，以後一師圖畫鐘點加多，因各班學生要求校長去手工鐘點，改圖畫也。以予能教能講，隨時兼教畫史，諸生均願意聽講。

初九日

初十日　五月廿五日　星期五

今日一師第四堂學生要求予授中國史及化學，以此二門功課久無教員，曠課太久。予漫應以考慮課本爲詞，如系王兼善化學教本，則願就之，否則予不能另看書，因三一教化學已久，系用此本也。

十一日

報載月前津浦路火車被匪首孫美瑤劫車，架去乘客中有外國人四名，臨城附近無下落。

十二日

十三日　五月廿八日　星期一

今日外出至漢口晤蕙芳一次，在福昌旅館述各事，□知前兩月王文心對余屢次不好印象。

十四日　五月廿九日　星期二

連日以近事不愜意，而閩道署又未辭盡，真不好再措詞也。晚至次誠寓聽彈琴。

十五日　五月卅日　星期三

今日課畢，至次誠寓坐談，並示以今年暑假恐往福建道尹署就科長事。

十五日　五月卅一日　星期四

今日下午七時，寫函至幼虛，以不急急之意出之。中述聞公有遷首道消息，如在閩城，則來往較易，予可爲公佐理，此不過推脫之詞而已。

十七日　六月一日　星期五

今日致邵武杉關彭竹朋一函，請其便查幼虛，是否可調首道。又述予系聞雷金聲云先生住斗級營吉慶棧，當即往訪，聞已赴上海矣。雷君與余同學，於彭亦系師生誼。

十八日

十九日

今日至次誠家談甚久，並就其家晚飯。

二十日　六月四日　星期一

今日星期，至次誠家坐談竟日，均就其寓吃飯二次。其母妻均賢，是以余能久留也。

廿一日　六月五日　星期二

上下午課甚忙，更兼一師鐘點多，每週少暇。今春夏間收入多，添新竹布長衫一件。

廿二日

董慕倫者，前爲僧，武昌人，小呆之徒也。能彈琴，曾主漢口西關帝廟，今已回俗多年，甚窘困。

廿三日

今日下午又至次誠寓習琴。余現在指法已熟，《慨古引》《平沙落雁》，均已彈熟矣。

廿四日

廿五日

報載內閣總理張耀曾近接近曹、吳，欲固己位，但曹家花園開會，曹黨仍欲倒閣。

廿六日

曹氏所謀已成熟，張耀曾與曹党曾接洽一次。對黎總統面貌頓非矣，辭職出京。

廿七日　六月十一日　星期一

今日與次誠、旭初至天寶齋、萬發祥二家看古玩字畫。

廿八日

報載北京軍警屢以軍餉索欠爲由，似逼黎總統退位者。警察罷崗以威脅公府，皆曹黨指使之。

廿九日　六月十三日　星期三

今日午寫一賀午節函與幼虛，夾用駢文。閩事未就，又時時令予心未安，設從前竟拒絕之，免操一段心也。前三年窘困無人相約，去今兩年薪水較多，無他念，而閩事忽來相擾。

五　月

初一日

今日下午至次誠寓聽琴，歸後爲之補作《掃徑迎賓》立軸，仍未成矣。後當題二詩於其上。

初二日

下午課畢，飯後至次誠寓聽琴。此二旬天氣甚長，飯後必出，歸時天剛黃昏。

初三日

下午寫信寄漢口，心念蕙芳，以余近況告知，恐其念余。聞王利泉先生已放假回縣。

初四日　六月十七日　星期日

今日下午買點心、茶葉送次誠，以其有老母也。至其寓坐談甚久歸。

初五日　端午節　六月十八日　星期一

今日端午，與同仁互賀。周樹棠約午餐，下午二時畢。至次誠寓賀節，就其家晚飯談甚久。並請余爲之作工細山水立軸，已許之。余近來閱名人畫真跡甚多。畫境大進，用筆已去俗矣。

初六日　六月十九日　星期二

今日下午，一師課未去，爲次誠作《聽濤亭圖》，已成輪廓矣。

初七日　六月廿日

今日上下午均有課。始聞蟬聲。晚六時補昨日未竣之畫，雖未成，頗有佳趣。

初八日　六月廿一日　星期四

今晨補昨日未竣之畫，午後往一師上課。晚飯後仍補畫，已大致成矣。余今日生辰慮人知，即次誠處余亦未告知。

初九日

今日午後一時，蟬聲大作，欲作詩，以無興趣，仍上課。午後補畫已成，頗得意。題詩二首，即"九月寒生天地清"起句也。此畫頗見工力，用筆完全師戴文節，自負近時能與余匹者甚少，遂送次誠。

初十日　六月廿十三日　星期六

今日方旭初、王養庵俱來乞余畫，余許之，因見余爲次誠之作也。

十一日　六月廿四日　星期日

清理房中書籍字畫，又萬發祥尚存有書籍，今年暑假擬帶回縣，慮須赴閩就事。

十二日　星期一

今日往次誠寓談甚久，並聽其彈琴二曲，就其寓晚飯歸。

十三日　星期二

十四日

今日三一考大課，準備放假。

十五日

今日一師上課，下午考大課。

十六日　六月廿九日　星期五

今日三一考畢。下午至次誠家久談，並述及如閩再來函電，必辭去學校事也，就此辭行云云。

十七日

本校放假，師生均散歸，余連日購零星物件，準備歸家。午後再往次誠家坐談。

十八日　七月一日　星期日

今日下午清理回家物件已齊，仍留箱子一口存校中。三一聘書又訂一年，只好暫時收下。

十九日　晴　七月二日　星期一

今日下午命老陳雇定民船一隻。余此次衣物、行禮箱子、籐椅均帶回去，並帶老陳及周德育就便船回縣。次誠晚來送行，談一時去。十一時寢，心念蕙芳，以信告知余歸縣，恐下季不來漢。

二十日　晴　西風　七月三日　星期二

六時起，雇車及挑子帶物件，一一配搭。至大隄口上民船，未搭他客，僅余三人及船夫二人。九時開行，風順，又系下水，下午二時抵鄂城。德育與陳僕代招呼物件。至家，見母親及家中人口均好，根生亦活潑可喜。留陳僕吃飯，命之去搭巴河船回家。陳，巴河人。

廿一日　七月四日

早起，疲倦甚。飯後清理書籍等件數小時，頭爲之暈，以閩事原□余心神不寧也。晚閱上海各報，時時載有北京賄選會之組織。曹錕欲爲總統，以大量金錢收買兩院議員。

廿二日　七月五日

今日檢癸卯會試題名録一閲，是科湖北人中十三人。第六名褚焕祖，江夏人。陳曾壽第十二名，蘄水人。餘則覃壽彭廿九名，周杰、胡大華、水祖培、張治人、朱國楨、林光佑、王揚濱、楊熊祥、朱戀春、甘雲鵬、王葆青。

廿三日　七月六日　星期五

廿四日

廿五日

廿六日　七月九日　星期一

敏深由麻城調黄州，我縣郵局由周渭接充。周爲黄岡人，尚未來接，仍由湯局長辦理。湯已調漢口，亦未走，此事敏深來函告知者。

廿七日

廿八日　七月十一日　星期三

今日清理書籍衣物等等。飯後至孟春溪家閒談，至蕭敦五家請其爲余推算八字。

廿九日

三十日　七月十三日　星期五

余於前旬直接向上海定《申報》一份，連日寄到，可知全國新聞矣。近時號稱明達之士，不明國際情勢，自屬可恥之事，與一孔小儒何異。

六 月

初一日　七月十四日　星期六

今日至幼虛快函，中述前約不能即來之苦，因母老不能離。母意以爲兄能調閩城則可履，前約夾述抱歉之語，當即發出。

初二日　七月十五日　星期日

今日檢出存紙作字聯二副，畫一件，餘時看雜書而已。

初三日　晴

初四日　七月十七日　星期二

報載七月十四號上海國會議員南遷者舉行集會式。

初五日

初六日　七月十九日

報載京中曹党似欲曹錕爲總統，其嬖人李彥青亦時與在京之國會豬仔議員相聯絡。

初七日　七月二十日　星期五

初八日

初九日

初十日

十一日　七月廿四日

十二日　七月廿五日

十三日

十四日

十五日

十六日　七月廿九日　星期日

十七日　七月卅日　星期一

今日爲幼虛畫扇一柄，並書近作，當寄去，以鳴謝意而已。

十八日　七月卅一日

今日又爲之作大聯二付，從前皖李仲膺三約余佐治，未去，心歉然。亦以書畫報知己也。

十九日　八月一日

今日又作畫二件，一花卉、一蘭石，甚得意。近時海派流行，作畫有書卷氣者鮮矣。

二十日

今將扇子、大聯二付挂號寄延平，並另函述及不能來延之苦心，請原諒之。

廿一日 八月三日

報載廈門海軍攻擊臧致平軍隊。臧在廈門收稅，無惡不作。

廿二日

報載滬、寧、杭各總商會聯合開弭兵會議，呼籲江浙軍閥停止戰爭也。

廿三日 八月五日 星期日

上海報載美國總統哈定於八月二號晚七時廿分卒於三藩市，外交部派施肇基往唁。

廿四日 八月六日

廿五日 八月七日 星期二

今日下午黃州電報局送來幼虛自延平來電，約余充道署科長。閱後沈思，此則費考慮，深悔屢次不該與通函也。家母年老多病，予亦不願出遠門。兒子根生僅三歲餘，近二年來武昌待遇甚好，何必遠行爲科長耶。母親謂從前爲幼虛幫忙，此時不去反覺難處。

廿六日 八月八日 今日立秋

今日正午虔誠至先君淺厝處焚香禱祝，護余行程順利，心愴然久之，別先公遺櫬，心難安。晚間欲做立秋詩，未成。睡亦難成寐也。

廿七日

籌備往閩事，心煩意亂，下午六時至程宅談赴閩事。盛師母頻頻慰余，謂男子志在四方。

廿八日

今日報載蘭州八月七日亥刻地震約四十秒鐘，湖北尚不覺也。

廿九日

今日接石雲衢自漢陽來函云，即回鄂，與余同赴閩云。

七 月

初一日　晴　八月十二日　星期日

早起，籌備到閩各事。與母親談過去事，余慮母老子幼，接閩電後，又時時作悔意。母親知余心臆，時勸余，謂我雖老，尚康健，汝勿多慮，此爲人生報知己之事，勿多疑也。下午命訓甥買各物準備明日祀祖。晚間清理各事畢，左思右想，真不成寐。

初二日　晴熱　八月十三日　星期一

今日上午至各處親友略坐，有所托者諄諄言之，因母老子幼，家事訓甥一人未能照顧也。下午三時，祀祖畢。石雲衢自漢陽歸來，彼已準備齊，與余同行，尚有周子書亦同往。傍晚胡太輔自鄉間來，余原約其到閩，便有人招呼者也，與言一切。晚八時至樂峰家借川資少許，因恐到閩後未能即支薪水也。晚睡不安，時時以母老子幼縈於胸臆。昨今兩日，程、王二家爲予餞行。

初三日　八月十四日　星期二

早起，至各親友家辭行。午後將行禮衣箱等等準備好，至王次齋家探聽往滬輪船。彼云明日下水只有招商局江順輪，又托余帶信與其兄小齋，囑在外作人各事，彼明晚送余上輪船云云。晚歸，興趣不佳，深悔不應有此行。離家五千里，辭事就事，謂之何哉。十二時方寢，不成寐。

初四日　晴熱　八月十五日　星期三

早起，飯後外出至先君淺厝處一視。入城便與程師母辭行，師母祝余許多吉語。午後囑家人早備飯，已雇定江船，就黃州好上大輪也。太輔、厚訓將各物應帶者清檢已好。四時飯畢，子書先已下河，雲衢來我家與母親辭行，就此下河。余別老母，母慮余心內有傷感，極慰之，余不敢流淚也。石鏡清、道安、王樂峰、許敬甫兄弟、夏乃卿、劉漢槎等廿餘人均來送余。與母親又説數語，出至河干與諸人揖別，開船。傍晚到黃州駐茶肆乘涼，厚訓與樂峰均在黃州候余上大輪。王次齋來請余等消夜。轉鐘二時，太古怡和正班輪船皆過，而招商江順竟未到也。心煩意亂，不可名狀，與雲衢、子書作無聊之談而已。又時念及老母未去懷也。

閲報載上海十一號起絕大風暴，輪船俱阻在浦西。晚間風勢更大，倒屋不少，並傷人口。電燈全滅，市面呈恐慌狀者數小時云。此是在洋棚得閲《申報》。

初五日　晴熱　八月十六日　星期四

昨夕未睡，八時半江順輪方到黃州。與石、周、胡等人上船後，購得房艙，計上下四個鋪位，尚寬敞，食宿均在內。太輔買統艙票，亦可在房艙內吃飯。惟此船爲招商頭等快輪，較之各公司輪加二成之價耳。佈置行李等就緒後，與諸人時時閒談。船中火食三次，尚可食飽。下午過九江停泊，竟在怡和輪先到先停，自是在房內看書，或憑欄看江山景。之夜過安慶。

初六日

今日船過南京。停一小時，與石、周登岸一遊。記清宣統庚戌六月，曾居南京月餘，今日所游馬路似已改良矣。

初七日　晴　八月十八日

此輪行甚速，今日上午十一時半抵上海，予與周、石等住平安旅社。今日七夕，作憶蕙芳詩一首，發一快函寄回。

初八日　晴　八月十九日　星期日

今早訪蕭安伯、興仲昆季，均晤見甚歡，並拜其尊人，年已六十，甚康健，與談各事。其家下午爲余置酒一席。安伯在交涉公署充科員。聞有湖堂同學熊繼楨亦在署充科員，以時間促，未之訪也。由興仲酒畢後引余至環龍路五五號探訪劉伯英，未晤，留字出。聞肖鵠由天津到上海住嚴堯放處，急訪之。彼述近年事事皆失意，今年乞得陳樹藩函，薦至安徽呂調元省長處謀一縣缺。聞此次自天津乘海船至此者。肖鵠自施南靖國軍潦倒後，居重慶年餘，近年貧困，乃有此謀函到皖之舉也。

初九日　晴　八月二十日　星期一

今日雇車再至蕭興仲家，適興仲來館，約余至上海各著名地一游。彼居上海久，一切乘電車、汽車，減省時間及零用錢不少，午後歸。肖鵠來談甚久去。彼不日往皖省見呂省長謀事云。打聽開福州大輪，招商局有建國輪明晚開往福州。午後二時劉伯英來談二次，云法界龍環路黨人多，極窮困，無辦法，聞之太息而已。

初十日　晴　八月廿一日　星期二

上午蕭興仲送行。劉伯英借款二元去，彼總在困窘中，而久不歸家安居，終年在外混鬧，此真令人難解者。肖鵠亦來送行，下午四時結清旅館賬，上海船傍潮出口。

十一日　晴　八月廿二日　星期三

船中飲食如常，搭客不多。官艙貴，余等購得房艙。船行速。下午七時，見海上月色不明，以天空與海水接，眞所謂天連水也。月光不能聚，非各城市鄉村所見者。同房艙中有陳鶴琴，其人北京法大畢業，與汪漢章同學。此次系湖北高等審判廳書記官，請假回福州者，其家即住北街云。未幾，船忽緩行，若停車然。問之，乃云已接滬台無線電，有颶風到，船正覓島嶼停泊云云。余等前日閱報，謂颶風不日到上海，今果然。九時遂泊海島中，大風已漸至，十二時更甚。

十二日　晴　八月廿三日　星期四

島中避風，船身震動殊甚，令人煩悶至極。夜間十一時，船上下搖，大約高至三四尺方落下。海水天風相激鬥，可懼也。終夜未能眠。

十三日　晴熱　八月廿四日　星期五

今晨船□發慌云，謂風到不怕，船中所帶淡水快完，設風不息，無淡飲料，則危險殊甚。問之同艙陳鶴琴君云，從前亦有此事，但不要緊。下午風息，船仍開行。

十四日　晴熱　八月廿五日　星期六

今日午後抵福州城，至西門福安棧暫住。安置行李畢，周茂三來訪，云已接電，知余等人今日必到也。館主爲湖北咸寧人，住湖北客極多。錢舜卿住此，余便以敏深事問之，彼告余閩中近事。金惠三亦來，遂約余等至湯門街洗澡。夜飯畢，至幼虛公館，並晤象虛，略坐談家鄉事。今夕發電報回縣，聞電信有阻，一二日即通。又寫快函一件，述事較詳，慮吾母心不安也。又寫函寄蕙芳，略書途中近況，恐彼念余尤切。

十五日　晴熱　今夕月食　八月廿六日　星期日

今日早搬行李與石先生同入署辦事，石任第四科，余原定第一科，因高叔璜系老人，仍留爲一科科長。高爲福州世家，某某科舉人，年近六十矣。余任第三科，住大辦公室後房中，房尚精潔，惟太孤寂，因同人散值後，余一人臥此後房也。雲衢住房與象虛、子潤等鄰接，侍役室亦接近，呼喚便利。周茂三、金惠山來請子書、雲衢及余遊西湖公園。茶敘後，天空月食，半時乃復圓。晚十時乃回署。

十六日　晴熱　八月廿七日　星期一

十七日　八月廿八日　星期二

　　早起，稀飯。正午及午後六時乾飯。菜蔬僅僅夠食，因惠山管火食。遇事求省錢歸幼虛，余想亦非幼虛本意也。今日開始辦公，三科管教育，例行公事，多為轉各縣再呈省署者，此亦贅庸機關耳。署中無秘書，余與雲衢分任之。幼虛對人或機關來函必復，日收函件約十餘封，皆求事者。我邑朱清泉、汪小軒，及城内與幼虛稍有瓜葛者均來函謀事，照例答以"俟有機緣再行設法"八字了之。噫，滿清末年，人各有職業，相安無非分之想也。自辛亥革命，國體變更，不拘大小職位，可以便求之。故人人存一求事希望，如是四民不安其業矣。推想將來人望高或棄其本業謀事者必多矣。

十八日　晴雨不常　八月廿九日　星期三

　　福州氣候，一日之間晴雨不常，早晚寒可著夾衣，正午以後，著夏布衣猶嫌熱，蓋黃昏時即有海風來調劑也。九時辦公，職員到齊。余在自己臥室中核閱教育科文件、例行稿，各科員辦熟者無須改竄字句，為幼虛作復函稿數件。下午飯後，與云衢外出至福安棧閒談，因周子書未派事，仍住該棧也。

十九日　八月卅日　星期四

　　今日上下午閱文件辦函稿。署後有平臺甚高，可望烏石山景，烏石山上有小風景，建有王壯愍公祠。王，福州人。

二十日　八月卅一日　星期五

　　閱例行公事，科員張時蕃、林汾貽二人辦稿，無多改易字句，熟手也。張兼中學教員，其家爲書香久著者，有《曾滌生日記》四十册，上海石印本，曾廣鑾彙印者。明後天欲借閱之，張許以明天上午送來。晚間心煩意亂，無可告語者，遂作詩一首云："閉門彈鋏欲何言，雞鶩同爭鎮日喧。敢謂此身清似鶴，卻嫌多病懶如猿。"睡後再起改正之，"如傲鶴似驚猿"云云。

廿一日　晴雨無暈　九月一日　星期六

　　今日寫家信寄歸。午後六時外出一次。此地桂元新鮮者，甚便宜，香甜水分重，余喜食之。買得即食，不宜置之，螞蟻聞味即來集附矣。

廿二日　九月二日

廿三日　晴　九月三日　星期一

　　今日飯後與王芬洲、石、金、傅、周等人游西湖公園。王芬洲科員引導同游，因王能作漢口語也。王爲王壯愍公之後，在漢陽就事二年，能爲武漢語。余等不通閩言，王則實爲余等翻譯也。

廿四日　晴雨不定　九月四日　星期二

　　早起，代幼虚寫復各處應酬信稿，閱例行文件。下午晚飯後與石、金、周諸人至福安棧略坐，同鄉夏君、漢陽馮君均在棧候事久，不能歸者。聞周子書可派往閩清縣差。九時回署。連日辦公疲乏。十二寢後，夢余乘火車行途中，遇對面來一馬車。馬首高出余首，忽停止，中有搖窩一小孩約三歲，已睡宿。有一老人，形容清瘦，鬚眉皓白，下車止一大旅店中，甫坐定，余亦至此店，攜一小兒似根生。余見老人，即趨前問姓字，老人云："六十八歲，姓朱。"余睇視之，則先父也。衣紫色綢裘，加藍色半臂，見余大哭。余此時亦着藍色羊裘，披而未加扣者，説何語則不能記。醒時鐘鳴四下，淚涔涔未止。噫，先君没已八年，猶在邑城外未安葬，今夕見夢，或念及五千里外之孤子耶？廿五日晨記，見原草本中。

廿五日　七月五日

早起。昨夢先君，今晨能記夢中情形，心實難過。五千里外作遊子，不能侍母親於本籍，真罪人也。

廿六日　九月六日

廿七日　晴雨無定　九月七日　星期五

廿八日　九月八日　星期六

早起。自前夕夢先君後，心抑鬱，思家甚，母老子幼，在外非所宜也。今日上下午公事甚少。晚間外出看客，同鄉劉子奎、陳同如來閩謀事，城內汪小軒亦來，均住福安棧。噫，余來閩已大悔恨，不知諸人何以來此尋苦惱也。晚十二時寢，夢程松師已故，余在其靈前痛哭。

廿九日　九月九日　星期日

今日公畢，寫函寄三一學校同人，述及閩事不佳，離家遠，不能照顧，所入無幾。臘月下旬必回鄂，仍辦學校。蘭友及藝林、樹棠、明卿、南田、星階、小谷、烈五、雲卿、菊蓀、聚五、仁舟、芹階共一函，此十四人者，感情更好。

三十日　九月十日　星期一

今日與雲衢、象虛同至福安棧，子書尚未行。聞同鄉龔雲拔已來閩，彼原為此省縣長也。余以心抑鬱念家，在此無戀戀意。今日寫信與稚松，請其匯款來閩，爲預備年終歸鄂川資也。

八　　月

初一日　九月十一日　星期二

報載黎總統在津寫出被逼出京經過，曾函告駐京各國公使，並通電全國，欲在津組織公府，以行使職權。首先歡迎黎南下者爲浙督盧永祥，黎遂於九月八日由海道至申。

初二日

黎到申後，分電孫中山及各省之擁護彼者，然在申諸議員對之甚冷淡。僅有政學系、安福系少數議員與之見面，口頭表示歡迎，餘則模棱兩可，不能主張正義也。

初三日　九月十三日　星期四

今日惠山在何學穎紙店爲幼虛印賀秋節片，余亦訂印百張，備寄鄂中各戚友。此地印刷精而價廉，一元台伏，即商店代館元一元票。可印大票百張。報載黎總統在申見復職無望，黯然返津矣。曹錕謀大選益急，遂出其金錢鉅款□求之。

初四日

曹錕造孽錢甚多，曹家開花園，迭次開會，非達到目的不可，賄買兩院在京者。議長王家襄尚知廉恥，逃之他方。如是衆院院長奉人吳景濂願賣身爲曹氏包辦大選矣。

初五日　九月十五日　星期六

今日問及芬洲、時帆，知閩城內尚有藏琴及能彈琴者數家，與彼等均爲世交，余請其介紹往訪。問之高叔璜科長，亦如此説。

初六日　晴　九月十六日　星期日

今日看公事寫信畢，午飯後即同芬洲訪吳挺生。坐談後，彼云不能彈琴，其次女則由易叟傳授者。易叟現在北京未歸，當請其女公子出見，彈《平沙》《漁樵》二曲尚純熟，完全閩派也。此女在家讀書，長女則住女師範學校。挺生在某部就事，其家生活甚優。據聞彼爲吳佩符巡帥駐閩代表，暗中監視孫王者也。

初七日　晴　九月十七日　星期一

今日寫信寄次誠，述吳宅聽彈琴事。午飯後與雲衢至各處遊覽。由朱君介紹至董宏昌與主人一見。董爲湖北孝感人，始窮困，以販賣銅水烟袋至閩者，現已發財廿餘年矣。開廣貨店，對湖北同鄉人能盡地主誼。余問以湖北會館過去事，彼云吕承翰曾爲此省巡警道。胡子笏，江陵人，曾爲此省省長。現在會館無財產，一切系彼經理云云。雲衢喜竹戰戲。戈卓，安皖人，曾任此省縣知事數次，每約余與象虛上酒館，其意欲乞道尹署給一差也。戈亦與董熟。

初八日　晴雨無定　九月十八日　星期二

今日公畢，將所印賀秋節片貼郵票分發從前各戚友，約六十份。鄂城、黃安等縣各友三十餘份，餘則給福州新友，俾各友知余已到閩城。今日又發家信並作詩一首，又寄蕙芳一函，心念彼在漢寓，孤寂殊甚。余此來真悔孟浪矣。噫，何時重聚，一罄余之積懷耶。連夕睡不安枕，時時夢及家鄉，醒後增余之惆悵也。

初九日　九月十九日　星期三

今日續發近地賀節片。上下午公文多，並寫信稿四件。夜子正夢祖父其昇公白髮蒼蒼攜余同行，若避亂者。提燈過山峽谷中，急遽間有人來迎云，系往根丞二叔家。道經一畫師宅，羅列各畫八九副，祖父向余曰："此費小樓之作也。"祖父沒已廿七年，尚見夢耶。以余遠遊或示避亂之兆耶。噫，國家後事如何，此則不可逆料者也。

報載衆院議長吳景濂連日勾引兩院豬仔議員定賣選舉票價，每票五千元，一次先付。

初十日

兩院無恥議員連日與吳景廉商議票價，京中現正趕場售選舉票。

十一日　九月廿一日　星期五

十二日　九月廿二日　星期六

十三日　九月廿三日　星期日

今日王小齋自建甌縣來省，其縣佐一職已被延平建安道尹撤職，住福安棧。彼自云虧欠多，家眷亦住棧中，向余與石、王諸人借川資。余等初到閩，各以小數借之。此人愧對幼虛矣。

十四日　九月廿四日　星期四

今日下午與石、周諸人游南公園，並至西街董森仲家坐談。端溪已自外縣歸，住董宅。

十五日　陰晴不定　今日中秋節　九月廿五日　星期一

早起至傅寓賀節，並至閩城同事家略一周旋，高叔璜家客廳中有戴文節摺扇山水四面。彼不知珍寶此畫，一任陽光對曬，顏色黯淡，真可惜也。晚間與雲衢、象虛、元春、藏山等帶酒肴至西湖公園，在舟中待月，並作詩四首。歸署已十一時矣。太平無事之時，此境尚可樂也，惟時時極念家鄉。

十六日　陰　今夕無月　九月廿六日　星期二

今日晚飯後獨自外出閑行，歸後欲補作詩。乃今夕竟無月光。

十七日　九月廿七日　星期三

今日上午公事畢，聞涂養俠自河南來此謀署缺，晚見略談，問鄂中各事，彼住福安棧。端溪回閩城後時來署中閒談，並約余與石、金諸人過董宅爲竹戰之戲。

十八日　九月廿八日　星期四

十九日　九月廿九日　星期五

今日下午五時，象虛請養俠酒一席。余與石、周諸人同陪，養俠謀署縣缺恐無希望。

二十日　九月卅日　星期六

廿一日　晴　十月一日　禮拜日

今日陳鶴琴來訪，並約過其家。午餐畢，彼導余游耿王莊，並說明歷史。陳已在本籍謀事，不願再到湖北云云。古人不輕去其鄉之義也。

廿二日　十月二日

廿三日　十月三日　星期二

今日公畢，下午至福安棧晤養俠，不得志，擬仍回汴。幼虛送廿元，彼已退返。端溪仗義，以廿元借之。噫，養俠何必來，余則求歸不得者。此區區六十元之薪資，□能濟家用耶？支額原爲八十元，僅高科長照實數。金惠山爲傅謀利，報余等册列仍八十元也，小人哉。余以不願在此，不與計較，且慮本籍人知之，反爲笑話耳。

廿四日　十月十四日

下午會養俠，彼決定明日回漢口。余與石、孟等作公讌，擬送之至南台搭輪，擇旅館招待之。陳同如亦參加公餞，在貴寶堂小集。該堂南台妓院也，裝潢簡雅，迎送仕宦多在此地。

廿五日　晴　十月五日　星期四

今日下午公畢，飯後與雲衢共乘馬車一輛，端溪、象虛等已先行矣。余到南台時已六時半，與養俠等聚會於貴寶堂。余等來此處已數次矣。招待周到，請酒一席，各敬養俠並慰之。余作二律贈之，即"征鴻南下覓菰蘆"起句也。

今日報載曹黨所製憲法已告成矣，決定十月五日爲大選之期。噫，曹氏不惜其造孽錢，喪其廉恥，而吳景濂等豬仔議員貪曹氏重金，必促其做總統大夢。將來成功，恐亦如袁世凱之懊悔不已。

廿六日　十月六日　星期五

報載北京賄選會各有小組織。曹錕金錢多，分飭各走狗，與各俱樂部議員經紀接頭，議定價即所謂賣身費也。大者每票價一萬元以上，最低亦五千元。國民黨議員又分大孫派、小孫派二種，醜哉。

廿七日　十月七日　星期六

今晚作詩一首，題爲《署中獨酌懷次誠》七律，頗得意。

閱報知賄選議員有研究系、討論會、大孫派、孫文。小孫派、孫洪伊。安福系。向稱反直系者、交通系、政學系、益友社等等，或以全體名義定價出賣票價，或個人與曹走狗面議價格，人格掃地。

廿八日　十月八日　禮拜日

國民黨議員出面與曹氏走狗接頭者，大孫、小孫派中湖北人有胡祖舜、范鴻鈞二人。共和黨之湯化龍、廣東之楊永泰，現時什麼意見無有也，只有看金錢多少耳。社會輿論目爲豬子議員，無不唾棄之。大總統落得曹錕當選有百分之九十九把握。此時反對曹錕恐無一二人耳。

廿九日　十月九日　星期一

今日例行公事甚多。幼虛私函現已減少，蓋求者無所得，署中用人有限。外縣之縣長，非直接熟人亦不能轉薦也。晚間作《自歎》一首。

九　月

初一日　雙十節　十月十日　星期二

今日雙十節，放假一日。與雲衢、象虛等至戈卓安寓閒談。戈與省署王科長爲至友，約余等至王宅一談。王爲王仁堪曾孫也，閩城世家，現亦靠筆墨爲活。今日寫群函至蕙芳，寄漢口郭宅太輔送發。蕙芳前次來書，亦以閩事既不得意，不如回鄂爲妙。

初二日

連日辦公實無心緒。此地言語不通，除署中同鄉坐語外，此外無處可坐談者。又時念家母及余子根生尚在孩提也。蕙芳在漢口郭宅攜女教館，食宿頗佳，可惜與余不相見耳。

初三日　十月十二日　星期四

今晚寫一函至吾邑親友前爲余餞送行者表申謝意。分書四函，付郵發出，可轉交之函請王樂峰、石鏡清，許俊甫三君分轉。

初四日　十月十三日　星期五

到閩後，每感不快，連夕思家中老幼。又蕙芳在漢教讀，彼薪水雖優，與余相隔六千里矣。

初五日　晴　陰　雨　十月十四　星期六

早起，登署中平臺遠眺，見天際紙鳶淩上空。此地氣候與吾邑絕對不同，蓋鄂中氣候，清明前後十日天上紙鳶兒童所放，過時即不能飛空中矣。此則海天氣候，九月能放風箏矣。又聞樹林中鳩聲呼雨數次。八時以後辦公，下午一時由張時蕃引余參觀于山惠兒院，半時即出，途中遇雨。

曹錕當選總統。北京當時某報云，爲固寵分贓之計，兩院議員白晝鬻身招搖過市云云。

初六日　十月十五日　禮拜日

今日石、傅諸人外出訪董宏昌、董森仲二家，並與端溪、同儒作竹戰。余以陳鶴琴先有約，遂同陳游南台及南公園等處，傍晚方歸。

初七日　星期一

早起獨上平臺，作詩一首，起句"石台小立思無窮"起句也。午睡起，陳鶴琴來約游南台及南公台，在茶館中談范承謨殉節事。歸後又作詩一首，又憶蕙芳，晚間作詩一首。

閱報譏罵賣身議員曰：現金之要求，抬價之作態，回扣之分潤，名單之進獻。某座、某部，所在皆是云云。

初八日　十月十七日　星期二

今日公畢，憶明朝爲重九，作詩，起句有"佳節思親在異鄉"。余離鄉兩月，無日不思老母也。

前日報載曹錕於十月十號就總統職，時外交團不承認，曹窘甚。囑李彥青辦臨城通牒以緝孫匪。

初九日　陰晴不定　星期三

今晨由惠山料理酒肴等事。余與石、周、王等辦公畢後，下午四時出署，至西山公園之鏡湖亭登高，得詩四章，飲酒樂甚，傍晚方散。今日閩城士紳登高賦詩者衆，聞陳衍今日在亭賦詩。余以未識其人，不便過訪。陳爲近代江西派詩人。

有自京歸閩者云，十月五日大選曹錕爲總統時，猪仔議員投曹者四百八十票，到者共五百九十三人，票價每人五千。

初十日　十月十九日　星期四

今日下午再接蕙芳在郭宅復函，心稍安釋，當即復函。又寫函與沈穀丞，請其爲厚訓謀事。又寫函至夏秋舫，轉向伯潤爲厚訓謀事。

十一日

上午又聞鳩聲，此與吾楚氣候大異。吾鄂鳩喚雨，多在春夏季，秋間則少聞矣。乃作詩一首。餘時則作小詩自慰而已。

十二日　十月廿一日　星期六

今日文件稍多，幼虛私函更少，署中多閑。作詩一首，兼憶蕙芳也，起句"家貧爲客早"。今日寫信與涂子良，述及明正欲歸，請其爲余謀一停館。噫，此真無聊者也，當時何必允就閩事耶。在他人無甚牽繫，自可在此候署縣缺，余則非其志也。

十三日　晴　十月廿二日　禮拜

今日上下午俱在端溪處吃飯，竹戰閒談，彼有回鄂之意。余與石、戈等勸之稍候至冬末也。今日見董宅懸聯極佳，爲張祥河詩舲所書者，書法亦剛勁，可佩也！文曰"作上等善，得中等名，享下等福"，對云："從高處立，尋平處坐，向寬處行。"此真至言也，晚九時方歸署，記今日爲母親六十九歲壽辰，未能在籍祝嘏，殊忝子禮。

十四日　晴　月色佳　十月廿三日　星期一

今日公事甚簡，晚飯後外出。近時同行者不離雲衢、象虛諸人，他人不便約也。晚八時歸。九時聞蟋蟀聲，遂得詩，題云《月色如銀，蟲聲如雨》，鄂中秋夜，每得此景，閩海道署則異是，夜深人靜，僅窗外秋蟲時一發響而已。今夕做一詩記之，後當書寄次誠。

聞廣州來閩人云，孫中山在廣州非常國會中，曾提出北伐案，通過出師至桂，約陳炯明同時出兵。

十五日

今日接次松函，當復以此間局面狹小，孫、王以地位暗爭。余既來留此，亦無進步。鄂中辦學久，如此時失去資格，以後再難尋也。小軒未就事，子書差臘月可竣。如能便托李潤生來函，與丁商酌，或鄂中有佳事，仍早歸。

十六日　十月廿五日　星期三

今日得武昌次誠復函，詳述別後事。彼仍賦閑索居，習琴養靜，借款度日云。噫，此非根本辦法也。

十七日

連日思家，感觸多，深悔來閩之不當，最初以爲慰知己耳，豈知得薪少，反不能繼家用。鄂中教授資格已歷十年，且有名於時，奈何棄之。

十八日　十月廿七日　星期五

今日寫一函致廣州葉譽虎先生，彼反對北政府，現任廣州財政部長也。葉爲人機警，出處不可測。

十九日

今日有人云北京賄選事。有報稱某部某社所在皆是，等之女閭三百，粉黛一新。陳靦顏罔諱，逢人□道，譬之列肆畔賣什物，爲□領號開盤，早晚定價，遂使神明之冑廉恥全無。能無恫乎哉。

二十日　十月廿九日　禮拜日

今日早飯後，獨游南公園，並閱耿、王各遺跡。午後三時回署，晚間作七律一首，即"閉門彈鋏欲何言，雞鶩同争鎮日喧"首聯也。今日到閩已兩月餘，無時不在愁悶中。在鄂施教育已十餘年，所入月共得一百廿餘元，較此事清高，而又多娛快之趣，買舊書，看古玩，實與余性相近也。當時不加察，竟陷此窘境。

廿一日　晴　十月卅日　星期一

自來閩後，心鬱時即上署中平台遠眺山景，聽鳥聲。□久後即題詩爲樂。

廿二日　十月卅一日　星期二

連日署之左右頻聞斑鳩喚雨，與吾鄂之氣候大異。

廿三日　十一月一日　星期三

廿四日　十一月二日　星期四

廿五日　十一月三日

今日作懷次誠詩，有"羈情旅思入秋天"起句。彈琴養性，名利心淡然。余今年琴學大進，自來閩海尹道署爲俗吏又棄之矣。

廿六日

今晚寫一函至屈先生，請其轉向他處函薦，然明知其無效，發此遐想而已，繼而悔之。

廿七日　十一月五日　禮拜

今日張科員爲余向吳挺生家借得七弦琴來，晚間無事調弦彈之。吳宅云此琴七徽不準，試之果然。蓋當時造琴尺碼有誤也。

廿八日　晴　十一月六日　星期一

今日再致次松一函，請其預留洋卅元，臘月初一以前匯福州，余決定臘月明正回鄂也。同如時時來署閒談，余勸之回鄂，謂此地無可戀戀者。同如喜進取作宦，與余意見相反。午後閱報，君士但丁消息，土耳其共和政府於本月二號成立矣。康南海民四所論土國以後事，不知能料道否，當徐徐觀之。

廿九日　十一月七日　星期二

今日下午外出閒談，連日思家，心緒極不安。偶與同如至龔雲拔寓竹戰消遣，或與同遊西湖公園。同如始意來此謀一縣長，今知不可矣。彼系向政界中討生活，其志與雲拔同，余則厭棄政界者也。

十　月

初一日　十一月八日　星期二

報載，外訊美國原擬助中國收回海外司法權，因北京使團稱中國歷年內亂未已，改爲延期再談。

初二日　十一月九日　星期四

報載本月五號北京衆議院開會，吳景濂強據議長席，爲反對派推之下，致兩黨互毆，市民稱爲肥豬互咬。

初三日　十一月十日　星期五

今日公畢，聞彭竹朋先生自杉關交卸來省，住福安棧。晚與石、傅諸人去坐談一小時。彼再來尋幼虛，知傅有調泉州消息，廈門道駐泉州也。彭有餘資可閒居，彼與幼虛系武備學堂同班生，惟其人無甚才幹，幼虛並以杉關調劑者也。報載北京使團請政府尊重辛丑和約，就是索清代庚子賠款。

初四日　十一月十一日

報載黎元洪在津宴客，八號乘日輪高麗丸赴別府養疴，席間猶不忘情再次總統，隨員五人皆黃陂籍。

初五日　十一月十二日　禮拜日

今日與竹朋、雲衢遊西湖公園，坐談甚久。在茶肆中食點心並談及孫、王以位置暗鬥甚力。在京爲王後臺者系段祺瑞，爲孫後臺者爲吳佩孚。

初六日　十一月十三日　星期二

今日閱滬報，淞滬警察廳長徐國樑被刺于溫泉浴室。刺客李達生當時被捕，據稱爲韓恢復仇。本月十日事。

初七日　十一月十四日

聞廈門道確調幼虛去，首道由孫督秘書長兼任，陳同如已就道署第三科長。消息傳來，余實不願再往廈門也，愈走愈遠，余心鬱萬分。與雲衢談，謂余以母老不能遠行，傅如到廈門，余即歸鄂，君可就廈門道第一科長。

初八日　十一月十五日　星期三

今日公畢，偶與竹朋、芬洲話及鼓山名勝不異江西廬山。且知幼虛遠調在邇，過時機不能遊此山也，遂定議初十日雇舟雇輿同往。報載廣州孫中山將於本日十五號。帥師入桂林，統率各軍組織大本營，命陳炯明督糧隨進。又聞陳爲人不可恃，因其另懷一心也。

初九日　十一月十六日

今日下午竹朋來，決定明日早飯後同行遊鼓山，必約王芬洲爲通譯。晚九時，準備應帶各物。先問署中林汾貽、高科長，得知山中狀態。

初十日　晴　十一月十七日　星期五

早起食畢，石雲衢、彭竹朋、金惠山、孟端溪、王芬洲與余同行，到南台雇舟，俗名麻雀，蓋小船也。行六七里，抵山下村，村中男女健者爲輿夫，六人須十二抬伕，男女合作。端溪體重，加一人，起行甚速。行三里，見途中有石牌坊四字云"石頭路滑"。又行則山漸高，松樹大合抱，共成林，名曰萬松灣。至半山亭已行五里矣，中有茶亭甚多，值甚廉。自此山行見摩岩大字極多，不能記。又行五六里，見石刻大字書"道光七年七月七日，南海吳榮光書"。沿途宋刻碑極多，書"蔡君謨"或"蔡襄"等大字。又見慶歷時刻碑書"邵去華、蘇才翁、郭世濟、蔡君謨"等名。又見淳佑一碑，刻郡人"陳無競"等名字。至湧泉寺下輿，聞此寺距閩城卅里矣，山僧來迎，支客僧名善行，延余等至客堂。素食甚佳，飯則紅米，食畢，安之禪房休息。房如旅館，分鋪臥客。午後四時請僧導余等遊近地名跡。就寺前立觀，則內有閩江，外有小河，中有一洲隔之。寺中有一葉竹數竿，甚奇，尋常葉竹非个字即介，或五皮葉如半輪，此則一枝止一葉，故知天地之大無奇不有矣。閩城猶有方竿竹亦奇，因竹子俱圓竿，而閩產方竿，延平府尤多此竹。僧住寺中者約三百人，其中奇材異能者多，有八十餘歲尚負重擔者，有能拳術及能琴棋者。晚九時寢，清靜之至，令人有出家之念。余甚安寢，惟雲衢傷風鼻塞，涕唾不安。轉鐘四時，似聞僧起，敲鐘念經聲作。

十一日　十一月十八日　星期六

早起，九時麵畢，由善行和尚領余等開始遊山。善行俗建甌人。先欲至山頂，可觀日出，可觀琉球群島。以大霧不能行，且余等亦無此足力，乃指點昨日來時各處，山形水界。轉游無諍居，此居與湧泉寺爲一山之隔，内住女尼甚多。立觀來時大橋，如斷枝然，立居門首。見南台大橋，其下水田現"福壽"兩字，其安排之法甚奇，聞爲古人遺留者。善行並述其在中國境內各大名山均遊過。端溪問以五臺山，余問以九華山，各廟各古跡，彼一一答之，無訛。彼又云曾到西藏及暹羅。又領余等訪喝水泉、忘歸石、聽水齋等處。齋如船式，旁有大溪，聲聞里許，聞閩人陳寶箴太傅所建也。喝水泉寺，唐末開山晏國師遺跡。"忘歸石"爲三尺摩岩大字，宋蔡襄書。又看山腰新建之大士閣，閣有湧泉，引泉觸機，致懸磬被魚撞而成聲，日夕不斷，亦奇觀也。閣中香火盛，求籤者不斷云。又拾級過石門，石門爲雙石屹立，中開如門開朗，各遠村在望也。數武即朱夫子亭，亭中有朱子石刻像，山下刻有朱子所書"壽"字，長一丈餘，旁書"晦翁"二字。不知當時何以有此刻工，惟此碑向未搨過，想亦不能搨取也。又見"溪山清靜"四大字，約每字一尺五寸見方，旁刻"錢塘女士方芳綱書，乾隆甲午年。"又見"渴水岩"三字，每字三尺大。又見"國師岩"三字，"李道清書"。遊至此已午後一時，遂反寺午餐。坐定後，見一遊方僧到殿中拜佛，拜衆僧，放下經擔，艱苦之狀，看之生憐也。食畢小憩，仍由善行領余等看寺中石塔，藏有佛牙骨及舍利。四壁藏經極多，均爲前朝歷代御頒賜云。廟中香積廚一鐵鍋，可供千三百人之用。又有放生之畜類如牛、羊、猪、狗、雞之類，亦數百個。聞方丈湘人，曾爲閩提督軍門者，出家十餘年，今日不在山中，未能晤談爲悵。寺中有四大金剛像，甚大。又有玉石等佛像，又供左文襄公一像。又不二法門內爲時式洋房，電燈、活水均自裝備。又有病院一所，想系鉅款所建，尚未成功。再至關公樓下看放生池，各種魚均有，以餌投之，皆浮水面爭食。樓與寺離隔，樓上住有善男信女甚多。午後四時返寺晚餐，餘時休憩坐談及聽經。適聞閩城有輿夫多人來廟，明日當返署中，遂寢。

十二日　晴　十一月十九日　星期日

早起飯後，仍遊山半日。下午三時起行，看前來時路"東際橋"三大字，"武陵袁盛榮題"。有仰止亭，有洗心廬，有青山綠樹。又亭上書"願登彼岸"等字。有大石刊"高堅在望"四大字。又見岩下小鼓形石。又半山有一大石額曰"欲罷不能"四字。又石刊大字，曰"風怒濤飛"，旁刊"郡守李拔"四字。此山中李拔刊題字句甚多，蓋承平時福州知府也。下山時返望，有閩山第一石刊，又"白雲聖院"四字。同人步行時時休息、飲茶、閒談，到前僱舟處已五時，遂分乘小舟抵南台。在江岸酒館飯畢，再轉僱馬車回署。各人雖疲乏殊甚，此遊亦足樂已。寢後神怡，夢中猶似遊山景象哉。山林之氣，可以娛余也。

十三日　十一月二十日　星期一

今日上午閱文件，下午與石、彭往端溪處略坐，彼云以做古詩紀鼓山之遊矣，明日當付印分閱。幼虛調任事又沈寂，總之余悔來閩冒昧，只有明正歸去，尚可就教育界事，過遲則無辦法矣。端溪謂君此來已不是機會。從前延平道尹傅可當家，那知又來一孫傳芳爲上事，致壓頭不能抬也。

十四日　十一月廿一日

十五日　十一月廿二日　星期三

十六日　星期四

連日公事甚簡，余以不願留閩，約時蕃導余往各學校參觀，前借彼之《曾滌生日記》閱竣已交還。近日同儒時時來談彼事，以道尹尚未易人，一時不能發表也。

十七日　十一月廿四日　星期五

今日午後一時，張科員來約余參觀閩省立第一師範學校。初接見一教員引導。校舍宏敞壯觀，博物、理化二室設備甚完全，其後院有范承謨殉節處，又有海天閣、望耕台等名跡，閣下有"海闊天空"四字。學生甚多，未便到講室聽其授何課，以語言不懂，余亦不願聽也。三時出，四時再由張引余參觀省立農業學校，此校之舍亦佳，惟規模不及吾鄂耳。

十八日　十一月廿五日

十九日　十一月廿六日　禮拜日

二十日　十一月廿七日　星期一

廿一日

廿二日　十一月廿九日　星期三

廿三日　十一月卅日

今日報載曹錕本月廿八日壽辰，在懷仁堂受賀。想京中一干豬子議員，必有文，又有一番收入矣，哀哉人格。

廿四日

廿五日　十二月二日　星期六

廿六日　星期日

幼虛已調廈門道尹，余不願同往。雲衢可同去當科長，端溪亦去。余以太輔不願回鄂，遂請惠山帶往廈門，另以小差事安之。汪小軒亦同往，此人年年謀事，家中極好境遇，坐食亦不至恐慌，但無本領。

廿七日

廿八日

廿九日　十二月六日　星期三

三十日　星期四

十一月

初一日　晴陰不定　十二月八日　星期五

初二日　十二月九日　星期六

初三日

初四日

初五日

初六日

　　幼虛調任廈門道尹，已見明文。另薦予爲興泉永護軍使署秘書，遂由道署搬居福安棧。

初七日　十二月十四日　星期四

　　議定在福安棧另租一房搭火食，甚自由。

初八日　十二月十五日　星期五

　　今日回棧後，同如必欲將余款卅元去買皮袍子。余謂此地用不着皮衣，但彼知次松由京匯余作川資之款，必欲借去，不得已與之。孫、王情感太壞，一旦發作，籌款無處，將奈之何？同如尚欲在此候一縣長缺，徒勞夢想而已。

初九日

　　下午飯後信步出署，至古玩店購圖章二枚。閩城售新章子者多，舊田黃雞血亦有售者，但價昂。

初十日

十一日

十二日　十二月十九日　星期二

十三日　十二月二十日　星期三

十四日　星期四

十五日

十六日

十七日　禮拜日

十八日　十二月廿五日　星期一

十九日

二十日　十二月廿七日　星期三

廿一日　寒陰

廿二日

廿三日

廿四日　十二月卅一日　禮拜日

今日同如來，余留之飯，彼亦送款來買酒肉等等。囑僕買菜四樣魚肉等備過新年。

廿五日　晴　民國十三年元月一日　新元旦

今日新年元旦。早飯。自棧入署，團拜後署中辦酒席六桌，胡釗候與陳覺龍鬧酒，已醉矣。余出署後，雇車行到洪山橋，見一帶石坊，望眼皆是，約卅餘坊。閩人重節義，故男女忠孝節烈，建坊者多，亦美俗也。車過造廠，余即下，以名片謁廠長出見，知爲卓焜堂，廣東人，住武昌，與劉菊坡爲襟兄弟，其子曾住三一學校者也。談片刻，即出，仍雇車回棧。晚間曾杏春來晤談。

廿六日　晴　元月二日　星期二

今日到署，與曹蕙村談一時許出。曹僅辦復函等事，機要秘書則傅士可最當權，亦與曹同鄉。

廿七日

孫王聯譜兄弟，窺其來往信件，所商各事言不由衷，暗鬥情形久伏，終有暴發之日。

廿八日

陳同如就道署第三科長，系周寅東所薦。周與陳在天津曾同事，北人講感情，故能薦陳。

廿九日　元月五日　星期五　晴

今晚寫信寄次松，言明年必回鄂。又寄信與曾校長表明此意，蓋朝夕不安，思老母不能釋，且署中情形不佳，主宰非知己而粗暴。楊揆一、萬子瑾輩日夕恭維百端。孫之謀王用盡方法，與周蔭人爲一氣，而王不知也。余與督署張副官熟，其子在三一中學爲余之學生，以此情感，必向彼探孫之情況。

十二月

初一日　一月六日　星期六

前接雲衢函，泉州情況不好，太輔派在別處，汪小軒亦未就事，端溪亦要回鄂。觸動余之心臆，益思家不已。甚至中夜失眠，又提及余之掾屬升用條例保案事，余名在第二，首名則廈門道署原人。此事恐遭駁，然亦聽之而已。

初二日　元月七日　禮拜日

今日同如來，與同遊公園後並在南軒吃飯。此爲北味食館，鄂人多樂就之。

初三日　元月八日　星期一

今日散值回棧後，出市買皮枕三對、漆筷十把、漆盒二個。張時若、林汾貽先後來棧訪談。北京有一詼諧聯，梁任公所作也。細問之，云只記得下聯，明日再函告。

初四日　元月九日　星期二

晚得張時若函，梁任公住宅隣國會議員俱樂部，元旦貼聯云："豈有雄心騁老驥，更無餘興看遊猪。"妙哉！

初五日

今日下午端溪自泉州回閩城，云不日返鄂，彼仍住董宅。余向彼云，家中舊債未還，今臘不能踐還錢之約，不能回縣也。端溪願意向張莊篇借款，爲余解危，可感也。同儒來談，亦云不久必回鄂。蓋彼已詢之周寅東，略悉孫、王暗鬥情形也，而伯川竟不知，其粗愚之人矣。

初六日　元月十一日　星期四

今日散值後，就漆器店購拜盒二個，漆畫極佳，又梳妝盒二個，當請端溪帶回縣。

初七日　元月十二日　星期五

前日京報，有人問梁任公"遊猪"出典，梁答出於乾隆御制詩中有"夕陽西下看遊猪"之句，非杜撰也。

初八日

今日下午四時早退。在古玩市購得小黃圖章二對,又舊田黃章一枚,又舊壽山石一對,又黑壽山石一對。

初九日　元月十四日　禮拜日

今日端溪來云,十一日有船便利,即往南台搭海輪回滬。余與同至舊市,又購得圖章三對,又買漆器二件及小漆盒等,欲請其便帶歸送戚友者。晚與同儒至其寓談甚久,時商議明年歸鄂事。歸棧後寫家信及致樂峰等處函,並支□送物函與厚訓,囑其注意。晚寢極不安。

初十日

余在署中事甚簡,亦未辦文稿,批閱案件。前以寫壽屏二堂兩星期乃成,因是萬子瑾未交文件與余。

十一日　晴　元月十六日　星期二

余下午早退到棧,匆匆吃飯,同如已來候余。當即往約端溪,彼行裝已整理齊備矣,雇馬車同至南台。龔雲拔亦來為端溪送行,仍在貴寶堂餞之。席間多珍重語,九時席散,送之上船。余心尤思念老母及家中各事也。十時半與雲拔、同如等回城,同如在棧宿。

十二日

九時到署辦公,心緒不安。飯後偶與同室曹蕙村言,試探孫、王能否合作,而彼不知也,真愚人矣。曹為楊揆一內弟,予以為彼必知之。

十三日　元月十八日　星期四

今日寫信回家,言端溪已歸,囑厚訓接余函後,如須打電時,即用電報。近悉張副官告余事,楊道尹對周良東雖好。同如與道尹無關係,故同如聞余言，亦決計明春返鄂，知不走，必受危險矣。

十四日

十五日

十六日　元月廿一日　禮拜日

今日雲拔請吃飯，下午四時去，同席者同如、劍侯與余、劉子奎數人，就其寓竹戰，晚九時方歸。雲拔近就秘書職，略有收益，但劉春台粗鄙，對文人不重視也。

十七日　元月廿二日　星期一

今日歸棧後，同如來談，閩城石、傅、周諸同鄉早各分散。同如此二旬內，每夕必來與余談，間或至雲拔寓中閒話。子奎、劍侯則晤時甚少。同鄉人在外省爲親切，蓋人情大抵如此。惟彼等無內顧憂，頗曠達。余則甚拘謹耳。

十八日

十九日

二十日　元月廿五日　星期四

廿一日　元月廿六　星期日

廿二日　元月廿七日　星期六

棧中主人備過年食品，燙豆皮。同如、雲拔均來索食，其婦欣然與之，無不快之意。因閩省無此物出售。

廿三日　禮拜日

今日下午早回棧，見在閩賦閒同鄉人，均來向棧主之妻索豆皮食，假"故鄉風味"四字以求之者也。棧主徐姓，咸寧人，曾與大冶朱潤時爲長隨，在某縣知事署得有非分財者，嗜好甚深。其妻尚賢能，好客。

廿四日　今日小除夕　元月廿九日　星期一

廿五日

閩俗與楚似相同，準備過舊年，辦食物，寫春聯等等。余寫家信歸，仍囑厚訓各事。

廿六日　元月卅一日　星期三

廿七日　陰寒　二月一日　星期四

廿八日　二月二日

廿九日　二月三日　星期六

今日棧中辦年菜等等，余托其辦二菜。同如送錢來，願在余棧中過年。

三十日　陰寒　二月四日　禮拜日

今日未到署，下午同如來此度歲。六時傅太太命金映生送四葷菜來與余過年，給一元大洋去。傅太太未往泉州，知余感懷家園，故有此舉，亦近人情者也。買酒一瓶與同如共酌之，中夜散去。閩城萬家燈火，炮竹聲作，余真睡不安矣。閩俗除夕各街男女遊街市，肩相摩，人擠人，必至雞鳴時方散。

鼓山紀遊

時癸亥十月十日，山距福州城約三十里，廟名湧泉寺。同遊者里人石雲老、朱峙三、荆門彭竹朋、黄陂金惠山、福州王芬洲，共六人。

鎮日無聊盡醉眠，客來約上鼓山巔。鼓山遊覽需三日，預裹餱糧又薄棉。清早驅車出南郭，共買輕舟喚麻雀。小船俗名，象形也。須臾船到山下村，村婦與夫強要索。轎夫都男女合作，以余體重，獨要求改二人爲三人。藍輿既分釵鬢光，石頭路滑途中牌坊四字。松花香滿山皆松，雜木極少。半山亭子僧賣茶至此計五里，途次茶亭極多，值日者大都和尚。摩崖觸眼費平章。摩崖太多，無法記憶。登山賣盡平生力，停足山門未忍入。是真佛地甚莊嚴，有無因緣應知識。佛門一切天下同，山齋供客飯花紅。禪房夜静耽寂寞，頭陀時撞一聲鐘。初至，延之客堂，饗以素食麵，而飯粒乃現紅色。隨安之禪房，如旅舍，然殊雅適也。相傳大頂觀日出，遠把琉球收咫尺。明日登臨苦朝霧，轉向無諍聽別述。最高處爲大頂峰，惜朝霧朦朧，未能一攬其勝。乃轉游無諍居，居與湧泉寺爲一山之隔，内住女僧，雖禪門別調，卻亦四衆平等也。山僧指點來時路，水田經界現福壽。遠望大橋如斷枝，好水好山收一軸。無諍居山灣可望南台大橋，其下以水環繞之，田現福壽兩大字，相傳爲古人遺留云。善行和尚出奇才，擔經禹域又蓬萊。我亦行僧僧信否，小憩山巔話五台。領余等遊山者即善行和尚，建甌人，天下名山都留脚跡，與余山頭話五台遊徑，乃歷歷如繪。余遊五台爲民國九年事，惜當時事冗，未能竟覽全部。回頭再訪喝水泉，忘歸石上證前緣。聽水齋如新式舫，聽水居士亦時賢。喝水泉即此寺，唐末開山晏國師遺跡。"忘歸"石爲三尺摩崖，大字"宋蔡君謨書"，聽水齋乃時人陳伯潛師傅所建，並自號聽水居士云。山腰新建大士閣，閣中湧泉何活潑。泉流魚躍鐘磬響，世間何事非自作。引泉觸機，致懸磬被魚撞成聲，旦暮不間，閣中香火甚盛，客有求籤問事者。隨僧拾級過石門，別有洞天遠近村。考亭夫子亦廟食，是儒是釋同一論。出閣轉過雙石屹立之石門，豁然開朗，遠村在望，門外數武即朱晦菴夫子亭。亭供石刻畫像，山中留有幾及十丈之"壽"字，筆法沈雄整潔。至此已興觀止歎，遠向禪房唉午飯。何人不是遊方僧，莫笑遊僧停經擔。至此返寺進午餐，時有一遊方和尚至，艱苦萬狀，等是衆生，應生憐憫。上述遊山非遊廟，廟中亦有新詩料。既觀佛骨舍利子，經廚歷歷都玄妙。廟中有石塔藏佛牙骨及舍利子，而四壁藏經甚富，爲前朝歷代御頒云。粥少僧多原齊諧，況有六畜分僧齋。方丈由來武夫耳，放下屠刀空門來。山僧衆多，傳爲三數百人，香積廚一鍋可供千三百人，而放生之畜類亦及千百洵，大觀也。方丈振光和尚，湖南人，曾任閩省武職，惜勞人無緣，值和尚不在山，未能一領道力耳。亦塑泥身供檀越，粗眉大腹皆歡悦。法物威儀施捨來，玉佛傳聞自異國。褚大護法香花供奉，中有左文襄公一像，獨居首座。寺中法物多由施捨，而玉石之佛尤爲名貴。不二門中時式粧，電火活水都自裝。病院何用西來藥，維摩苦病原尋常。寺中亦一大新世界，所謂"不與人間通地脈，獨有法寶西天來"也，二句爲昔年路贈某番僧朝五台之句。關公樓下放生池，買餅餌魚魚放姿。關公樓上攜家住，山靈是否笑蛾眉。樓與寺隔離，供善男女求清静地也。已寫一篇新遊草，遊人遊興尚未了。何物狂奴不解事，紛紛都説下山好。僅得浮生兩日間，手扶竹杖下山巔。三里五里一休息，處處山靈應笑憐。好奇原屬勞人事，半夜尚在南台船。南台江岸姿飲啖，回首僧齋像隔年。吁嗟乎，行腳僧，來時路，莫留停！安得脱卸一切衆生事，再來山之巔、佛之前，與説法談禪之和尚，共校三萬六千之法華經。

民國十三年（1924年）甲子日記

甲子日記①。在閩城春節落筆時，立志不缺事實，如無可紀者，私生活亦必詳叙之。半生漂泊，甘苦備嘗，示子孫以爲人不易也。

歸鄂後，友朋之往來親密者，程稚松昆仲，朱次誠幾於無日不往來，甚有日二三次者，次則陳同如、胡抱琴。學生輩則王連璧、蕭汝舟、袁炳南三人，以畫、詩、琴請益者，予均悉心指示。三人今存者僅王生，已六十餘矣。

在縣中新交友爲周淬成，時任郵局長，餘爲孟、汪、王諸舊友，而最親者爲寒溪廖純古、袁芷清、范伯高。

暑假前定有《申報》及《漢報》《新聞報》，回縣後日日有報來，深知世界大勢及國內社會情況，無事輒往郵局談談政軍各要聞。

自閩歸後，不忘情于閩城商人。董秉卿，孝感人。夏昌榮，吾邑金牛人。在閩滬間爲予幫助之事甚多。

是年腳痛數次，牙痛亦劇。

袁子青在武昌任教職，同如自閩歸後寓省垣，無事則時時來訪談，肖鵠在省，過從亦密，頗有朋友之樂。

庚子首夏崎山老人閲後漫記

---

① 甲子年記事均用舊曆。——作者批注

正 月

初一日　是日巳初立春　黎明小雨數次
旋晴　晚小雨　二月五日　陽曆二月廿九天

早七時起，陳同如即來寓，舊僕陳金來料理茶湯等事。八時至署團拜，循例與秘書處同人賀年。曹秘書、蕙村於床桌置大蒜數根，觀此益動思家念。緣每屆歲除，舍間例置大蒜於床桌及小兒搖棄內。余自髫齡及少壯，見家母每歲必自爲之，束紅條於蒜之兩端，取大發之義也。八時半回寓。十時，同如、曾杏春、馮徵之先後到寓。午飯畢，與同如至戈卓安寓中拜年，坐談久。午後一時雇馬車至南公園觀劇，同行者卓安、同如、杏春及卓安之姪桐軒。六時乘馬車回寓。小憩片刻，與同如至戈寓晚飯，同席者王子誠、同如、桐軒，共四人。飯畢回寓，作詩一首即寢。

初二日　早小雨　旋晴　午後雨　晚大雨

早八時，戈卓安來寓坐，未久即去。十時半同如來，邀至湖北館會龔雲拔處坐片刻。卓安亦到雲拔處，數語後約余與同如雇車至督署晤周寅東，緣周昨日來拜年，尚未答拜，並晤及黃成霖，山東人。旋至董秉卿處晤冷少梅，至道署坐片刻。再與同如至雲拔處晚飯，九時回寓。十時半寢，展轉不成寐，天曙時甫交睫，多夢。

初三日　早晴　午後陰　晚晴

早起，同如來寓飯畢，至署寫壽屏六塊，因吳其慶索之急，草草了事。四時半回寓。晚與同如、徐芝山、王寰生遊大墻報一帶，回寓後又與王、徐談至十二時始寢，多夢。

初四日　早大風　午前陰　午後竟夕大雨

九時半入署，寫泥金對二副。午後寒甚，是晨入署，未着羊裘、頗畏冷。飯後在杏春室中小睡時許。晚四時即回寓，晚飯畢十時睡。夜長夢多①。

初五日　竟日雨

早至道署邀同如至張時蕃家拜壽畢，入署。五時至陳秘書覺龍家中宴，同席皆署中同事。九時回寓，與徐楚山、楊松年略談即睡，夜多夢，思家甚切。

初六日　終日大雨

早至詹仲純棧中回看，因渠不日赴泉州，囑其便勸胡太輔回鄂也，談數語入署。得家信代電即請假。去臘初寫信回家，囑厚訓臘底來代電，以便請假，此函遲至今日始到。婉言向萬子瑾説，渠允後，聞同室曹蕙村恐余假後不來，旋以加薪之説聒之。噫，余之來閩已屬大謬，豈能再戀戀，於此坐見干戈擾攘耶？孔子有"亂邦不居"之説，彼粗野武人，與沈酣名利之政客，何能見及此耶。午後回寓檢點行裝待發，終夜不寐，甫交睫多夢。

初七日　雨　竟日

早起清理各事畢，四時雇馬車過董秉卿家，入內作辭。因董是日請余吃年酒也。同如同車送余，龔雲拔在董座聞余假，旋亦同車送此行。知余不返福州者僅同如一人，其餘鄂閩相識諸友無一知此意者。蓋軍署請假不易，且欠薪未給，欲請長假而居停不准，不得不秘也。車抵南台，知新康輪船於是日午正開滬矣，焦灼殊甚，復雇船將行李運回。董知余

---

① 據説今春冷甚，奇也。——作者批注

回寓，着人來請吃飯，九時半畢，與同如回寓。是日送行者尚有曾杏春，彼車出南門，值余車已歸，遂囑與同回。夜十一時寢，多夢。

初八日　終日雨

早至道署，飯後與同如至雲拔處。劉子奎來，同便飯，七時回寓。旋雇車至戈卓安處，坐片刻回寓。得署中來條云，萬子瑾請到署。比至署晤曹蕙村，云居停不欲余請假，囑萬琪挽留，並示加薪意。

初九日　終日雨

早九時至郵局，發京中阮次扶先生信。旋至署晤萬子瑾，述居停意，恐余請假不來，囑彼挽留。余仍以早日必來之語紿之即出。至道署坐片刻。雇車至傅宅談片刻。因同如約與王闓生到署便飯，雇車回道署。飯畢與同如至南街尚友堂看報，遇曾杏春，遊覽數處。至督署晤張雲卿副官。六時仍回道署，龔雲拔來，同如留與共飯。八時回寓，十一時寢，夜多夢。

初十日　雨　午後稍停　晚仍雨

早八時起，九時署中着馬弁來請入署。系寫泥金大對一副，送尉母姜太夫人九十壽者，即敏深仁弟之祖母也。午後二時出署，至道署寫酬應對聯十副、中堂一，皆陳、林、高三科長轉求者。九時回寓，劉伯暘、白楓亭來寓談近事。余極力勸伯暘回鄂，且示福州不久有大變亂之意。十二時寢，展轉不寐，跳蚤多，癢不可耐，四時半即起。

十一日　陰　午後晴

早起至道署，途遇何希宋索寫對聯。余邀與至督總前街購石章七枚，頗合意，價亦賤。購畢，到道署爲渠寫聯畢，回寓。午後同如來，因邀伯暘、闓生共遊西公園至南華清洗澡。晚訪戈卓安，未遇。十一時寢。多夢。

十二日　陰　晚八時雨雹　寒甚

早至道署略坐，旋到署，片刻即出。午飯後與同如至于山遊天君殿。此殿前聞窮極壯麗，去冬毀於火，惜余未見於被毀之前耳。午後寒甚。晚雨雹，九時寢。

十三日　早陰　旋晴　晚晴　星月皎潔　夜十二時大雨至天明

早起，至道署片刻即出。到署坐片刻回寓，途遇戈卓安請余午餐，卻之不可。二時與同如至西湖公園，途遇林汾貽，約至林莊，即財政廳長林惠尊住宅，具園林之勝，惜過小耳。並觀林文忠公讀書處，塑有文忠像，清高大雅，宜享一代大名也。又游李忠定公祠畢，與同如在寓吃晚飯。七時至道署觀龍燈烟火數事。十一時回寓寢。

十四日　雨　午前略晴　午後又雨　旋晴　晚大雨

早飯畢，董森仲着人來請，至可然亭餞行，同席者周賓東、陳同如。午後三時至道署寫對一副。晚飯後與同如至東街觀燈，頗熱鬧。十二時歸寓，終夜不成寐，直至天明起。

十五日　晴陰不定　小雨數次

早六時起，八時檢點行裝。同如來送行，與之同乘馬車出南台，在于樓小憩。雇小舟搬物至十三號夾板船。午正，小輪拖船行，二時半抵馬江口。緣是日軍統徐某自延平攜眷滿載回滬，小輪夾板船則其雇定者也。上海晏海輪後，是日風大，船中水手云明晨開船。與余同房艙者為閩延平人，宦廉，號尚清，東南大學教育科肄業生。晚十時睡，二句鐘起一次，安枕達旦，蓋償昨夕渴睡也。

十六日　陰雨　夜有月

晨八時開船，昨風已息，船行平穩。十時望海口，風浪大作。十二時更甚，同輪吐者極多，余亦大吐三次。夜十二時寢。

十七日　陰　午後晴　晚雨

八時起，舟略平，仍時時搖動不已。午後更甚。晚六時，過大戢山，舟行平穩。十一時抵吳淞口下椗。四時啓椗。

十八日　雨陰　大風　寒甚　雨雪約一時許

七時半舟抵上海，寓廣泰來店。訪張肖鵠通信地，四五次不可得。訪蕭安吾、興吾昆季，均晤見。旋與興吾訪劉誠庵，未遇，且不能得其通信處。晚六時，王子潤來棧，彼新自泉州轉省來滬者，談片刻去。蕭興吾來送行，辭之，以怡和輪碼頭距棧太遠也。夏昌榮送余上船照料一切，深爲可感。上隆和輪船，與余同房艙者張啓源，號澹如，吳縣人，年五十餘。余以勞頓殊甚，十時半即睡，輪舟啓椗，余未覺也。

十九日　晴　昨夜結冰　月色佳

六時起，知船已行百餘里。十一時過通州。晚十時，船停鎭江，得購滬上本日《申報》《新聞報》二種報紙。信件俱由火車來，故速於輪船。江蘇交通之便，他省未可與擬也。

二十日　早見霜甚厚　結冰　霧　晴

五時半即起，船停南京約一時半。過浦口停二小時。九時半開行，午後三時抵蕪湖，同房張澹如辭去。自蕪來一同房宋紹璋，號靜嘉，江蘇江陰人，在皖候補知事，聞前署宿松者也，其人嗜好甚深。傍晚見岸上山有積雪，九時見岸上火警，大約系村落人家失愼。三時半船抵安慶，宋紹璋別去，十二時寢。

二十一日　晴

早九時起，逾時舟過小孤山，江水闊，見山連岸上，始知曩昔所見在水中央者，悮也。晚十二時船至黃石港下椗，因江窄不能行大輪舟。冬末春初，因黃石港以上兩岸沙淤水，窄不能行，江漢關於此際另設巡江司，每日探測水之深淺報告各輪。此事已行之八九年矣。

二十二日　陰

早六時船啓椗，九時半抵黃州。十時渡江抵家。酬應不能停，往各親友處奉看，舌敝脣焦，大抵皆詢閩事。晚十時睡。

二十三日　晴　旋雨

九時起往訪各親友，終日酬應甚繁。晚十一時睡。

二十四日　雨

晨五時起，達小輪到黃州，晤尉遲敏深。午後一時仍達小輪回縣，終日酬應極煩。夜十一時睡。

二十五日　雨

八時起，往各處酬應。午後一時，孟端溪請客。薄暮，端溪來。九時，爲厚訓事往謁陳荷波，談半時出。十時，陳來回看，談一時許去。十二時寢，展轉不成寐。余自十七以後，每於次日出門，則終夜目不交睫，童年應試亦然。

二十六日　陰

六時起，雇船往黃州，同行者石仲章。在黃晤夏乃卿、王文旂，均昨日約同往漢者也。九時公和輪到，午後二時半抵漢。三時渡江到三一堂，晚飯畢，訪朱次誠、程稚松，暢談久，歸校。十一時寢，多夢。

二十七日　陰　雨

早八時半次誠來坐片刻。與之同訪胡抱琴，談一時許，與之同出。

再至次誠處午餐，遠客初歸，所談若有不盡者。午後晤次松、少松，並訪各友。晚十二時寫家信畢，寢。

二十八日　雨

八時起，有堂課，飯後往訪張肖鵠，不值。晤曾城齋、周鵬程、胡介眉諸人。晚十一時睡。

二十九日　陰雨

九時起，清理各件，出門訪各友，甚忙。晚十一時寢。

二　月

初一日　陰　陽曆三月五日

八時起，訪肖鵠未遇，肖鵠來校亦未晤。晚晤次誠，談甚久，十時歸校，十二時寢。

初二日　雨　寒甚

上午有堂課，午後五時稚松、少松同來訪，坐片刻。肖鵠來談一師校事。訪李亮丞，晤談一時許。八時半至次誠處談甚久，十時歸校。十二時寢。

初三日　早晴　寒甚　午後雨

早九時起，有堂課。午後次松與劉翠山同來訪，值余外出，未遇。晚七時與周子南至長街添置校中應用各物。晚晤次誠，十一時回校。十二時寢。

初四日　大雨

早九時起，清理各件。十二時，次誠來晤，坐二小時。同往訪稚松未遇。隨原車至次誠寓，晚餐畢，坐片刻，隱几而臥。六時半回校。取款至鴻磐樓洗澡一次。九時半歸，十二時寢。

初五日　雨　寒甚

十一時起。飯畢，雇車訪易泮香，不值。訪孔汝舟，談半時許。訪陳乾弢並晤鍾小山同學。三時半往次誠寓中，晤朱少樸，同便飯。六時返校，覆陳同如信，連日以事冗，今始覆報到鄂情況。同如在閩時，日必見面數次，余歸時彼親送到南台，情意殷殷，殊爲可感也。發劉季獎信。閱《分類文匯》十餘頁。十二時寢。

初六日　雨　寒甚

八時起，有堂課。午後清理各事。五時半訪稚松、少松均未遇。稚松新得沙市官錢局差。雲生檢委狀示余閱之，恐到沙後難發展，前日勸之勿輕信王保授語。然人方欲登青雲，我固抑之，勿乃非是，僅留語雲生，囑其轉告稚松，謹慎考慮，再去可耳。臨出門時，尤以勿辭津事叮囑再四。七時晤次誠，談至九時回校。涉獵各書。十二時寢。

初七日　雨雹　寒甚　雨

八時半起。堂課畢，寫家信。午後訪次松，遇少松於途，云已外出。政界萬惡，人一入其中，則終日奔走而不獲休息，勞神甚矣。仍隨原車至閔孝師處談片刻回校。稚松來，坐片刻，范允師來訪，稚松遂去。允師詢閩狀後作警告語，慨然有退處。念惟年來爲升斗計，仰事俯蓄，殊難於籌畫耳。十二時寢。

初八日　雨　旋晴　見日光　午後陰　寒甚

九時半起。十一時送家信與稚松，囑其帶交家中，並洋十元暫濟家用。在雲生處午餐，回校有堂課。六時至教育廳，訪劉粹三不遇。轉至次誠處談二小時回校，十一時睡。

初九日　陰　寒甚

九時半起。許發棠來校，持有泉州寄來函，王元襄所發函。午後六時，子南來談二時許。至次誠處閱其寫壽屏，甚佳，九時半回校。十二時寢，夜夢先君談瑣碎事，似仍居本籍四眼井舊宅。自壬子後遷居已二次矣，頻年在鄂省。去年在福州，所夢在此宅者約計卅餘次。今其宅已易新主，余亦未入其中，不知其內容何狀，但每次入夢，身歷其間恍如疇昔，堂室方向及桌椅放置之處猶能記其定處，此何故耶？

初十日　陰　寒甚

九時半起。至西街理髮一次。午飯後陳乾孅來問閩事，立談數語去。三時范伯高來校，囑帶家信一件談撥款事。四時肖鵠來談半時許去。後涂子良來談閩事，坐頗久。六時周子南送聯來囑書，以送次松遷居者也，談片刻與之同出。購小鐘一架，去洋一元柒角①。又購路菜盒一件持歸，不合用，惡劣至極，其價較日本貨尤貴。年來漢人徒慕愛國之美名，而不精研製作，乃一次抵制外貨，而國中惡劣不堪之貨得以乘機售出。奸商猶曉曉向購者曰："此國貨也。"並藉此博愛國美名而增其值。嗚呼，此吾國人之特性也。十二時睡。

十一日　陰

九時起，堂課畢，渡江晤尉遲少菴，談閩事一時許。出訪曾心如，坐片刻。至夏口縣署訪彭子芳師，聞其已辭職返里矣。訪夏乃卿丈，知其所開錢肆已歇業，四時半渡江回校。杜安卿、王子恕、王子潤同來，均未晤。晚六時，子南來約至鴻磐樓洗澡畢，至杜安卿處回看，坐片刻。雇車至次誠寓，彈琴三次，坐談二時許。回校後倦甚，稍事清理，十時

---

① 鐘爲德國貨，歐戰平後，德貨便宜至極，若以現時論，此單鈴鬧鐘一架須十六元也。戊戌七月記。——作者批注

半即睡。

十二日　陰　寒甚

　　早九時起，至賈仲明處看畫，因賈隔期相約者也。李梅生畫柳及鸜鵒條幅纖弱無力，決非真品。李復堂畫牡丹花瓶條幅，筆法款字尚有幾分神似，亦系贗品。八大山人大中堂筆法粗俗，毫無可取，惟圖章三枚略似。蓋仿刻者，骨董鬼何事不可為哉。郭河陽熙絹本手卷長七尺餘，高僅尺許，畫溪山棧道，後有題跋十餘人，皆宋元明人手筆，瑕瑜互見。此本絹色紙色裝潢均可，斷為明代物，畫筆精細秀勁，均有可觀。亦決非時史所能彷彿者，大抵明末名家作偽者，賈以百餘元得之，值亦不昂，以此等畫作者須窮半月之力方可辦到耳。午後三時訪朱次誠坐片刻，與之訪胡佛奴，未遇。四時訪易雪岑先生，值易出，留刺去。晚六時至胡宅訪佛奴，坐談片刻，晤黃雲冕，號澹公，蓋余久聞其名，而未見其人也。十二時睡，夜多夢。

十三日

　　易雪岑先生來校，值余初起。浣漱畢，與坐談，極獎余去冬在福州寄詩並書彼六十自壽詩見示。易去後有堂課。晚至朱次誠處，未晤。是午次誠來校，囑以大石章二枚，仍送彼處再刻。以此章交其家，至易先生處，座中晤及包采卿，雲夢人，盛稱余十五年前作詩，甚愧甚愧。十時回校。十二時睡，夜多夢。

十四日　晴

　　九時起，次誠來談數語即去，送小石章來，甚感。午後杜安卿來、徐天秩等來乞余蓋印結余，恐不合格，囑其查明後再填。劉粹三來談程稚松事，旋去。晚飯畢到後長街，值稚松眷屬到省寓，家中托其帶琴一張、箱一口，雇車取回。八時周子南來邀，仍至程寓，九時回校。十一時睡，夜夢雜。

十五日　陰

　　九時起，清理各事，雇車訪劉鼎珊，坐片刻。訪曾雨村，值其往他處上課，留刺於其家。十一時回校。次誠來，李紹虞來，均晤見。與次誠同往訪稚松。接陳同如自津二次發信並報閩局紛亂，余與同如均早料及此。余雖損失兩個月月薪，幸免此一番驚擾，彼此相補矣，人亦何能逃此氣數哉。三時與次誠同往醫科專校，訪胡佛奴，坐略久，回次誠寓。晚餐畢，同訪羅敬畏，得閱陳小葵琴一張，斷紋深細，音亦清越。坐未久，過糧道街，晤及包亮采，次誠舊同事也，邀入坐片刻。過都府堤，遇李鶴鳴，邀至其家坐談，得閱《天元玉曆祥異全書》，寫本甚精美。從前科學未興，得此書足以爲王者師、爲軍師，今則視爲迂闊，不足信矣。八時回校。十一時睡，夜多夢。

十六日　早晴　終日晴

　　八時起，有堂課。正午杜安卿來坐一時許去，午後堂課畢。寫家信一、袁子青信一，復陳同如迭次來信。李紀于來校爲袁子青、葉公達考承審蓋保結事，並索余寫橫披，已面允之矣。八時晤次誠，九時半歸校。十一時清理自用各章，不愜意者，擬請次誠再刻。十二時寢，夜多夢。邇年無夕不夢，雖以最短時間，目交睫即夢。前年在曾心如處宿，終夜不成寐，天曙時倦甚，目交睫即夢。中醫當推爲心腎不交之症，西醫當呼爲神經衰弱。然余適以頻年竟遇不佳，心多激刺。以至呈此魂夢不安之象耳。

十七日　晴

　　九時半起，有堂課。午後堂課忙。晚六時孔冕堂來談一師校事。朱次誠來校談一時許。程少松、周子南同來談至十時半去，靜坐至十二時。睡四時醒，展轉不寐。

十八日　陰　晚小雨

九時半起。送結與李紀于回校。午飯後，渡江至日界南小路廿五號，訪江慕張，據其家稱在濟良所辦事。乃至尉宅探福州信，知初樵於二月初五日爲閩海軍在寧興輪中捕去，渠家已托王桂榮通電孫基昌營救矣。坐片刻，與尉華清至王右籛宅探閩信。又至張美之巷冷宅探少梅信，晤冷選階，據稱少梅已有電回漢，明日可抵家矣。與華清出冷宅，至馬路分手。至老圃遊戲場聽北方人某演口技，極妙，學鳥語、犬、牛、羊、蜂、蚊聲、小兒啼，無一不酷肖，神乎技藝矣。三時半至通濟里濟良所訪江慕張，坐談一小時，渡江回校。適雷金聲來談。八時至程宅晤少松，坐未久，雇車訪次誠。九時半回校。十一時寢多夢，四時以喉痛起坐一次。

十九日　晴　大風

十時起，至朱次誠處寫對二副、屏一幅。早飯畢，與次誠至稚松處，彼未歸。次誠爲少松調琴弦，彈琴數曲。余以喉痛回校，脫衣服睡一時許。晚飯後，復曾杏春自閩初六日發郵片，知其衣物俱失。晚六時至斗級營大同旅館訪曹蕙村，知其於本日到館。蕙村在閩云素在武昌住該館，率爾探之，渠果於今午來矣。據該館云，渠衣物在閩盡失，聞之悵惋，以渠到後即渡江，僅留刺約日再見。旋至少松家晤劉粹三，又至撫院街訪陳穎生，未遇，留刺回校。自煮粥食，十時半寢，喉痛頗烈，夜多夢。

二十日　陰

早起，有堂課。午飯後至次松處談數語，與涂子良同出。欲至斗級營看曹蕙村，途遇蕙村乘車來，系來校訪余者，折回與同行至大同旅館，談閩事極詳。幸余未在閩，不然衣物亦不能保留矣。三時回校。四時至稚松處談數語。至陳穎生處托其代堂課。四時半渡江，爲稚松送行，繼知船不開，七時渡江回校，十一時寢，夜咳嗽，醒二次，多夢。

二十一日　晴

九時起，剃頭。飯畢料理請假歸家事。發信三件，一張肖鵠，一劉粹三，一陳穎生。晚渡江送稚松行畢，二時搭大利輪。同歸者程少松。是夕，在輪僅交睫一刻，即有夢。

二十二日　晴　大風

大利輪十時半抵黃州。遇義渡過江，十一時抵家。午後看各親友，四時半出城謁先君淺厝處。至寒溪學校晤范伯高談撥款事，並晤純古校長及曹治安。夜十一時睡。多雜夢。

二十三日　晴　夜十一時小雨

早九時起。孟端溪來談寫鄭姓壽屏事。見客數次，出門數次。午後一時至夏乃卿家宴。回後清理應帶省校各物，旋出門二次。廖純古、曹治安來，周粹成、程少松來，王利師、鄧勉之來，均談坐甚久。九時清理各件，至十一時止。神倦即睡。

二十四日　陰　晚大雨

早八時起，王久旂來坐談，孟端溪來談寫鄭姓壽屏事。午後一時寫起，計泥金八幅。續寫一幅未畢。尉遲敏深來，留便飯，並邀周粹成來陪，鄭子題來亦留同坐，尉去。再寫半幅未畢，客來酬應甚繁。七時至王長卿家弔孝。九時回宅，十時半睡。

二十五日　晴

早起發朱次誠信一件，說明在家諸事，寫壽屏三塊，酬應甚繁，十二時睡，多怪夢。

二十六日　陰晴不定　晚雨

早孟端溪來坐談去。後寫泥金屏計三塊。純古與徐壽軒同來，談半時即去。粹成來，值王子衡請余去酬應忙碌。晚至王樂峰處看病，知其已痊，甚慰。回宅知劉伯暘來縣到家一次，比即回看，知未住姜家，欲詢閩事不得，悶甚。今日寫字甚勞，晚十一時睡，夜多夢。

二十七日　小雨

早起，請劉伯暘吃飯，詢閩事，知渠系廿五日與同如同輪船，在事未變之前也。午後清理各件，五時至沈福田家吃酒。十一時睡，因明日晉省，終夜不成寐，交睫多夢。

二十八日　早霧午晴

早六時起，渡江時與王惠䄎同船。九時半江裕輪到，上下水同時來，幾不能上船。上後遇余性善，知石雲衢與胡太輔均歸，甚慰。衣物雖受損失，生命未遭危險，亦幸事也。午後四時抵校，至程宅略談，便飯後晤次誠，甚慰。至鴻磐樓洗澡，因人多無缺，仍回校。寫家信，並石雲衢信。十一時睡。

二十九日　早晴　午後大風　晚小雨

早八時，劉粹三來呼余起。十一時整容，午後至程宅探少松全眷來否，五時陳鶴琴新自福州來鄂，到校談閩事甚悉。八時至次誠處坐談，九時半歸，十二時寢。

卅日　陰

早八時半胡太輔來呼余起，談泉州事甚悉。午後一時小睡，林衛初來坐片刻即去。堂課畢，肖鵠有電話來約。與衛初晚餐畢，略有酬應。八時至次誠處談至九時半歸，涉獵化學書數種，十二時睡。

三 月

初一日　晴　四月四日

早九時起，有堂課。胡太輔來談謀事。午後得同如自武強縣發來一信，稚松自沙市來信，説就職事。晚飯後抱琴來。旋來客四次。六時半程宅着人來云，眷屬已到。八時去道喜。八時半回校，次誠與羅敬畏已在宅中相候，飲酒一杯，共談至十時去。余清理閩中詩稿，改數字，十二時寢。

初二日　晴　今日清明

早九時起，頭暈，勉强支持。正午次誠來約，出賓陽門，入小東門回訪抱琴家，不值，留字出。午後二時半，可伯僧家請客，同席者皆校中同事。飯畢至上花隄陳鶴琴處回看。六時至少松家。七時至次誠家彈琴半時餘，坐談，就次誠處晚餐，九時半歸校，十二時睡。

初三日　早晴　終日晴　上巳

早八時，孟端溪來呼余起，端溪旋出。清理各件。十時與端溪至閔孝師及少松處。旋渡江訪孟道甫，午後一時與端溪至後湖平地一望。漢口人烟稠密，望一有水草地而不能，空氣惡劣，污濁滿地，無怪乎夏末秋初癘疫流行不已也。四時至法界訪尉少菴先生，不遇。五時渡江，六時至程宅。九時半回校，十二時寢①。

初四日　早陰霾　午後更甚

八時半起，有堂課。午後一時往西街，值張文欽來校，未晤。五時

---

① 在閩初歸時身體極健，顏面轉白。予此時年未四十也，時而武漢應酬談話不以爲勞。庚子三月廿八晚記。——作者批注

孔汝舟請吃飯，同席者孫景風、賈仲明，八時畢。途遇次誠，知其天門差事已了，悵悵久之。旋至少松處坐片刻，約其明日送其姪良生來上課。十一時睡。

初五日　晴

九時起，清理各件。次誠來云，租房未定，殊惱。午後六時半，候裱工裱房屋，八時工來，至十時方畢。清理各物，麻煩極矣，一時睡。

初六日　晴

九時起，整理書案及物件。午後一時方畢，二時剃頭。晚七時到少松家一次，旋至次誠處談現狀，各有深感。彈琴二小時，夜十二時睡，多夢，似與先君談及石雲衢自閩新歸事。自先君謝世後，入夢時以去歲七月到閩起，不下數十次。窀穸未安，身仍不顯，奈何。

初七日　晴

早六時半起，自到校後以今日起時爲最早。上午堂課二，下午堂課勞頓殊甚。佛奴來，令其坐室中，不能陪也。晚八時至次誠寓，晤羅敬畏，請其彈《漁樵》《平沙》各一操，十時與之同行。十一時半睡，夜多夢。

初八日　晴

早起，汪小軒來，托其帶家信一件、衣服二件。有堂課，午後一時至四時俱有堂課。劉鼎珊請客，不能到。五時半劉季奘來校談一時許。次誠來一次。七時半到陳乾弢處看《淳化閣帖》、何子貞册頁，十時歸校。十一時睡，夜夢先君。

初九日　陰

八時起，至糧道街嚴宅談片時。午後清理各件，寫福州各友信，已起草待發。余寫信向不起草，以省煩，茲恐別後貽笑閩人，不得不如此耳。晚九時至次誠處坐談，不久即回校。十一時睡，夜多夢。

初十日　晴

早八時起，檢點各事。雷金聲來，談片刻去。午後熱甚，渡江晤袁竹朋、阮次扶先生。訪江慕章，值其出，留刺寫數語。晤尉少菴先生，詢閩事，五時渡江回校。晚餐畢，洗澡一次。晚至少松處坐，未久至察院坡購物，就便車訪易雪忱先生，時已九時半。便訪次誠，十時回校，十二時寢，夜多夢。

十一日　早晴　晚大風

早起，有堂課。午後四時，孔汝舟來電話約寫字，九時半歸。清理各物，十二時睡。雞初鳴，忽感寒傷風鼻塞，展轉不能寐，乃起寫應辦之事單，因準備回縣也。

十二日　晴

雞鳴起，寫各事畢。倦甚，乃寢。次誠來室坐片時，余不覺也，醒後談一時許，次誠去。檢點各事，往少松處，便由街中購各物應用者，十時回校，略坐即睡。二時，忽大風雨，雷電交作，自是不能寐。余自癸卯始出門離舍，凡欲往何處，則先一夜展轉不能睡，至多不過合眼一小時，甚或終夜思慮，直至天明就道。此真無法可醫者也。三時四時各起一次，天將曙，因風緊遂決計睡去。遲一日再回縣。

十三日　大風　午後有陣雨

八時半起，九時校中學生旅行去。余攜程良生至長街青龍巷各處購書，十二時在其家便飯。一時回校，和衣寢。三時起，五時半至次誠處晚餐。九時回校。十一時睡，多夢。

十四日　雨　早大風

是早，聞有十一點鐘開行之聯益輪船。與吳生冒雨渡江，到船時始知各公司輪已改夜班，乃與吳生起至新聞報館曾心如處，送款還孟道甫。仍與吳生攜各物渡江，雨濕衣帽，在漢殊為麻煩，焦灼無已。就道甫處寄一信回家，有"禮拜日如不回決計不歸"之語。六時至次誠處，九時回校。十時半寢。仍準備回縣。夜夢先君及傅幼虛，似談買宅事。

十五日　晴　有風

早四時半起，浣漱畢，與許、吳二生出漢陽門搭新漢安小輪，人多如鯽。午後一時到縣，看各親友。晤石雲衢先生，談泉州事，頗詳。夜十一時睡，多夢。石先生述泉州失敗事甚詳。

十六日　晴　略有風

八時半起，準備出城祀祖塋，分刺請石雲衢、王元襄、孟端溪、周茂山、杜棠軒，孟、王均於昨日往省矣。十時半出城同厚訓、王國煌祀各祖塋及先君淺厝處，三時畢。四時半客來齊，開席，六時散去。夜清理各件，十二時睡。

十七日　早陰　午後晴

早八時半起，周淬成來請余下午吃飯。十時半來數客，略坐即出南門雇舟往胡家墟坊祀曾祖正華公塋，下午一時回家。二時至淬成處吃飯。四時略有應酬，五時半朱坤山來談夏興湖祖山事，與之同去會禮門五爹。夜十一時睡，多夢。

十八日　晴

早八時起，寫寄福州戈卓安、張時蕃、董秉卿、董森仲、龔雲拔、高叔璜各人信一封。午後一時，為祖衆事往懷忠祠談半時許，汪星垣請吃飯，四時畢。王利泉先生、石鏡卿、廖純古先後來坐談。七時半至王樂峰處談片刻歸。寫上海傅幼虛、王伯川信。又南京官尚清、福州王炳堂信各一件，準備明日發郵者。十一時睡。

十九日　晴　熱甚

早九時起，汪小軒來說大輪開行夜班，準備到省。午後三時天忽暗，似風雨驟至者。旋晴，雇舟往黃州。抵洋棚後，風大作，六時半忽止，熱甚。鄱陽輪上水期詢之招商局，云雞鳴時可到。九時半與蘇炳臣上小館，遇漢口中學旅行生卅餘人，自赤壁來，亦趁輪往漢者。夜二時許，船到。余以人多，買五號房艙。同房陳依□，寧波人，到蔡同泰叁號幫賈者，年二十三歲，云已出門六年矣。吾國經商人，以寧波人有能離家自立，習慣然也，以視吾鄉年輕人不能越雷池一步者，有天壤之別。三時寢，多夢，似與湖堂同學分班上堂。四時半醒，風雨大作，天氣忽寒，自是睡眼朦朧，似夢非夢。

二十日　風雨大作

船九時抵漢，因風大不能靠躉船。十時半，公司用中號火輪分次來渡客上躉船，風雨交加，麻煩吃苦。余上躉船，乃雇一夫將龍門風雨琴攜至曾心如處暫存。十二時至孟道甫處。午後三時半坐利湘渡江，到校五時半。至少松處，值稚松自沙市歸，談半時許。至次誠處談二小時歸校，十時半睡。本日得各處先後來信，一陳同如、一石雲衢、一張少白請客信。

二十一日　晴

八時半起，有堂課，次誠立談數語即去。午後有堂課。五時半渡江至心如處取琴、取包袱，到校已七時矣。取絃請次誠安之，九時半回。寫泥金堂額一，周子書托寫者；對聯一，石學銘托寫以贈人者。清理各物，十二時睡。

二十二　晴

早八時起，有堂課。午後有堂課，不得暇。稚松十二時來，談未竟即去。夜十二時半睡，多夢。

二十三日　晴

　　早八時半起，九時至第一師範晤戴少山，談改鐘點事。旋至次誠家吃早飯。午後一時取琴歸校。二時，曾杏春自福州歸來，談兵變事甚詳，比即還其洋十元。六時，劉萸生來談二時許，少松來，萸生先去。雇車訪劉季裝，知伯英近狀。十時回校，清理各物，極麻煩。轉鐘至二時睡，已交次日上午矣。

二十四日　晴

　　八時半，戴少山敲門，余醒，系來談昨所改鐘點，已有誤。略坐，談碑帖各事。十一時半到程少松家晤及劉萸生、次松，留午飯畢。回校送款與范宅，途遇周月亭，順邀至范宅談西雷山事。王遇甲、陳邦燮輩貪利可殺，真所謂掘祖宗墳墓，吃自己子孫者也。此等人何能昌達。出范宅經尋道嶺，便晤嚴其誠，談片刻。回校晚餐畢。往稚誠處坐一小時，袁炳南來，知其新學琴，已得七操，可喜也。炳南學琴，去春余極力慫恿，真所謂有志竟成矣，十一時睡。

廿五日　雨

　　早八時起，有堂課。午後清理各物，寫信二封。八時至次誠處遇郭良卿，乞余為金煦生畫扇，卻之不得。十時回校，寫黃挺芝先生信，僅成稿，欲寫近作寄去。十二時睡，四時醒，天大風雨，夢中猶能記憶也。

廿六日　早雨　旋晴

　　九時起，清理各件。午後有堂課，六時與次誠送畫三件，交橫街付裱。十時回校，寫黃師松庵信一件，陳同如、蕭興仲、袁子青信各一件。蕭信附洋二元，還代墊購剃刀之費也。十二時寢。

廿七日　晴

　　早九時起，寫芳仙信，為郭良卿作畫扇，款為金煦生，金能詩，因題舊作於其上。晚六時畢，送次誠囑其交郭，並乞次誠刻小章蓋之。八時與次誠同出乘車，余至抱琴處，坐未久即歸。清理各件，十二時半寢。

廿八日　雨　陰晴不定

　　早八時起。九時半剃頭。十二半欲出，以雨中止。三時洗澡畢，閉門睡。次誠來呼門，起坐一時即去。六時至次誠處。八時半至稚松處略談歸校。十時，警鐘鳴，聞系保安門外失慎。寫信寄李長青、沈伯名，報告余已回鄂。

廿九日　雨　大風　甚寒

　　早八時起，有堂課，午後自一時至四時有堂課，四時趕至一師範上課，知全體學生參觀武漢運動會去矣。事前未通知，辦事校監每每如此。幸與余校相距不遠，若隔江，教員殊多懊惱耳。便訪肖鵠未遇，旋至稚松處，坐片刻即歸。看學生圖畫卷，以積壓久。自五時半起，至十時半畢。清理各件。十一時睡，夢先君及閔孝師、高幼師。

三十日　陰　小雨　晚大雨時行

　　早八時起，畫蘭四幅。周靜安去夏交來紙，今日始為渠作，年來懶於酬應，草率成此，擬不日寄縣，了此願耳。補菊石四尺堂幅，此系去夏所畫而未成者，午後一時補畢。核對三副，書上下款，此均去夏所書者。一為校長曾蘭友，夙許寫而未送者，一為義臣，一為某某。皆陳乾發轉乞者。做事多，頭暈甚。晚六時至次誠處，腹痛甚，聽琴數次。次誠代刻章十枚，便取回。今春次誠代我刻章廿枚，以上皆古雅可傳，我將何以報之耶。次誠屢囑我寫《修竹庵圖》，至今未動筆，慚愧慚愧！十一時半睡，夜多夢。

四　月

初一日　雨　天陰　五月四日

九時起，爲次誠寫《修竹庵圖》，略佈局。午後三時湖堂張肖鵠等請客於鴻磐樓，同席者皆湖堂師生。五時半至次誠處略談，並取次代余所刻章四枚。八時至稚松處坐，未久回校，清理各件。十二時睡，多夢。

初二日　雨

早八時半起，九時爲次誠補《修竹庵圖》，烘染數次，頗麻煩，又不甚愜意，幸尚不板滯耳。稚松扇面已成，並題舊作於其上寫竣，"忽悞高人"宜改"詩翁"二字。因"人"字與上句"人"字複也。四時擬外出，未果。晚校中開會畢，清理各件至一時睡，多夢。

初三日　晴

八時半起，補寫《修竹庵圖》，至午後四時半竣事。中間雖上課一小時，仍注力於此也。六時送次誠一閱。八時半至稚松處，云定初五日到北京。九時半回校，清理各稿，十二時睡。

初四日　雨

九時起，補寫《修竹庵圖》，稚誠來，囑題篆書額，謂彼於《修竹庵圖》不願作隸書額也。午後畢，夜書款。十二半睡，多惡夢。

初五日　陰　晚晴

八時半起，有堂課。十時送《修竹庵圖》，與次誠在途遇之，彼此均下車談數語。余遂至勸業場購物數件。午後四時，送良生回宅。晤次松，談數語出，途遇陳同如，新自津歸者。便再訪次松，與同如出，到校略坐，請同如至五香齋吃飯畢。渡江送次松行。是晚便訪尉遲華卿，談閩事，彼之妹倩楊君新自泉州歸者，述閩事詳。九時到車站，次松尚未到，十時車開送行畢。回福昌旅館睡，與少松、良生三人同榻，榻窄熱甚，終夜不寐，雞鳴時目略交睫，即有所夢。吁，奇矣，余自前年起，無夕不作夢，前於記日時屢言之矣。心血兩虧，至有此事。前日次誠談及彼亦患此症，奈何。

初六日　陰　午後雨　晚雨止

早七時，由漢渡江到校，時已八點半鐘，洗漱畢，略睡一小時起。上堂課畢，略休息。十二時以後俱有堂課。四時至第一師範上堂，知學生已停堂，匆匆歸校。晚飯畢，雇車至鴻磐樓洗澡，回校，同如來談。未久，余雇車至乾殁家中談至十時歸。十二時寢，夜夢購大自鳴鐘二，高與小兒齊。

初七日　雨

九時五十分起，償前夕渴睡也。記丁巳年主講大冶中學。是先一日鄧勉之遣人攜輿自陽新來接，是日晨七時起，乘輿自冶校發，途中所歷風景，心目爲之俱爽，彈指八年矣。勉之以去歲隉工案爲人誣控，幾罹大獄，今尚落拓鄉間，殊爲可嘆。是日，在陽新道中曾作詩，記入丁戊集中。午後二時至次誠處坐彈①甚久，四時半在次處吃飯。六時歸校，清理各件。十二時睡，多夢。

初八日　晴　熱極　晚大風雨

早八時起。九時半次誠送《修竹庵圖》來看，已裱好矣。午後一時至師竹友梅館，購印色半兩。七時半，校中開校友會，演說畢，繼以清唱助餘興。學生方選德唱老生，抑揚頓挫，合節合拍。彭永清拉胡琴，

---

① 彈，疑爲"談"字之誤。

圓熟極矣。此事民國四年以後各校始有文明劇，七年以後各省盛行，女校亦有之，近年則舉國若狂矣。每於校中會期或紀念日或募捐籌賑等事，必演劇。證以余肄業學堂時，成一反比例。若以此事述於鄉先生之前，鮮有不駭怪。烏乎，時局至此，余欲無言。十二時半睡，多夢。

初九日　陰　小雨　寒甚

九時半起，欲刻印鈔本之刻二，屢畫式而不愜意，易稿七八次。計自昨日到今，費時約十小時，求精而益不愜意，麻煩極矣。下午四時半始成。六時寫仿單二，欲付石印。八時雇車至次誠家，談一時許歸。清理各事。寫石印紙，備明日送印仿單三百張，轉鐘至一點睡。

初十日　雨　寒甚

八時半起，寫書畫約十一時畢。午後清理各詩稿，擬擇尤付石印。自午後一時起，辦至晚十二時仍未畢，手痛背痛。轉鐘至一時，仍未睡。睡後復展轉不成寐，三時睡熟，多惡夢。

十一日　雨　寒

九時起，身體不適。循例作事，倦甚。送訪單，印送《峙山山館叢書》樣板二，請工人刻，說明十六日午後去取。午後倦甚。晚十二時睡，多夢。

十二日　晴陰不定

九時起，課堂忙。午後作信五件寄各處，皆久欲覆而未有暇者也。午後六時至次誠處，談一時即與同出。取裱畫，尚未做起。旋至陳乾孥處坐，未久即出。夜十二時睡，多夢。

十三日　陰　晚九時　雷雨大作　終夜未已　寒甚

八時即起，小學生嘈雜可厭，雖久困之人欲睡而不能也，更何能望休息時哉。使余稍有蓄積，衣食得以粗足，布衣惡食亦覺快活萬分。早睡早起，真能怡養天年，勝於在此萬惡之鬧市中求事，蓄計多矣。午後寫詩稿、詞稿、仿單至五時畢。飯後欲出門以雨不果。夜閱書報數事。十時半寢，多夢。

十四日　雨　寒甚

九時半起。曾心如來校，值余如廁，未晤，彼留字去。盥漱畢，寫大字一張，行書一張，讀唐詩十首，連十日來例行功課如此，行之久，不覺其疲而覺其樂也。讀古文一篇，看雜記、遊記之類五頁。清理各稿。午後清詩稿。晚至次誠處坐談甚久。十二時半寢，多夢。

十五日　陰雨

九時起，清理各件。午後一時寫各處信四件。少松、次誠處均來請吃晚飯，以少松處請在先，至少松處吃晚飯。八時至次誠處，十時歸。十二時寢。

十六日　晴

八時起，堂課有試驗，自九時準備起至十一時課畢，麻煩極矣。又講至十二時畢。午後托仲章買紙，適聞其渡江矣。至橫街取裱畫二件。至青龍巷取所刊印版二。五時，李紹虞來校，托某帶茶葉二斤、藥糕一斤、家信一、汪小軒信一。抱琴來坐，未久即去。七時半至陳乾骰、徐行可處各坐一時許，十時歸。清理圖章，請稚誠刻邊款，至轉鐘一時睡。

十七日　陰　晚小雨

九時起，為次誠作泥金扇面畫，至十二時已有頭緒。午後一時劉漢槎來，略坐談去。後仍為次誠作畫。五時曾華丞來略談閩事，旋去。六時半，次誠扇面成，七時送次誠閱，並請其補刻各石章邊款，羅敬畏亦在座。話畢，次誠請敬畏談《平沙落雁》一操。九時半與敬畏同出。回校清理各件，十二時半睡。

十八日　晴

八時起，補綴方旭初扇面已成，並爲其書近作二絕。又爲普通應酬扇面一畫一書。午後畢，晚七時至次誠處坐談甚久，各章邊款俱刊齊，帶歸。次誠刻邊款極熟，真使鐵如使筆矣。十時歸，閱各書報。十二時半睡。

十九日　陰晴不定

八時半，未做事。九時約程少松至運動會場參觀，人山人海，天氣酷熱。十一時即出，洗澡一次。廖純古自縣來坐談久。次誠來校彈琴數操，約純古與余至高觀山一遊歸。晚飯畢，送字與孔汝州，晤及孫景風，坐未久，景風來校，遂約同至次誠處聽琴。十時回校，清理各件畢，十二時睡。是夕，純古亦在校宿。

二十日　陰　小雨數次

八時起，早飯畢。清理各件。次誠送聯來囑即挂，寫作均佳，甚愜意也。午後一時同純古至會場參觀，途遇王裕㳺，云已畢事。是時又值大雨，遂同純古返。純古往豹頭隩看魏子題。余返校，雨止，仍至會場參觀，以人多諸事均不可看，仍回校。三時半純古來，四時半與純古至周樹棠處晚餐畢，純古分手去。余由曇華林信步經文華大學，折而至土司營，曾登城望洪山及村景。由曇華林至土司營一帶，道潔人稀，紅牆綠樹，掩映幽雅，似又別有天地矣。吾國人市政不修，凡略依外國人居留地者，能染其清潔習。近朱者赤，吾國人真無獨立性，吁，可悲也。便至胡抱琴家略坐，談閱各帖及其近作書，又各名家信件，余信稿亦廁其中，抱琴殊愛我矣。八時乘車歸。因純古未來，又出校購各物，九時半方回校。純古已先來，坐談一時許去。十一時睡。

二十一日　晴

八時起，清理各件畢，至運動場參觀。熱甚，歸校洗澡一次。午後二時再至該場，則前門不能入，改由後門，覓一本校學生童子軍得導入，五時半出場。少松着人來請吃飯畢，至次誠處，談二時歸。十二時睡，夜有惡夢。

二十二日　晴

早起，清理各件。十二時候胡太輔，不來，緣昨晚發信約彼今午來談鄉間事也。午後一時陳同如、孟端溪來校坐一時。與陳、孟同至青龍巷孟儀心先生處，坐未久即出。回校倦甚，即睡一時許。晚餐畢，至次誠處約與至抱琴家一談。余先至江文波、金允森二處回看，至抱琴寓坐半時許。至范宅晤及季強。九時歸校，清理各事。十二時寢，多夢。

二十三日　晴

八時半起，清理各件。發龔雲拔、張時蕃、董秉卿信及相片二張。午後倦甚，睡一小時。六時整理各墨盒，又調印色，殊麻煩。方旭初來談，程少松來談，九時半各散去。又清理各事，至十二時半寢。

二十四日　晴

九時起，清理各件。畫花卉一、簡單山水二，爲講堂模型用也。午後倦甚，睡一時許。爲張文欽代寫詩披一，不愜意。晚七時至次誠處略坐即歸，校中開臨時會議，十時半畢。又清理各件，十二時半睡。

二十五日　晴

九時起，剃頭一次。檢寄劉漢川聯。寫回信。午後清理各件。至劉季奘處吃飯。寫大紅對二副，六尺煮硾紙屛一堂，頗得意。晚八時少松、子南同來坐。十二時半寢。

二十六日　晴　熱甚

九時起，有堂課。午後清理各件，次誠來談遷居事。晚寫信二封，分致傅幼虛、尉遲初樵。夜九時閱新印《柯巽安逢時年譜》，其壻殷應庚所新編者，得悉其生平事蹟，惟此公不修德，致其後人式微之速耳。十二時睡。

二十七日　小雨

九時起，有堂課。午後一時，方旭初打電話來約五時半看其新購琴。飯畢往訪旭初，值其已往王養庵處，比即晤養庵，則旭初已回署矣。麻煩至極，再入署始見其購琴，爲伏羲式反正，具有斷紋，精美無匹。額上嵌漢玉，雕工細緻，微爲淡紅瑪瑙。軫與焦尾皆用慘綠色大理石爲之，刻工亦雅，琴音清脆，不同凡響。旭初於去秋質衣湊成四百元之數得此琴，亦快意事也。售者亦方姓蜀人，聞此琴得此湘省某大家者，惜旭初未能溯其源耳。看畢，雇車至次誠寓中談數語，閱其新租營防口一號新寓。又至舊寓坐談，至九時半歸校。清理各事，至十二時寢。

二十八日　晴

九時起，清理昨寫付印各件。午飯畢，匆匆渡江，至孟道甫處，談石印事畢。至大火路取衣服，旋雇車至王文旂處談片刻，渡江回校。發王久旂、張肖鵠信。擬外出，適王生連璧以電話囑余候，少頃王生來談甚久。九時半始去，余亦隨出，至次松處略談歸校。寫朱右庚、劉誠庵信，擬明日發，十二時睡。

二十九日　晴

早起，至次誠新居道賀，略坐。至程少松處吃早飯，同與往劉蒦生處，不遇。午後一時往候補街鄂城同鄉會開會，三時半畢。四時程宅着人來請吃飯。八時歸校，清理各件。十二時睡，多夢。

五 月

初一日　早陰　旋晴　陽曆六月二日

八時半起，以堂課改易，無事。閱報二小時。午後爲王養庵作絹本山水，略具初形。又與劉南田作立軸，亦僅具形。南田書系前歲所許，養庵則去夏所許者也。徒以奔走衣食，有興會之時極少。五時半王連璧來，系昨約與至次誠處看畫者，以候楊光第，未至。稍遲，同如來坐談。六時半至次誠處，同如、王生均同往，則知楊光第以先往，因余未至先歸矣。在次誠處談甚久，彈琴評畫，以熱甚，尚未盡興也。九時半歸，作函二。清理各件，十二時睡。

初二日　晴

九時起，清理各件。午後閱各書報。次誠來一次。晚寫各處信，十二時睡，多夢。

初三日　晴

九時起，清理各件。寫家信已發。知衛茂浦等回縣，再寫信三封。旋帶送王子恒、黃舜卿各物。清理至夜八時畢，心緒煩亂，十二時睡。

初四日　晴

九時起，有堂課。午後有堂課。倦甚，小睡。夜清理各件。寫各處信，十二時睡。

初五日　晴　熱甚

八時起，早食後至次誠處賀節，立談數語即出。至少松處賀節，坐二時許回校。午餐畢，至武昌新開之公園一遊，僅具雛形，毫無可取。

此園即舊臬署後花園，余於丁未初春桃盛開時入署一次。內有陳友諒墳，今已重修，俗惡萬分。墳前砌以高丈許之紅磚牆，仿西式，中立一碑曰："大漢陳友諒之墓"。左右各立一碑，說明重修之故，文爲饒漢祥作。中碑與左右碑文俱爲省會副長王信敷書，惡劣不堪卒讀。饒、王在民國四年俱負時譽，吁，可怪也矣。中碑起二字，既曰"大漢"，陳友諒之下，何以無一稱謂耶。是日以足痛，稍事閱覽即出。回校後睡二小時，四時少松來，邀至其家晚餐，坐至九時回校。清理各件，十一時寢。

初六日　晴　熱甚

九時半起，十時午餐。紀于來校略坐，遂去。次誠遣僕持函來請吃飯。寫黃松庵先生函畢，又寫覆應酬信三封畢。雇車往次誠處坐談二小時，吃飯畢，又談一小時，看《聊齋志異》十餘則，五時半歸校。洗澡畢，至少松處坐一小時，九時半歸。清理各事，十一時半寢。三鐘時忽感寒鼻塞，開燈起坐，看畫譜一小時再睡。

初七日　晴　熱甚　晚有風

九時半起，清理各件。午餐畢，至同鄉會，是日選舉主任。余不能候，至湖堂開追悼袁質魯大會。二時，與劉質如、易泮香、何養吾至鴻磐樓招待同學，緣余與易等約於是日三時請湖堂師友也。以熱甚，便道回校。小憩，三時至鴻磐樓，五時客畢集，七時散。與李醉芳、王浩如同至次誠處彈琴、看畫、論金石，約二時許。九時歸校，寫信二件。十二時寢，夜有惡夢。

初八日　晴

九時起，因昨夜惡夢，殊多感慨。是日爲余生辰，十時焚香危坐，閱報一小時。下午有課，倦極，睡一小時。年華似水，歲月催人，每一念及則感觸愈多。夜十二時睡。

初九日　晴

八時起,清理各件。發昨日所寫各信。午後有堂課,三時畢,倦甚。六時半。雇車至次誠處談一小時許。雇車至程少松處,晤及劉粹三,談一時即出。歸校後,清理各事。連日足瘡發,頗痛苦。夜清理各件,足愈癰痛,十二時睡。

初十日　晴

八時起,足痛仍未減。金玉舫來談其族間祖産事,半時去。足痛頗烈。次誠來坐談去。後以足痛臥二小時。方旭初來,並送格言書二卷,蕭耀南重刊者也。次誠又來,坐一時許去。少松來坐,未久即去。以足病不能送。六時,金玉舫來云族事,已向金雲飛談及矣。晚九時半,校中開會,商酌畢業事。足痛頗劇,十一時睡。

十一日　晴

八時起,清理各件。至西街剃頭一次。堂課未上,發棠歸家,囑帶一信與其尊人談近狀。晚清理各件,十二時睡。

十二日　晴

八時起,足痛甚,客來不能招呼,心殊焦灼。午後清無用之物,付金玉舫帶歸。晚七時,同如來坐談,少松來,同如先去,少松談至九時去。王連璧來談至十時去。十二時睡。

十三日　晴

八時起,范季強來取款。足痛稍好,清理各件。午後有暇,清檢床下置紙二小時畢。次誠早來談一時去。倦極,二時半睡至三時半起,覆元襄及少卿信。十一時寢。

十四日　晴陰不定　晚雨

八時起，九時至次誠處坐談。十時早飯畢，與次誠同至孫景風宅回看，坐談頗久。景風藏法帖百餘種，並瀏覽其書籍及古玩之屬，室小而雅。十二時至抱冰堂訪袁品蘭，略坐出。訪王浩如，略坐辭出。訪陳同如，值其渡江去矣。次誠回寓，余歸校休息半時許，小松着人來請吃飯，四時去，七時半歸。閱景風借余之《佛學叢書》，至十一時畢，皆丁福保所編輯者也。丁先輯醫書數十種，風行海內，近則以流通佛學爲己任，亦近世不可多得之人物。聞其家資饒裕，又居於萬惡叢集之上海，而不爲習俗所移，乃立心行善，洵富而好禮者。十二時寢，夜夢與魏湘屏，見於一商店中，湘老四年未晤矣。余連年在鄂在閩，俱通函訊，終未得一覆，想見其無快意事也①。

十五日　雨

八時起，堂課考試畢。看《佛學叢書》，午後仍看四本，已畢。晚間又看畢一本，十一時睡。

十六日　晴

八時起，有堂課。午後次誠來坐一時。馮藝林邀與至勸業場做定墨盒三十餘件。二時半至鴻磐樓，系周鵬程所請，到者湖堂師生計四桌。五時半歸校，寫傅幼虛、汪聲香、鮮于子高信各一件。十二時睡。

十七日　晴　晚大雨

八時半起，清理各件。九時至糧道街嚴宅略談數語。至鶯坊巷回拜李醉芳，值彼未起，留刺去。午飯後屢思外出遣悶。二時半送良生回宅，

---

① 乙亥查魏□寄予函，湘屏先生系十四年四月十八日去世，此則生前入夢者也。峙記。——作者批注

便訪劉英生,談二時許。晚訪季奘。八時至抱琴處坐未久,大雨驟至,十時未歇,雇車回校,衣履盡濕。十二時睡。

十八日　晴

八時起,清理各件。至次誠寓未晤,即出。十二半至第一師範,晤孔冕堂,略坐。再至次誠處,仍未晤。至抱琴校中晤談半小時。出校至少松處,晚餐畢,至孔汝舟處,八時回。次誠來談甚久去。十二時寢。

十九日　陰

八時起,有考期,十時畢。至察院坡買鞋,甚合意,回校後聞同如曾來訪,惜未與之一談也,擬明日去訪之。次誠來,坐甚久,董慕倫對之不勝感慨。聞董前回俗時津貼其弟三千餘串,今則其弟媳娩,不欲與之同居矣。晚七時,蕭生汝舟來談甚久,細詢,知爲純心嚮學之士,且學識具有根柢,甚可貴也。九時半至孔汝舟處坐,未久即出。十二時睡,夜夢奇雜。

二十日　雨

九時起,九時半至中和門張少白處略坐出。至陳同如處談近事。回校後午餐畢,至糧道街嚴宅略坐,至屈錢鋒處,未晤。至郭炯堂先生處晤見,談片刻即出。至劉英生處談一時許回校。後馮藝林約至杏花天,陪其同鄉屈春波等,六時席散。次誠未來晤見,遂單獨至景風處看銅器,緣與渠昨約,恐失信也。銅器爲其戚李姓新得自湘者,一蟠虺鼎、一罍,均不甚大,綠色斑斕可觀,惜洗括過甚,花紋全失矣。又閱黃大癡《棧道圖》長卷,筆法細而有力,佈局亦似大癡,以絹色推知,當系明人手筆也。九時回校,十一時睡,夜夢奇雜。

二十一日　雨

八時起,發信二封,皆普通應覆者。檢閱前次所刷叢書樣本,天地頭太小，甚不愜意。刷此件時，曾諄諄向石仲章言不可切，彼無識之工人，偏切去之，擬棄去，俟有款再刷。午後一時至劉荑生處坐，片刻即回。次誠著人來請吃飯，以心煩意亂不願去，書數語於函尾辭之。閱《佛學叢書》十餘頁，閱《新遊記》廿余頁。足痛不良於行，思出不能。六時，少松來，略坐即去。仍涉獵各書，十一時寢，夜夢先君似在某處新建一宅，室之西隅新立一碑，文約三百字。碑額橫書四字曰"山色投樓"，又似有一"丁"字居首，余疑"丁"字爲"一"字之誤，系匠人於"一"下多刊一鉤。又彷佛似"一樓山色"四字。醒時不甚了了。

二十二日　晴

七時半起，清理各件。下午有考。心中念雜。晚爲七事之預算，心繁意亂。中夜起數次，不成寐。

二十三日　晴　熱甚

七時起，九時考學生課。十二時檢點各事，二時許俊甫來談甚久。陳同如來談，有人買古玩。傅象虛自縣來，許厚生來。袁炳南來，彈琴三操，略坐即去。接鮮于俊自京來信。袁、鮮二生在本校時，曾從余學詩者也，雖處放縱學生時代，頗能以師事余，猶有從前私塾態。許生明日回縣，寫家信一封並復汪星垣信，十一時睡。

二十四日　陰

八時起，傅象虛來坐，未久至少松家，知其渡江接稚松矣。遂與象虛同出至閔孝師處，亦未晤。遂渡江。十時半抵火車站，乃知是日特別快車九點已到，余與稚松昆仲相左。在站略看牌示數事畢，雇車至王文旂處，談片刻。至許俊甫處取借款。一時渡江抵校，比至稚松寓，則稚松已外出矣。五時至鴻磐樓，赴仲明約同席四人，菜肴美而佳，近數年未吃此佳菜也，七時回校。同如來談一時許。寫信一件。八時校中開會。九時雇車至季葵處，十時回校。十一時寫信三件。本日接傅幼虛、許厚生信各一件。十二時寢。

二十五日　晴

八時起，清理各件。稚松着人來請吃飯。九時半至季奘處托數事。就原車至稚松處晤談，知其南旋。大概午後一時，歐陽芙裳來，坐談一時許，此先由同如介紹者也。四時半訪次誠，坐二時許，與之同出文昌門外一遊，胸襟頓闊，旋雇車回校。再訪季奘，知其已歸矣。同如來校，值余未回，未晤談。實業廳送一聘函來，擬再訪稚松，以時晚天熱恐不便。略看各書，十一時睡。

二十六日　晴

九時起，十時半至稚松處談一時，早飯畢，略坐即出。午後二時自劉荑生處談畢，出至次誠家，知次誠今早曾來校二次未晤，在次誠處吃晚飯。回校後清理各件，接福州董秉卿來信，知龔雲拔已署古田知事，有志事竟成，無怪近日政界中利用幹員也。同如今午曾來校一次，事仍無頭緒，殊爲悵悵。同如、雲拔與余在閩城相過從者也，同如與余意氣相投，人亦忠厚耿直，雲拔則精明圓滑，極合近日政界習氣，宜其騰達得意耳。十時半睡，夜夢先君及涂小舫師、姊丈艾承倫，艾則近十餘年未入夢，其狀則鬚已半白矣。

二十七日　晴

八時起，劉荑生來談，片刻即去。次誠來坐半時。孟端溪來談縣中事，坐半時即出。寫信稿四，擬明日晤李、郭諸人。午後外出數次，計算家事，殊深焦灼。晚十時半寢，夢先君仍居四眼井舊宅，彷彿舊曆元旦時也。

二十八日　晴　大風

七時半起，趙君來看書，談片刻即去。劉漢川來談一時。午後晤劉荚生，談片刻即出，至察院坡購對聯，配添各物。二時半至同鄉會開常會。是日解決者，一爲本籍教育局長推選問題，一爲神鄉捐款，一爲保管處改選，應添市洪兩鄉職，一爲以警告函至陳知事，請其恪守官箴。余以心中事雜，不待散會即出。五時半，荚生來校，談片刻即出，約與之入館吃飯，百説不從。六時至次誠處，談未久至稚松處，亦僅談緊要語片刻。晚十一時睡。是日寫函償李長青款，致卓芳一函。

二十九日　晴

八時起，清理各件。午後一時晤劉荚生處，談片刻即出。四時半，荚生來談一時許，云稚松欲渡江，當即至程宅晤及，談片刻即至次誠處，談一時許。十時半寢。

三十日　晴　熱甚

八時起，至乾歿家問藥方。因今晨金玉舫來校，云甥女血症甚劇也，至鄭大有購藥交金君帶歸。午後清理書籍一包，擬晚間交金便帶回家。七時半，子南來，仲章來，談不久去。寫信二件。十一時寢。

六　月

初一日　晨雨　風極烈　約半時

八時起，未出門。午後清理行李衣箱書籍等。四時至少松處坐片刻出。七時再去吃晚飯畢，雇車至李亮澄處，知其病尚未愈。至嚴其誠處，知其已來校。送款與范伯高處，立談數語。至屈競存處，知其已渡江。至張梅仙處坐片刻。至陳乾歿處談片刻。今日系雇定車，付價八百文。回校後，大雨。寫信二封。十二時寢。

初二日　大雨如注　約半日

九時起，寒甚，著夾衣。大雨，不能出門。午後雇車至陳宅並還其書，得閱誠庵自粵東發快信，知其不日回鄂。陳宅水深一尺餘，車夫負余入，余衣爲雨淋濕，回校後更衣畢。五時半，雇車至次誠坐談一時許，同出，至司門口購彩票一紙回校，談一時許去。今日馮藝林引其同鄉黃樹棠來訪，知此公能琴棋書畫者也。聞文筆頗優，談半時，頗不俗。

初三日　雨　晚晴

九時起，清理歸家各件。午後三時稚松來談半時。董慕倫坐片刻去。余與稚松仍未盡言也。五時半，次誠同其子來校坐片刻去，晚十一時睡。

初四日　雨

八時半起，清理各件，往周鵬程、馮壽先處，均未晤，往江文波、張肖鵠、少松、陳舒青處，均晤談。晚間添購各物。八時少松來送禮物並囑帶交其孀母款，略談遂去，十時半睡。

初五日　雨　陰

四時起，余向例出門或歸家期，前一日終夜不寐。昨以十時半大雨如注，遂決意睡去，擬稍緩一日再歸。三時半已睡熟矣，四時起，視天已轉晴意，遂呼齋夫二人送余出漢陽門，由五時候船，至六時半船到。同船者曾誠齋、陳子翰、子儀昆仲，皆舊友也。船名安平，爲行駛黃武之最大者。是日人數不多，頗舒適。船抵陽邏，水急浪大，搖動如海輪，下層搭客吐者極多，誠齋別去。午後一時抵縣到家，飯畢小睡。周淬成來談片刻去，五時至王樂峰、楊厚安、汪星垣各處坐談片刻，至鄧勉之處略談歸，十時半睡。夜夢似在省城撿一藥箱，內預藥甚多。

初六日　晴

九時起，早飯畢，王樂峰、楊厚安來談片刻去。寫信三封，一致朱次誠、一致胡抱琴、一致曾蘭友。十二時尉遲敏深夫婦及其子女同來，留飯畢去。許俊甫來。六時至樂峰處談撥款事。七時至各友處奉看，九時回家。十一時寢。

初七日　晴

九時起，清理各事。午後往各處奉看。晚十時寢。

初八日　晴　熱甚

九時起，鄉間邦燾、太輔等來談厚訓婚事。午後寫信二件。晚十時寢。

初九日　晴

九時起，清理各事。寫信二封，晚十二時寢，是日剃頭一次。

初十日　晴　熱甚　晚大雨

九時起，十一時至夏乃卿處吃喜酒。夏之次子與黃州殷姓聯婚也，極事鋪張。晚近風俗侈靡，婚事俱以勢利結合，無怪其然耳。午後寫李亮澄、曾蘭友、袁夏村信各一件。晚間杜振卿、袁子青、鄧次丞先後來談。七時半，大雨如注。十一時寢。

十一日　晴　午後五時大雨　水深三尺

八時起，泥水匠來整屋。往汪同昌取款。往王樂峰處清算各賬畢。回家清理各書籍文件，極繁瑣，汗下如雨。五時大雨如注，約三時之久，宅中前後水深尺許，堂屋亦為積水淹入，新整各處又為水洗去矣。八時，孟春溪來談。十時睡。

十二日　雨　旋晴旋雨

八時起，寫聯一副，清理各件。王樂峰來坐片刻去。閱漢滬報一時許。晚寫信四件，一劉季奘、二馮壽仙、三張肖鵠、四江慕章，擬明午發出。十一時睡。

十三日　晴　旋雨

七時起，清理各件。寫信一件，飯畢欲出。傅象虛來請寫對聯，坐片刻。與之同至石雲衢處，談半時出。至孟端溪處，約其明午來吃便飯。至孟愚溪家略談，即回。晚間至郵局，未晤周粹成，九時歸。十一時睡，夜多夢。

十四日　晴

八時起，清理各件。寫紅蠟箋大對一副，黃蠟箋四尺對一副。十一時半，石雲衢、傅象虛、孟端溪同來坐片刻。鄧次丞來為雀戰戲。午後一時，杜振卿來。二時周粹成來，開午飯，四時畢去。七時至各處略坐，十時半寢，夜夢甚雜。

十五日　陰　小雨

九時起，十時寫六尺宣紙對一副、蠟箋一副、五尺屏一堂、四尺屏一堂，大冊頁寫意畫四張，殊不愜意。因汪資安去歲所囑，今日勉強率成者也。書畫以適性情者，非明窗淨几、心胸坦然，難得佳構，今日適得其反矣。五時往各處略坐。八時歸，寫張立群、王文旐、張文欽、胡太輔、陳同如、程次松信各一件。十時睡，夜多惡夢。

十六日　晴　晚雨數次

九時起，發昨夕寫各信。十一時太輔來說厚訓婚事，已定局。午後至樂峰、端溪處略坐，十時睡。四時以腹痛起大便，四時半再睡，心神欠適，且多惡夢。

十七日　雨　大雨一時許

九時起，接朱次誠、袁夏村來信。閱報一時，飯後未出。三時大雨如注，屋前後水已淹尺餘。五時半，托楊厚安到漢之便購衣料等件，付洋卅八元，恐未足也。今日端溪、樂峰、趙茂林來，略坐上即去。晚作函五，一致次松，接其眷來縣，一致范雲師、一致石仲章、一覆朱次誠、一覆袁夏村。袁子青黃昏時來，云彼已就一中學學監，並取夏村還葉姓之款十千去。十時半睡。

十八日　晴

七時起，清理各事。飯後汪資安、孟春溪同來。午後看報，晝寢二次。與汪小軒至東門看嫁貨。薄暮，周粹成介紹聞姓典獄官來奉看，略談遂去。晚十時寢。

十九日　晴　熱甚

七時起，泥水匠來，整屋極煩，料理整各處。接同如覆函，知其已遷居矣。閱報一小時。晚十一時睡。

二十日　晴　熱甚

七時起，整理各事。午後熱甚，裱工整理各處。閱報二時，欲睡不得。晚至郵局探信，因先姊褒額，汪聲香至今尚未寄來也。過何大道生，軍隊圍門首，似反對開西山者。吾邑近來□人、浪人、政客及品行卑劣之議員每借軍隊以駭人，此其慣例耳。不過此次反對開山者亦存有一種鬼胎，質言之，兩方均非善類。聰明用盡子孫愚，天道福善禍淫，彼恃巧以欺人者，吾終料其必不昌達矣。十時半睡，多夢，似由宜昌乘輪船到江寧，隨行者有程良生。

二十一日　晴　晚小雨

八時起，清理各事。看報一時許。晚十一時寢，多夢。

二十二日　晴　熱甚　晚小雨

七時起，清理各事。接石學錦信。午飯後牙痛頗劇，午後更甚。晚十一時寢，夢先君云有病，爲南開某司機匠所治愈，其形貌猶似曩日。

二十三日　晴　熱甚

八時起，將字畫箱四口搬出曬之，潮氣重，曬時水氣上騰。早飯畢，挂各處字畫。發紅帖子五份，均寄最遠之處者。午飯後熱甚，正思外出，忽許叔文來，指天畫地，胡言亂語，蓋已得瘋疾數日矣，擾攘片刻乃去。晚至楊厚安、蕭敦五處，並往孟宅吊友溪之妻之喪。出往汪星垣處，探京信。十一時寢。

二十四日　晴　熱甚

八時起，辦理各事，鄉間太輔來，面囑其各語。飯後清理各事，汪星垣來擬電稿至京，探其子信。晚更熱，十一時寢。夢甚雜，似北京來寄一木匣，內藏黃色物。

二十五日　晴　熱甚　晚雨

早七時起，汪星垣來，云先姊褒額已由京寄到矣，色甚喜，坐片刻出。郵差送此件來道喜。旋周粹成來道喜。飯後補印各帖，辦理各事，熱不可耐。午後六時，周粹成又來談甚久，九時去。至王樂峰、王師處略坐歸。大雨，雷電以風，頃刻改涼矣。十時半寢。

二十六日　晴　熱甚　午後大雨至晚

早七時起，辦理各事。九時半，小軒來辦帖子。十時鄉間客送甥媳來。十一時忙甚。午後二時，大雨如注，直至六時稍休。十時睡。

二十七日　晴　熱甚　午後大雨如注

七時起，率人辦理各事。鄉間媒人來吃喜酒。褒揚遍已訂成縣挂。午後大雨約五小時，鄉客在此住宿，極煩。十一時半睡。先姊沒已十年，余明日始爲厚訓甥完婚。

二十八日　陰　晚涼如秋仲　小雨數次

七時起，挂燈彩畢。九時客來道賀縣遍者衆。午後二時開席，四時畢。七時舉行婚禮，紛鬧至夜深。余並未睡，次日五時，率人將香案各件收拾齊備。

二十九日　晴　熱甚

六時，即有客來賀。至十一時半始休息。午後熱甚，四時至六時開席，男女賓紛紛散去，收拾各件，夜十時睡。

三十日　晴　熱甚

八時起，略有賓客來補賀者，晚十一時寢。

七　月

初一日　晴　熱甚

六時起，料理厚訓下鄉看其岳母。間有客來。午後熱甚。晚十一時寢。

初二日　晴　熱甚

七時起，換各處字畫，清理書畫箱子。有客來作方城戲。午後熱如火炙。六時周粹成同聞君聲揚來，談碑帖字畫約二小時，聞爲張翼軫之高足，書法酷似之。少年有此，未易得也。閱報一小時。十時寢，多惡夢。

初三日　晴　熱甚

八時起，天熱不能作一事。午後熱甚，清理各賬。此次厚訓婚事出入相抵，用去之款僅二百四十千，蓋收入拜錢、禮錢已得二百餘千也。四時至近處謝步。晚十時睡。

初四日　晴　熱甚

九時起，十時早飯畢，擬外出，以足疾發不良於行，且熱甚。許俊甫來，王子恒來談，未久即去。袁子青來談鄉堤已潰事。去年今日與石雲衢、周子書有閩海之行，彈指一年，流光如駛。余仍能未能有所建樹，思之赧赧耳。十一時寢。

初五日　晴

六時起，盥漱畢，至東門謝客，八時回，足疾痛甚。許俊甫來請數次，必欲余往西山寺，遂與乘輿去。朱生光祖自冶邑來，發棠與楊衛諸生俱在山寺，無人談心，頗悶極也。午後三時聽和尚做放焰口，亦無趣，聲惡而樂不和，非證海住持西山時之靜而有禮，令人有虎賁中郎之感耳。六時半，肩輿上山來迎，知尉遲敏深已到縣。晚有周粹成、汪小軒同陪，敏深、粹成談至十二時去，余與敏深談至二時寢。

初六日　晴　熱甚

六時起，至南門謝客畢，寄款與劉季奘。十時半，王文旖來略坐。鄭康生、焱生來談半時去。請孟端溪來與敏深同爲雀戲。午後熱不可耐，三時半吃飯，萬子雲、小軒俱在。此晚與敏深談至十二時半寢。四時敏深起，命厚訓持燈送至北門後再睡，多夢，足痛更甚。

初七日　晴　熱甚

八時起，不能行動，足痛甚。靜臥室中，亦無客至，勉強爲金玉舫寫扇一柄。憶去年今日在滬上中華大旅社中寓，樓高多風，已忘暑月。晚十一時睡。

初八日　熱甚　是日辰時立秋

八時起，足痛未愈，剃頭一次。王文斾、汪小軒來談一時許去。閱滬漢各報。午後室中如火炙，爲今年暑中最熱之一日，晚十一時睡，終夜以熱甚，不成寐。

初九日　晴　熱甚　午後六時　大風繼以雨

七時起，覆傅幼虛、張立群、袁生炳南信各一件。次誠信於昨午即覆矣。天熱如炙，較昨尤甚。午後食西瓜少解。晚六時，天有雲如墨，大風忽起，勢甚烈，約一時許，繼以大雨一時許。世態炎涼，瞬息可變，天道亦如是而已。晚十一時睡，多夢。

初十日　晴　熱甚

七時起，清理各事。足疾稍好，夏乃卿早來，余尚未起，以足疾辭。午後清理各詩文稿，以天熱未竣事。六時外出至鄧、劉、汪諸家略坐談。至王樂峰處坐甚久歸，十一時睡。

十一日　晴　熱甚

六時起，盥漱畢，清理筆硯，補作劉南田、方旭初條幅畫，俱竣事。又補點菊石中堂。又作各畫件。是日，自晨至午後二時止，作事甚多，以腰痛終止。五時飯畢，浴後往晤傅象虛，坐未久，與之同至夏乃卿處略坐談。至石雲衢處談甚久，歸已九時，食後略坐，十時半睡。

十二日　晴　熱甚

六時起，補昨日未竣之畫，至下午二時畢。腰痛異常，稍息半小時，再欲畫，則熱不可耐。昔戴文節常於伏中閉門作畫，揮汗如雨，且以"習苦"名其齋，於畫道真有樂此不疲之慨。當時清貴如公者皆以及時行樂爲事，況暑月炎威如炙耶。然公當日下筆時每有千秋之想，至今得以永垂者，已肇於下筆時矣。午後二時，具饌及紙錢祀祖，至四時方畢。五時與家人同餐，晚十一時寢。

十三日　晴　熱甚

七時起，補昨日未竣之畫，至午後三時畢。覆次誠信，致少松、劉誠庵、張肖鵠、范伯高各處信。畫已成三幅。晚十一時寢。

十四日　晴　熱甚　晚大風　雨半時

七時起，補昨日未竣之畫，已成，共計七件。致福州董炳卿信，附郵票二元。請其代購皮枕、圖章等事。致夏昌榮一信，囑其在董處取件帶鄂。傍晚又自作扇面雙勾蘭一頁，頗得意。八時寫款畢，十一時睡。

十五日　晴　熱甚

七時起，補作未竣之畫。午後熱甚，略息。六時至孟端溪處略坐，邀同至石雲衢處談片刻。至傅象虛處約明日渡江看□。象虛云王子潤晉省未歸。石、傅均不願去。余已與敏深約，明日不能不去，晚間通知汪小軒，定明日搭輪渡江。十一時睡。

十六日　晴　熱甚

七時起，九時與汪小軒往小北門候船。十時半船到，不久到樊口停泊，候金牛來輪裝往漢口，候至十二時半，金牛船始到。天熱如火，午後一時抵黃州。往敏深家略坐進食，爲雀戰戲，至四時畢，飯後休息。五時半往遊赤壁，七時半已昏黑，與敏深、小軒雇小船自赤壁順流，江風習習，頗多樂趣。余前年壬戌七月既望，值曾誠齋長黃岡中校，余決計是日買舟往訪，作竟夕遊，蓋以此等佳期，人生止有遇一次者。不料余於是年七月十四，患河魚之疾，十六日甚劇，廿二方愈，至負此佳期。始信飲啄均有定數耳。今夕得以快遊者，僅應得"秋七月既望"五字，非壬戌也，作詩一首。宿敏深家中。計是夕游江約一時許，月出時已入城，夜談至二時半，展轉不成寐。

十七日　晴　熱甚

六時起，七時進早點。八時至電報局看客出，即往城外候船。在茶肆中晤劉東青，談一小時許。船到，至樊口略候上下客，十時半抵縣到家。午後天熱與昨同，十一時寢。是夕，大冶陳伯勳來。

十八日　晴　熱甚

七時起，清理各件。補寫已畫各件之款，覆施薇生暨各處信。臨畫二件於扇面，以莫愁湖圖爲更得意，書款畢。清理各書箱，甚倦，晚十一時睡。

十九日　晴熱

七時起，清理書箱畢，補寫各款。午後至王宅略坐。四時半，周德育同蕭生來看書畫，旋聞齡九來，談至六時去。擬明日檢各屏對字畫懸之，約人來茗談批評。不□天氣如何，如如今日熱，則未能也。十一時寢。

二十日　晴熱

七時起，收字畫入箱。午後至石雲衢處略坐，連日得以安心。閱報一時許。前月以喜事冗雜甚繁，雖有滬報、漢報二份，不能閱也。晚十一時閱書畢，睡。

二十一日　晴熱

八時起，無所事。午後出門一次。清書箱畢，覆信二件。閱報後略事休息，睡一時許。傍晚出門一次，無可談者，十一時睡。

二十二日　晴　晚涼適

晏起，飯畢囑厚訓寫書單，擬明日謄一書目，便於檢查也。午正至郵局，得福州張時蕃信一件，歸後即覆。午飯後作函四，一致稚松、一致肖鵠、一致三一學校傳達，囑其清查未轉之信。一致次誠，並附寄杜安卿所托拓琴陰一紙，略陳近況，並詢及其就事。次誠賦閒已五閱月，不審近能支持否，甚念切也。晚十時半寢。

二十三日　晴　午後一時大雨　旋止

六時半起，得胡抱琴來片，報告次誠之夫人於廿二暴卒，閱之深為愕惋。次誠今春賦閒至今，今乃遭此大不幸，其屋漏添雨，船遲遇風者也，午後四時發一信慰之，晚十一時寢。

二十四日　晴　小雨一次

九時起，清理各事。寫屏對數件，扇一件，少得意者。晚出門一次。十一時寢。

二十五日　晴　熱甚

八時起，寫字數件。鄧次丞同熊寶山來約至聯合會竹戰。天熱甚，至午後四時更熱，今年伏中無此一日也，晚間手不停扇，不能成寐。

二十六日　晴　熱甚

九時半起，接肖鵠、同如來信。看報一時許。寫扇二柄，並畫二面，略可稱意。擬寫屏，以精神不繼，且熱不可耐，未之能行。晚出門一次，在聯合會晚餐，十一時寢。

二十七日　晴

七時起，飲藥水後，寫行書屏一堂、鐘鼎文屏一堂、中堂大小計七張、大對一副、小對四副，寫摺扇二柄、畫蘭屏一堂。今年暑假以今日作事為多。與王小齋至東門看碑刻，未見其主。經太平橋回家，頗熱。午後四時來客數次，至東門看王樂峰所購之屋。晚八時往聯合會一次。

十一時寢。

二十八日　晴　晚大風涼甚

七時起，清理各件。寫對一副，扇一柄。至聯合會會熊寶山，知已允調孟、王口角事。午後與石雲衢、孟端溪、石鏡清爲竹戰戲，候純古不來。晚間請客，知王、孟事不易調，遂作罷，辭酒席。十一時睡。

二十九日　陰　涼甚

七時起，天甚寒。御夾衣出外二次。午後張叔和來看字畫及石章、陳墨，談甚久去。王利師、許俊甫來談近事。樂峰來談，未久去。寫信致周樹棠、童世峰、石叔名帶衣服一包先交周代收，皆托衛茂浦帶辦理畢。樂峰着人來請談，至九時半回宅。是日接劉城庵信一件，內書十五日發陳宅，乃壓至昨日始發也。接次誠信一件，殊爲可憫，此蓋其妻病故後第一次所發信也。廖純古於午前來宅，談甚久，與之同至雲衢、曹治安、熊寶珊各處，皆晤談，擬明日約純古、雲衢來吃飯。晚十一時寢。今日發黃松庵師及陳同如、劉季裝、朱純如、張肖谷信各一件。

八　月

初一日　晴陰不定

六時起，成衣匠來，囑其改做夾衣三種。十時廖純古來，留其吃飯。午後石雲衢、孟端溪至，爲竹戰戲。鄉間晏表叔於三時率其本家某二人談一訟事，比即覓鄧勉之欲與設法調處。至周子吉處未晤，晚間子吉來談甚久去，十一時寢。今晨至岳廟進香。

初二日　陰晴不定

晨起，晏表叔同其本家來談瑣屑約一時許，當命厚訓引至汪芝安處，托其招呼。七時攜香紙謁先君淺厝處，十年未葬，無地可購。先君當日又有不入普山之言，此真難於措置者也。祭畢，至寒溪學校晤廖純古，遊挹爽亭及校中各處、校外各處。近兩月間未睹園林之景，今晨得一吐納新秋空氣，不勝快慰。飯畢石鏡清到校坐未久，曹治安來，復與純古同遊寒溪塘，看水勢險流，對景亦有足樂者。惜雇舟未妥，略駐仍回校小睡半時許。午後三時與石、曹、廖同入城。在家飯畢，出門數次，見客數次。晚六時王樂峰着國輝來請便酌，十時歸，十一時寢。

初三日　晴

八時起，寫小件數事，至聯合會一次。純古來談，午後來數客，晚十時寢。是日與純古至南郭外遊覽，胸中頗適。

初四日　晴

七時起，清理往省各件，午後一時畢。晚蕭敦五、周淬成來談，坐頗久去。九時飲酒一杯，十時半睡，感寒咳嗽，終夜不成寐。

初五日　晴

九時起，鄉間客來述訟事未了，頗可厭。十一時清各件，結算付家中用賬。午後至各處略談明日往省事。四時至汪星垣家，聞程稚松昆仲俱回縣，亟往探之，知其太夫人病痢，歸家調理。旋晤其太夫人，疹脈一次，晚八時再至其家，九時歸。十一時睡。

初六日　晴

早起，見客三次，至稚松家探疾，坐未久即歸。午後來客數次，三時至儒學，探知袁子青已來，談半時歸。本日丁祭，本欲在此觀光，恐夜寒難受，遂作罷議，十時半寢。

初七日　晴

八時起，清理各件，至次松處，知其太夫人疾漸有轉機。在黃舜欽處略坐談，午後袁子青來。周淬成、石雲衢來談甚久去，定明日赴省。今晨得次誠報喪信，知其太夫人疾終。省寓一句中兩喪並至，真難以自處矣！晚八時至樂峰處，九時至稚松處，略坐即歸。寢後心亂如麻，不成寐，此余每次出門習慣也。三時半起坐，與家母談各事。

初八日　晴

六時至小北門搭寶楞輪船，船中晤及周子香。自晨至午人愈加多，午後船上下俱滿，熱不可耐。午後五時以兵差故，船徑駛至平湖門大隄口起。到校後熱倦殊甚。晚七時至次誠處弔喪，相對痛哭，情狀至慘。十時歸，清理各件至十二半寢。

初九日　晴　風

早起，清理各事畢，至次誠處坐甚久歸，發信三次及家函。午後至各處看客。晚仍至次誠處。晚間朱純愚來校，談至轉鐘一時睡，寢中猶刺刺不休也。今夕晤及傅幼虛，蓋新自滬歸者。

初十日　晴　風

七時起，代傅幼虛發家信畢。來客數次，有堂課，講解頗費氣力，緣日來勞頓殊甚也。午後涂子良來，董慕倫來，狀可憫。略與資助，然力不足，彼雖口稱不過意，余適未安耳。堂課畢即至次誠處，招太輔來語，囑至傅幼虛處說明各節。飯畢看客數處，肖鵠、誠齋介眉來校談半時許去。清理各事，至次誠處談一時回，十二時寢。

十一日　晴　風

八時起，清理各事，來客數次，至次誠處詢其明日能動身否？是日酬應忙，殊勞頓，晚十二時寢。

十二日　晴　風

七時起，寫信兩件畢，至次誠處，知其太夫人靈櫬已於七時搬至大隄口矣。旋雇車至大隄口見次誠，狀極慘。在茶肆坐至十一時半，次誠之妻櫬始到。聞其姊丈余君云：警署挑剔，是以遲至此時也。搬畢開船。余至紗廠晤涂子良談二時許，在廠午餐畢腹痛甚，坐片刻又至其宅坐談片刻，雇車回校。王巨川蘄春人，王恕之子。與董慕倫攜琴來談一時去。午後至各處會客，未晤者多。八時衛子良來，托其帶錢信等件。十二時寢。

十三日　晴

七時起，午前堂課忙，午後同來客數次，極繁瑣，晚十二時寢。

十四日　晴　熱甚

八時起，午前堂課繁，午後身體極倦。晚至程宅談甚久歸，十二時寢。

十五日　晴　熱甚

八時起，盥漱畢即出到次誠住宅、周子南、閔孝師各處。午正回校午餐，再至子南處作方城戲，午後五時畢。至程雲生家晚餐，歸校洗澡畢。與袁子青登黃鶴樓茗談至十時回。略坐，得詩二首，至轉鐘一時寢。

十六日　晴　熱

八時起，酬應繁，午後看客數處，晚十二時寢。

十七日　晴　熱

七時太輔來，緣昨夕與渠約今日至孫壽山處奉看也。坐一時許再看客數處回校，閱郵片知家母咳疾未愈，兼失紅，囑買梨膏下縣。乃命太輔購此並益母膏等，囑其即晚渡江，據云明晨搭輪甚好。晚雇定一車。看客十餘處，十時回校，十二時寢。

十八日　晴　風

早七時余安亭來，余尚未起。午後朱宅送信來，知次誠來省曾到我家一次。即雇車至其宅探信，談二時許，知家中近狀，家母疾不甚劇，爲之心慰。回校後余安亭來談片刻去，晚間陳同如來，一師範余、王、蕭三生先後來坐談，十二時寢。夜夢先君神色如昔，詢及周鵬程出身如何。

十九日　晴　大風

八時起，清理各事。午後田述群同包春暉來訪琴，先彈余所藏琴，次試董琴，音似較差，包不願出重價。田彈《醉漁唱晚》《鷗鷺忘機》二操去。肖鵠來談房子事。五時半太輔來校告□舊書俱帶到，知家母疾漸痊，甚慰。晚至糧道街、巡道嶺各處，十時歸，十一時寢。

二十日　晴　風

八時起，有堂課。劉漢槎自縣來坐談一時許，劉藍田再同吳畏三來談，甚瑣碎。十一時余下堂，傅幼虛已在室中與畏三、藍田談甚久，自是不能繼續上堂矣。幼虛談至午後一時去。二時再上堂，四時畢。飯後至一師校晤曾、陳、孔三同學，述鵬程利勢狀，然議員、武人、政客中又何處可尋一好人哉？晚至次誠處談一時許，至程宅探信，知未到省。回校後閱《東方雜誌》，《梁任公談小學》一則頗佳。十一時寢，夜夢大姨母。

二十一日　晴　夜小雨半時

七時半起，上午下午均有堂課，極忙。晚至幼虛處談一時許，同出至陳同如處談半時歸，十一時睡。

二十二日　陰　小雨半時

八時起，九時至次誠家看訃文、哀啓稿，略有更改。就其家早飯畢，小睡半時，柯耘蘭至其家睡，入書室，遂驚醒。歸後閱報一時，來客數次。晚飯畢，外出數次，十時半寢。

二十三日　陰　晴

八時起，九時幼虛來，與之同至閔孝師處未晤。至孟復心處談半時許，同渡江至尉遲宅，晤及小庵先生，談二時出。往訪王右荃未遇，至王文斾處略坐。至前花樓街皖酒館食麵畢，至王家巷搭輪渡江回校。晚七時至次誠處談一時，九時歸，十二時寢。

二十四日　小雨

八時起，昨夜牙痛甚劇，系因渡江行路多受熱，夜歸寢不安枕。今晨用鏡照，知牙紅腫特甚。堂課畢，飯不能多食，午後仍有課。晚七時至次松處，知其已來。涂子良來校，約明日與幼虛至其家。十二時寢。幼虛自閩失敗歸，到處奉看，始與同鄉諸人親密往來，似已悔從前錯誤也。

二十五日　晴

八時半起，幼虛來校略坐，與之同至稚松處奉看，未遇，即出至閔孝師處，亦未遇。遂雇車至涂子良處坐一時，閔孝師來，十二時共午飯，談甚久。午後二時各雇車分途行，余回校稍停即上課。晚飯畢至稚松處坐談，稚松出其已裱之書畫各件相示。郭某、熊某字頗有力量，賀良樸畫則浪得虛名耳，匠氣太深，不知在京何以有此虛譽？怪哉！八時雇車至次誠家，途遇之，下車談數語，余遂折回，至糧道街未晤嚴小奚。九時歸，十一時半寢。

二十六日　晴

八時起，王元襄屢次電話催與傅幼虛、閔孝師同渡江，緣昨夕金治平邀吃飯，余以事冗辭之。午後又催，一時渡江至孟道甫、包春暉處，均晤，涂鏡黃則未晤見，據其家人說已外出矣。三時到金宅，幼虛、孝師俱先到，同席者尚有鄭子題、孟迪之。晚六時與孝師、幼虛同輪歸。比雇車晤次誠談一時許出，途遇袁子青、陳同如，歸校十時，十二時寢。

包、涂二人現時不能憶及爲何人。

二十七日　晴　晚九時雨

九時起，看書者來略談去，清理各事。午後剃頭，五時至一師校晤誠齋等，無多話説。至稚松處未晤，至武聖廟晤王巨川，兼得武廟規模並祭器。八時歸校，十一時寢。

二十八日　晴

九時起，有堂課，午後來客數次，出門數次，晚十二時寢。

二十九日　晴

八時起，清理各事，午後往各處酬應，頗勞頓。晚至次誠家談一時。前日渡江赴金宅宴，酒後感寒，四肢疼，夜不成寐。以後關於類是者，均宜戒除。

三十日　晴　較熱

八時起，往各處酬應，發函一件。午後曾渡江一次至次誠處，晚十二時寢。

九　月

初一日　晴　熱甚

八時起，有堂課。午後至稚松宅爲小軒事，欲晤子南，聞已往廠矣。遇陳子雲，談數語同出。晚至范宅並便往幼虛宅談一時許。杜安卿與王子潤同來，坐片刻去，十二時寢。

初二日　晴　小雨

八時起，金玉舫、汪小軒來，談一時去。午後有堂課，六時至次誠處略談即出。七時至斗級營回看杜安卿，十二時寢。

初三日　晴　小雨數次

八時半起，辦印譜畢，擬送閩城張時蕃一份，黃岡聞鳴九一份，皆早許者也。午後剃頭一次，四時至稚松處，談片刻即出。彼心中不知思索何事？話不投機，是以不屑與之談耳。七時出門取裱件，晤肖鵠及少丞，談一時許，十二時寢。

初四日　晴

八時半起，堂課繁，午後仍有課。晚八時劉英生攜其子來，坐一時許去。寫信四件：一致福州董秉卿，一覆張時蕃，一覆京中黃松庵師，一覆淶源張立群。二張函中附有印譜，彼等均金石家也。十二時半寢。

初五日　晴　風

七時半起，鄭質卿之弟來談，有堂課。午後堂課甚忙。晚至次誠處一談，袁子青托帶信二件，坐一時去。十二時寢。

初六日　晴

九時起，清理各事，看報一時許。午後傅幼虛來約出門回看李、吳二人，俱未晤。同至閔孝師處，談片刻即出。到小板橋看幼虛所置地皮，至單焜堂處坐片刻，得悉菊坡通信地址。至肖鵠處坐半時，與幼虛同出，五時分手歸校，餐畢至次誠處，談一時出，十二時寢，多夢甚雜。

初七日　晴

八時起，清理各事，至大朝街稚松新遷宅中一看。至劉英生處回看，彼新自京回鄂，談二時出。往各處應酬數次。午後一時，渡江至文斾處坐一時許。文斾引至其友人羅某處看畫，六七件皆贗鼎也。坐一時，與文斾至醉月樓食麵各一碗，價一千文，較之十年前價高四五倍矣！至介福綢緞莊購綫春衣料，去價十七元六角。五時渡江回校，遇董慕倫，留之食。董昔年爲僧，往持西關帝廟，闊綽萬分，富比權貴，還俗之日手中蓄積尚三千餘元。後爲其堂弟、弟婦漸漸騙去，今則逐彼另居矣。邇來求一溫飽之日不可得。吁，亦可憫也，此殆所謂夙惡歟？六時至各處坐談，十時歸，十一時寢。

初八日　晴

八時半起，有堂課。午後購零物數件，準備歸家省視。至次誠處二次，晤劉荑生，談一時，旋與之同出，送款與裱店。十時歸校，十一時半寢。三時警鐘亂鳴，知祥茂正失慎，火光燭天，起視之，知距校甚遠，仍复睡去，自是不能成寐矣。

初九日　晴　風

早五時起，盥漱畢，呼齋夫與同行至火巷口，見祥茂正店餘火未燼，水濕街心。遂雇車行至城門口，尚未開城，侯至一時許城開。又至城外候船到，人多如鲫，無立足地。午正風大，熱甚不可耐，午後二時抵家，至各處略應酬，十時歸，十一時寢。

是日至石雲衢宅，即同鏡清、王利師、邵和卿、黄舜欽諸人往西門外作萸會。旋以風急恐煮菜不易，兼之氣候忽冷，遂隨酒同歸，至黄舜卿家中共酌，殊少興趣。余前年亦於是日歸家，去年則在閩省之鏡湖亭作萸會，因補記之。

初十日　晴

八時起，九時早餐，純古來，便留共食。十時出門看客，午後三時畢。晚餐後來客甚多，晚七時仍出門，在楊厚安處遇其有客，因就其家飲，九時歸，十時寢。

十一日　晴　風

七時起，成衣匠來，當即吩咐工作衣服。爲汪姓祠堂寫匾額一方，小睡一時許。午後夏乃卿、程少松來坐談。汪星垣來請至觀音閣登高，二小時畢。入東門過王文旃家，與久旃、建旃、小軒、少商同出，到西門外懷忠祠小憩一時許。進城後與王等同遊回宅，來客數次，十一時寢。

十二日　晴

八時起，準備酒席五桌。今請各友，是日為家母七十正壽期，因前年已開筵祝嘏，不必再事鋪張也。午後一時，廖純古來，請至寒溪挹爽亭作英會。同席者均寒溪教習，僅余為一外客。四時，席散回家，五時半料理酒席，六時客來甚衆，七時半畢。是夕忙碌至十二時止，一時寢。

十三日　晴

五時半起，賀客早來，甚衆，十一時畢。午後夏乃卿請客，二時去，三時半回。晚間余請客數人，七時席散。至鄭質卿處，緣渠是日請客，以時候相並，遂改至九時也。稍坐即開席，十時回家，十一時寢。

十四日　晴

敏深早來呼余起，時正七時，留其早點，九時送之下河，恰值小輪到。余與周淬成送其登舟後即回家，清理各事。准今晚搭輪往漢。五時王文旃來，遂同與渡江至洪姓酒肆小憩。六時至十時，月色極佳，波平如鏡。與文旃小步江畔，樂甚。十一時至王次齋洋棚中宿，不能安枕。四時江安輪到，遂乘舨上輪，購鋪位，小睡二時許。

十五日　晴　小雨

十時半到校，十一時堂課。午後清理各事，小睡一時。同如來談一師校事，坐一時去，仍小睡。五時半至次誠處，酒畢回校已九時。至陳宅取書歸，小憩，一時寢。

十六日　陰　小雨

八時起，九時半至次松處未晤。至劉芺生處談一時出，接黃師函。

午後出門訪客，俱未晤。四時堂課畢，小憩片刻，飯後來客數次。七時半出門，值稚松來，遂折回坐談甚久。易泮香來談一師校事，相與太息，天下事無誠意感人，鮮有能持久者，周鵬程於一師事，其一例也。十時寢。

十七日　陰　晚　大風　寒甚

八時半起，清理各事，至湖堂晤肖鵠，立談片刻，知鵬程致敗之由。雇車訪范元師，晤談片刻，訪曾華丞，值其外出。午後袁子青來，談一時許去。同如來談畢，外出至青年會，觀韓鏡湖演冷熱升降各事，甚明瞭而有趣。韓來鄂四次演科學，初爲美博士饒伯森助手，今則能自立演講，是亦有大過人者，余曾觀其演科學三次矣。九時畢，朔風愈緊，已呈隆冬氣象。今年自七月杪至今，天氣乾燥，今日午前猶着單衣，天變一時可以證邇來人心之變幻矣。十時寢，十一時聞水龍聲、人喊聲，驚起，知城外有火警。

十八日　雨　風緊　寒甚如冬

八時半起，涂子良來談一時去，有堂課。午後寫信三封，晚接同如信、少卿信，寫朱右庚信。以雨濕風烈出門仍轉，閱書三時許，十時寢。

十九日　雨　寒甚如隆冬

八時半起，寫字三頁，有堂課。看書報一時許，午後堂課一時至四時畢，倦甚。六時半方旭升來，談甚久，彈琴三操，十時去。清理各事，賈生純剛持寇萊公相片，此爲寇英傑在漢陽龜山本年五月十七午後三時所拍照者，吁，奇矣！十一時寢。

二十日　雨　寒甚如冬

八時起，寫信六件：一致黃松師，二劉誠安，三朱純如，四朱右庚，五涂警甫並芳仙函。午後至次松處談一時，至次誠處談片刻。以冷歸校加衣服，晚未出門，十二時寢。

二十一日　陰

八時半起，九時半雇車至同如處，值其早餐，留便飯。其實時尚早，勉強與之同食。十時半至黃伯香處談新組益社事，看畫談琴理約一時半畢。雇車至次誠處，途遇閔孝師，到次誠宅時子青亦同到，知次誠已先一時渡江矣。略坐即與子青同回校，聞校役云賈仲明約余談。四時去，與仲明談一時許。晚餐畢，洗澡一次，與仲明同至趙小初處看畫：一仇十洲寫工筆竹人物，大幅，長六尺，寬三尺，有清高宗御題並陳題，頗稱精品。董玄宰立軸山水，長四尺，寬二尺，用筆整潔，或思翁中年之作也。又泥金扇葉一頁，用筆淡雅頗似思翁，惟不精耳。與小初略坐談，出門雇車至杜安卿棧中談董琴事，片刻即出。欲至易泮香處回看，聞警察云鶴樓東路無燈，仍返斗級營，雇車至次松宅談一時許回校。十一時半寢。

二十二日　陰

八時起，有堂課。午後閱報看雜書，四時有堂課。飯後至青年會與徐行可看影戲，八時半回校開會。同如來，一時許去，十二時寢。

二十三日　晴

九時起，看各書畫畫稿二紙，預備至一師校用者。午後四時有堂課。少松與厚訓自家中來，談家事一時許。午後晤次松，今午同如來說一師校有添授課意，晚十一時寢。

二十四日　晴

八時起，看書一時，一師校有堂課，正午歸校。季獎來坐，片刻去，三時又至一師校上課，五時歸。至次誠處坐談，八時至次松宅，九時半至察院坡取石章。十時歸校，十一時寢。

二十五日　晴

八時半起，有堂課，午後二時至四時堂課忙。晚出門數次，寫字六頁，寫信二件，十一時寢。

二十六日　晴

九時起，寫大字三張，堂課畢，看書一時。午後堂課忙，晚至各處訪友。是日午後夏乃卿來談片刻去，晚十一時寢。

二十七日　晴陰不定

八時起，寫字二張，看書報一時許。午後渡江看杜振卿、夏乃卿，晤次誠於義券局，購物數件，四時回校。得電話，又渡江晤芳蘭，新自鄉間來者。訪莘廬、尉遲少庵，均晤見。晚宿漢口與芳談，不寐。

二十八日　雨

六時半起，倦甚，雇車。車夫不留心，致覆，余自上跌下，左足左手疼甚，緞夾馬褂亦破一處。昨午渡江入漢陽門時，車幾覆，爲余厲色制止，車夫緩行未跌，甚幸，不料今晨仍不能免此一番痛苦也。始知禍福無常之說爲不足據耳。八時抵校，小睡一時，午後又睡一時許。六時至鴻磐樓洗澡一次，與袁芷卿同至稚松家，未晤。九時歸校，十時寢。

二十九日　晴

九時起，手足痛異常，十一時至十二時猶扶持上堂授課。午後剃頭一次，三時有堂課。來客數次，接同如信，知其已奉委查案。晚飯後寫字三張、行書二張。七時稚松來談，朱仲炘自陽新到省來談片刻。子青先一時來，持函去。稚松爲余事多有計畫，遲至十時方別去。清理各事，十一時寢。

十 月

初一日　晴

六時半起，昨夜得美睡，今日起極早，此余之慣例也。清理各事，午後至一師校上課，三時回校。許俊甫來談，杜振卿來談，五時請俊甫至鴻磐樓吃飯，七時至次松處未晤。十時歸校，十一時寢，夜多夢。

初二日　晴

八時起，清理各事。九時鄭值卿來談片刻去。十時至一師校上課，晤肖鵠，談近事，約與送寧芸衷婚禮。午後仍在校授課，五時回校，來客數。晚王小齋來約調鄭和生家事。九時回，略坐看書報，十一時寢。

初三日　晴

八時半起，有堂課，午後有堂課，極忙。晚飯後至稚松處，談極暢，食蟹飲酒至十時歸校，十一時寢。腹中隱隱痛，余氣體，致年來食蟹多如此。客歲在福州則否，福州呼蟹為鱘，形較蟹扁而大，其性熱。聞該省產婦未滿月即食之，謂可補血也。

初四日　晴

八時起，王小齋來談，片刻去，有堂課，午後堂課極忙。晚間金玉舫自家中來，帶來衣服並家信。至次松處未晤，十一時寢。

初五日　晴

八時起，本校學生全體旅行，余以步履不強，未能去。午後往各處看客，四時晤次松，略坐即歸。晚間羅敬畏來彈琴三操，與之同出至閔孝師，坐半時出，歸校。寫家信一件，十時半寢。

初六日　晴

九時起，雇車看客數處，十時到范允師處談片刻。至傅宅晤幼虛，蓋有新自滬回鄂者，在傅宅談近事頗詳。十二時回校，飯畢，看客數處。四時至稚松家談片刻，以倦而小睡一時許，因就其家晚餐，談頗暢。九時回校，十時半寢。

初七日　陰　晚大風

八時半起，今日校中停課，雇車出門看客，至次誠、抱琴處，俱未晤。午後二時，次誠來訪，亦未遇。三時復至其家，晚餐畢，與之同出，看其新租宅，稚松舊居也。至斗級營看其尊人及其母放相。七時雇車訪厚訓丈母，未晤。八時歸，十時半寢。

初八日　雨　寒甚

九時起，劉南田來室中談甚久。午後至一師校上課，三時歸校，有堂課。晚飯後寫扇四柄：一曾誠齋，二陳吉平，三郭炯堂，四鄭植卿，以曾、陳兩扇最得意，緣葉佳遂着意爲之耳。今晨寫聯三副，以李長青所乞求者爲最佳。款曰鶴松，紙足六尺，寫八言特例也，十一時寢。

初九日　雨　寒甚

九時起，十時至師校上課，午後四時方歸，幼虛已在室中候二時許矣，談半時。稚松來，談時局甚久。五時，稚松邀余與幼虛至杏花天吃飯，同席者尚有閔孝師，臨時邀來者也。七時半畢，回校，寫信二件，十一時寢。三時忽感寒，起坐一次。

初十日　晴

九時起，有堂課，飯後施子英來取幼虛交款。午後堂課忙甚，飯後至次誠處，談蘭芳事甚詳。十時回校，寫信三件：一致黃松師探政局變後情，即覆其三次來函也；一覆閩道署張時蕃；一覆廖純古。十一時寢，夢多。去年今日在福州遊鼓山。

十一日　晴

九時起，有堂課，午飯畢，尉遲敏深來，強邀至幼虛處坐，未久即歸，匆匆上堂課，四時畢，頗勞頓。晚飯後，至稚松處談二時許，回校，得次誠電話，知董慕倫竟饑餓以死，慘哉！慕倫與余等相識已一年餘，今年余自閩歸，彼已萬分窘困，秋後屢來校求貸，亦時時酬應，計先後付款七串三百，又另給竹布衫一件、襪一雙。渠前存舊琴一張托黃伯香代售，近數日聞可得洋三十元，滿擬得此小款作小貿求活，豈料數日未至竟至死乎！彼僅一人，尚無後慮，轉瞬隆冬亦難以善其後，反不如速死為愈矣。前日伯香為彼預留一小事，僅供給食宿不取薪資，彼來校談及亦非常滿意，天之厄人如此，未始非其夙孽也！寫信一件為租房事，看書一時許，十一時寢。

十二日　晴

九時起，發信二件。至幼虛處，為房子事甚惡氣。彼先許我，乃以其夫人意，竟租別人矣。午後看書報一時許，四時到劉菊坡命其姨姪持名刺來請，五時至其寓暢談。七時出至肖鵠家久候未遇，十時歸，途中向書局取各小說書瀏覽，十二時寢。

十三日　陰

九時起，清理各事，子青來談甚久。午後二時半至菊坡寓，緣渠約今日過其家便飯也。同席者黃篤生、劉又垣，席散談至六時半出，至稚松寓，肖鵠與稚松弈約二時許，九時同出歸校。閱報及雜書畢，已十一時矣，就寢前曾寫寄芳蘭函一件。

十四日　晴

九時起，有堂課，日來腹泄頗不適。午後閱書報，晚腹泄二次。八時在肖鵠處談近事，十時歸校。閱近人著《蒙古旅行日記》上册畢，中多趣事。十二時寢。夢與朱純如同海輪，值大風，余帶衣甚少，似覺其寒不可禁者，旋遷一大艙中。又夢先君作一事，爲余所不贊同者，旋來一客，先君以其積款與之，余與先姊作太息狀。

十五日　晴

九時起，腹泄仍未愈，上午擬節食，不必服藥。余近來性畏藥，且省中醫士，草率殊甚，至略負時譽之中西醫士，類皆信口雌黄，毫無學識，直以人命爲其試驗品耳！十二時寢。

十六日　晴

九時起，南田來談，十時余往師校授課，十二時歸。一時，方旭初介紹崔姓送石章八十方來看，佳者僅十餘方，索價五百元。以現價論約可值二百元，緣小品過多也。晚間腹仍痛，泄亦未止，十一時寢，多夢。

十七日　晴

九時起，有堂課，飯前畢。午後堂課繁。卓焜堂請吃飯，同席者楊揆一、傅幼虛、少亭、劉菊坡。余以四時去，候一客至七時不來，遂開席，諸客已餒矣。九時席散，至次誠處一談，遇子青、郭良卿，坐一時許別去。余與次誠談至十時方罷。歸校仍腹痛泄，十二時寢。

十八日　晴

九時起，得蘭如信甚慰，十時作復第三函，有堂課，飯後伊仲來校，取余爲其所寫各體書去。傅象虛來談半時許去，堂課忙甚。晚飯後至次誠處談一時許，至稚松處談至九時半歸。看《聊齋志異》五頁，十一時寢。

十九日　晴

九時起，腹痛泄未愈，甚焦灼。午後攜程良生遊鶴樓、兩湖學堂及武昌公園等處，歸程宅已五時半，腹痛不能久坐，出遇稚松於途。七時至鴻磐樓洗澡一次，十時歸，十二時寢。

二十日　晴

十時起，腹痛未愈，清理各事。至次誠寓晤郭良卿，在次誠處早飯畢，至黃伯香處，值其外出訪象虛，回看亦未晤。午後一時至同鄉會開會，人數衆多，討論換知事陳湜，一致贊同即日進呈，請即撤換。晚至次誠處談一時許，十二時寢。

二十一日　晴

十時起，有堂課。午後寫輓聯送尹公甫之太夫人，寫作俱不愜意。晚至次誠、稚松處坐談，晤及王養庵。十時歸，十二時寢。中醒一時許，夢極惡劣，甚不快也。

二十二日　晴

八時起，至一師校上課，方知課單有誤。在誠齋處坐片刻，在江文波處坐甚久，十時半回校。飯後小睡一時許，三時有堂課。晚飯後至次誠處談一時，約至王養庵處看琴，養庵今秋得自謝姓者。謝黃岡人，聞其先人藏琴一百卅六，今養庵所得僅十八張，其多數不知何年售出矣。余今夕所見，琴不同式，背面俱刊有字，頗不惡，文白均有雋麗語。養庵以三百千得之，似不甚貴。談至九時，與次誠徒步歸校。閱書一時許，十一時寢。

二十三日　早小雨　晚大風

八時起，至師校上課，今日腹痛止，甚暢。午後二時歸校，寫字兩張，看書抄詩稿約三小時，同如來談數語去。天氣變寒，加衣棉襖一件，厚訓來校，知明日尚不能回縣也。十時即寢，夢所藏古鼎忽生篆文皆滿，又另拾銅片數塊，皆有古篆文。

二十四日　晴　大風極寒

九時起，堂課忙甚，飯後象虛來坐片刻去。二時至四時俱有堂課。晚間寫信二件：一致夏秋舫，一覆張祖聰。六時半袁炳南同羅敬畏來談近事，彈琴一時許去。十時半寢，夜多夢。

二十五日　陰　寒甚

九時起，有堂課，飯後寒甚，堂課忙四時畢。黃伯香來談益社成立，後天開大會，已有通知與余，余實未收到也。伯香彈琴，以對房胡琴聲發敗興，旋談他事，五時去。六時至次誠處，敬畏、丙南俱至，談甚久，琴亦彈甚久。九時，次誠送余到校略坐即去，十時半寢。

二十六日　陰　寒甚

九時半起，清理各事。午飯後至省公署晤旭初、小葵、良卿談一時，與小葵、旭初同至伯香處看畫、彈琴約一時出。晚飯後至次誠宅，又與次誠至伯香處看畫，看其新購菊，佳種多，旋談益社進行及佈置諸法。八時半與次誠同回。十二時半寢，夢先君歡如平時，余彷彿出遠門初歸者。先君詢近事往事頗碎，旋來一客拜訪，先君起迎，似不相識。燈光斜射，先君乃向客面注視，余曰此杜振卿也。旋醒，復作夢，有人送書一捆來，作長方形包裹甚固。

二十七日　晴　大風　寒甚

九時半起，清理各事。十一時次誠來坐談，午後一時至益社。武漢美術家來者不少，彈琴評書論畫，約三時許畢。余不耐久坐，約抱琴、次誠同出。次誠渡江，余至抱琴宅中略坐談。四時半，稚松來坐談，約余過其寓吃飯，劉季裝來談數語竟去。六時到稚松處吃飯，晤萃三談至九時歸校。寫信二件，十一時寢，夢甚雜。

二十八日　晴

八時半起，有堂課，午飯後同如來坐談，小軒自縣來談各事。一時渡江晤王文旃坐片刻，至稚松銀行中坐片刻，至曾心如報館中坐片刻，即渡江回校。晚飯後送信與稚松家中，坐一時許回校，子青來談，九時去，看《聊齋》十餘則，十一時寢。

二十九日　晴

九時起，清理各事，午後至師校上課，二時歸校。上課忙甚，晚至次誠處談二時許，十二時寢。

三十日　晴

八時起，盥漱畢，至師校上課，十一時半歸。午後一時，袁子炎來，約至東門外長春觀，晤其道長宋某，同去者田述群、廖某。二時半，龔女士來。龔今春爲田之女弟子，聞能詩能書畫，近時女中之以技能著者也。道長款余等以素食，頗可口。彈琴約一時許，出觀時，夕陽西下矣。與子炎同訪劉靜軒，途遇之，賴其引導，否則不能尋覓。入其室，甏隘甚，具鄉間風味，惟嫌蓬土過多，小兒聲嘈雜，不可□耳。便道訪王浩如，略坐即出，回校時已七時半，旋又出門一次，十二時寢。轉鐘至三時聞警鐘，知火警，披衣起視，自是寢不成寐，且多夢。

冬　月

初一日　晴　天氣和暖

早八時，胡邦壽、太輔、汪小軒來校，余雖倦，乃不得不起，略予酬應，均去。九時上課，午正畢。飯後次誠來，知其有遠行，戀戀有難舍意。余極力慰之，或者藉此扶搖亦未可知。次誠今秋兩遭大故，窘困至極，上月乃就券局事，得以稍舒目前之急耳。次誠去後，余欲送行，彼謂無人知覺，因其居停囑爲暫秘也。一時半，余乃至其寓，談半時出。上堂課，畢後看書半時。飯後至程宅，知稚松未歸，彼昨夕約我，以事冗不能去。旋至乾弢處，回時孫景風來談書畫事，九時半去。寫信二件，十二時寢。

初二日　晴

九時起，有堂課。午飯後頭暈不能自持，有堂課不能不勉強講授，亦苦矣哉！四時畢，晚飯後至稚松處，談甚久，兼爲竹戰戲。九時半歸，覆純如信。今日接黃松師函，知不久必寄詩稿來校，俟其詩函到時再覆之，十二時寢，夜夢甚雜。

初三日　小雨數次　夜大風

九時起，清理各事，至西街理髮一次。午後與周樹棠、林菊蓀渡江至杜棠軒寓，知嚴適已爽約歸家矣，因作竹戰之戲。爲時不久，余辭出，至尉少庵處，略坐即出，四時與周等同渡江。晚飯畢，至鴻磐樓洗澡，九時歸校，十時半寢，多夢。

初四日　晴　大風

早九時半，袁子青來呼余起，坐談至十一時去。稚松着人來請吃飯，至其家，談一時許，至容康館照像畢，與同出，至益社聽琴。訪劉萸生未晤，至黎宅坐片刻，晤傅象虛略談，晤范季強，約明日送款了同鄉會款。訪張肖谷未晤，與次松同至其家吃晚飯並留夜飲。十時回校，十一時半寢。

初五日　晴

九時起，有堂課，午飯後清理案上書籍。晚至稚松寓中略談即出，至陳宅晤季奬，知明晨回里，囑帶各物。歸校十時，十一時寢，夢多甚雜。此夕寫屏一堂、聯二副，不甚愜意。

初六日　晴

九時起，清理各件，劉葂生來談，旋尉遲初樵來談，劉、尉同去。一時至師校上課，四時回校。晚出門二次，看書至十二時寢。厚訓今日來省。

初七日　晴

八時起，盥漱畢，至師校上堂，十一時半歸。取詩集送誠齋閱，三時到肖鵠處一談。晚飯後訪羅卓如，旋至程宅坐片刻。九時歸校，閱雜誌等書。

初八日　晴

八時半起，有堂課，午後堂課忙。晚羅敬畏來，彈琴至十時去。十二時寢，夜夢甚雜。

初九日　晴

八時半起，有堂課，午後更忙。晚後看書二小時，敬畏來談甚久。練習《平沙落雁》譜，指澀音僵，甚費力。惜前廿年無人授余，致今日慚爲晚學也。十二時寢，多夢。

初十日　晴

九時起，清理室中各件，費時甚久。午後仍清理衣箱、書籍等事。誠齋與陳吉平同來坐甚久，聽琴數操去。敬畏坐至十時去，十二時半寢。展轉不寐，起坐一次，再寢，夢先君談各事。

十一日　晴

八時起，至誠齋處取詩稿，緣袁生約今日取詩集送人轉閱者，昨夕已許之矣。取歸遝送袁生，旋至范宅、傅宅一談。陳同如回里未來，留刺於其宅。午後至益社聽琴評畫甚樂。晚至程宅吃飯。七時歸校，敬畏、炳南同來，十時去。十二時寢，多夢。

十二日　晴

九時起，有堂課，午飯畢，小軒來談，其謀事甚困難。陳乾叕家着人來請，去後無甚緊要事。余初疑誠庵已返鄂。緣渠前日自滬來函，謂於此數日内可以言旋也。晚飯後寫對聯二副，羅敬畏來談未久。師校蕭、胡二生來談，至九時去。孫景風來，因余與鄧雲禹、尹晴象外出不能坐，竟去。在五香齋與鄧、尹吃夜飯，十時回校，十二時半寢。

十三日　晴

九時起，看手寫汪鈞臣壽屏，自十時起至午後四時止，共寫二幅。每幅字數一百五十六，文冗長，少精湛語，氣弱而俗，殊未窺古文藩籬也。吾邑不精研古大家者，比比然耳。天寒指僵，寫此殊為費力。飯後敬畏來教《平沙》一段，以客來數次，擾撩不能精習，十二時寢，多夢。

十四日　晴　寒甚

九時起，寫屏半幅，聞幼甫來談片去。午後寫屏，竣二幅。敬畏來，原欲與之至次誠宅中彈琴，因不便坐談，後分手去。余至程宅知稚松來漢未回寓，旋在其宅為竹戰戲，十時起至轉鐘三時畢，倦甚，就其家宿。

十五日　晴　寒甚

九時自程宅起，漱畢回校授課，午後仍有課，倦甚。晚飯後敬畏來，又教《平沙》一段，中間客來數次，殊麻煩，明日當設法避之，以免亂琴學也。十二時寢，夢中得詩，醒時僅記對句曰：山深鳥喚人。

十六日　晴

九時起，有堂課，午後更忙。四時後即至程宅，因稚松來訪，值余上課，未能談，曾留語相約也。談甚久，就其家晚餐。十時回校，十二時半寢，多夢。

十七日　陰寒　甚

八時起，徐行可呼門，驚余起，坐片刻去。寫壽屏第七幅，上午畢。午後又寫，四時半畢。晚飯後敬畏來教《平沙》一段，不能復習，中間來俗客三次，甚悶人耳，十二時寢。

十八日　晴

九時起，清理各事，午後至敬畏處欲習《平沙》，彈未久，其家來一群俗惡不堪之少年，呼作竹戰戲。余與敬畏遂出，至袁炳南處稍坐，至益社晤伯香及某某，彈琴一操。伯香彈《羽化》廿段，坐一時許出。至陳同如宅未晤，至范允師處略坐談，至胡抱琴處坐片刻出。晚至稚松處，十時歸。十二時寢，多夢。

十九日　晴

九時起，有堂課，午後來客數次，敬畏來教《平沙》一時，旋有堂課。晚飯後來客數次，極麻煩，十時畢。十一時寫信二件，十二時寢。多夢。

二十日　晴

九時起，寫對一副，不愜意。午後敬畏來坐一時許，旋來客數次。晚飯後至稚松家談笑甚久，九時半歸校，寫信三件，皆十日間所積壓未復者也。十二時寢，夢境奇雜，心血之虧，今冬極矣。

二十一日　晴

九時起，清理各事，午後，敬畏來彈《平沙》，已能復習。許俊甫渡江來坐甚久。午飯後因劉誠庵昨約到陳宅晚飯，余到時彼等尚未渡江也。

七時吃晚飯，談甚久，九時半歸校，寫信二件，十二時寢，多夢。

二十二日　晴　子正大風

九時起，有堂課，午飯後仍有課。晚飯後至稚松處談甚久，九時歸，寫信四件，十二時寢，多夢。

二十三日　陰　大風　晚十時半大風更甚

九時半起，小軒來，略談即去。余渡江訪俊甫不遇，晤杜振卿，訪涂警普談純如款事。至老九成買半臂料，價甚昂，至謙祥益購洋絨竹布等物，共去價九元二角。五時回校，至西街理髮，七時至鴻磐樓洗澡，八時至稚松新遷宅道賀，九時歸。旋送款至余蔚文處，囑暫存，候朱昆山來取。晤少璞，說明純如無理狀，管閒事多煩惱，以後切記之。十二時寢。

二十四日　風　小雨

八時半起，昨夜輾轉不寐，至四時略交睫即夢，準備回籍，向例睡不能安也。十時渡江，在輪中晤乾癹云：誠庵欲晤我，不知其何事耳？十時半抵吉和輪，遇一熟茶房鄧有德，招呼甚好。以船開須延遲，起岸晤王文旃，略坐，與之同出，同談至躉船而文旃別去。午後半時，輪啓椗，四時抵黃州，當即渡江到家。老幼安好，心慰之至。飯後晤星垣、鏡卿、少松、樂峰、厚安諸人。九時歸，倦甚，即寢。

二十五日　陰　小雨

晏起，王利師來，余漱畢出談。飯後樂峰、鏡卿、伯高、少松、星垣、雲衢先後來，至樂峰、淬成、星垣三處略談即出。雲衢收到熊哲舫帶來皮貨，欲余帶交同如。因鄭大興明日往省，便托其先交三一堂，以省麻煩耳。十一時半寢。

二十六日　晴

八時起，成衣匠來，面囑其做改各件。來客數次，出門數次。午後倦甚，欲睡未能，象虛、純古、端溪先後來，飯後與端溪、純古同出大南門外看鄉景，旋登南城樓，六時歸。七時至蘭芳處談所托各事，八時晤久旈，九時歸。十一時寢。

二十七日　晴

八時起，囑成衣匠改衣服，午後來客數次，酬應甚繁。二時雲衢、端溪同來談甚久，三時攜更生往寒溪學堂，純古留吃飯。更生倦甚，思家欲回，不可理喻，余遂抱之回宅，不及待純古飯熟矣。七時至樂峰、少松處略談，回宅，淬成來談，未久去。余以明日搭輪往漢，遂提前就寢。

二十八日　晴　早霜　寒甚

五時起，盥漱畢，內子進湯一盂，飲畢稟家母，攜訓甥出門，寒不可耐。黎明辨途至小北門外，雇舟渡江，晤王次齋。九時半，大吉輪先到，遂上船，人多，購鋪位不易，問房艙，則已滿矣。最後在統艙中買得一鋪，去價千二百文，尚可睡，極平舒。船行至葛店上，機器忽壞，修理至二小時之久，抵漢已四句半鐘，五時半抵校。是夕為耶穌誕，校中學生演劇，喧擾至十二時罷。余就寢已至轉鐘一時矣，夢多，頗難記。

二十九日　晴

十時起，清理各件，十一時至誠庵寓，晤之談大概，旋至次松寓。午餐後與黎叔康至斗級營精一女士看像，談言微中，江湖之流耳。回次松宅，為竹戰之戲。九時歸校，欲就寢，旋聞警鐘，知大朝街官報局失慎。十時半寢，多夢。

臘　月

初一日　晴

　　五時半起，以不寐故，取燭寫各處應復各信，書畢，九時付局。十時至裁縫店取半臂，知其尚未成。至次松宅中閱各函，知不日南旋。至一師校，晤董必武，談數語出。雇車至次松宅，旋與出至第一中校訪袁子青，談片刻，旋打電話約劉粹三至其家作竹戰之戲。九時半畢，歸校，十二時寢。

初二日　晴

　　九時起，清理各事，寫信二件，午後至程寓，晚間看客數處，十時歸校，十二時寢，多夢。

初三日　晴

　　九時起，至次誠寓，寫信與朱昆山付涂警普閱，爲朱純如存款事也。此事殊麻煩，鬧至兩月之久，勞神嘔氣，不一而足。純如昔在寧滬揮霍無度，動輒千金，今乃爲此二百串存款，打電派人，一若重大之事者，怪哉！午後出渡江晤文旂、尉少庵，知時局有變化。五時回省，逕至次松處，飯後爲竹戰戲，九時半歸校，十二時寢。

初四日　晴

　　九時，劉蜀疆來呼余起，坐一時許去。陳穎生來，袁子青來取款，約半時去。訪誠庵，談二時許。飯畢，至次誠寓，知昆山已回寧，純如款已取去百九十五串，此事可告一結束矣。校中學生風潮未平，擬明日停課放假，亦無聊辦法也。六時，咳嗽甚，頗吃虧，至次松家，知其未歸，略談，仍爲竹戰戲。九時回校，十時半寢。身體不適，展轉難成寐。

初五日　陰

八時起，頭暈數次，勉強支持仍不可耐，虛火氣弱，有此象耳。午後看客數次，渡江至尉宅，知京漢路以時局緊，又不通矣。晚至稚松處，略談即出。十一時寢，咳嗽甚劇。

初六日　陰

八時半起，知次誠已回鄂，打電話二次，知已回寓，次誠談京事及別後甚久。午後至同如寓中未晤，旋看客數處。晚十二時清理各事畢，倦極始睡。

初七日　陰

九時起，發福州信及字畫，皆與張時蕃者。午後清理各事，心緒紛亂。晚至次松寓，飯後爲竹戰戲，不能終局，歸校。十二時寢，展轉不寐，丑正始安，多夢，咳嗽甚劇。

初八日　陰

九時起，清理各事，極煩惱。午後至行可寓，談片刻出，至乾叟家中得誠庵函，至卓如寓，已九時矣。約敬畏明午來彈琴。晚十時回，十二時寢，多夢。

初九日　晴

九時起，太輔來談出門事，彼困甚，余已薦與同如充衛隊長。昨午同如來校，已面許隨同去者。十時至西街理髮一次。飯畢，敬畏來，彈琴，四時去。至鴻磐樓洗澡一次。七時至次松寓，飯後談一時許，與之同至黎叔康家談甚久。十時回校，十二時寢。

初十日　晴

九時起，清理各事，太輔來，囑其請同如持片去。敬畏來，彈琴甚久。午後二時，同如到鴻磐樓來候余，遂與敬畏同去，酒飯畢，約四時矣。同如客歲在閩，與余朝夕相見。今春余歸鄂，殷勤相送，至可感也。今日爲其洗塵，余雖困，而不能不有此事之點綴耳。回校清理各事畢，至次松家，未晤，至次誠處二次，彈琴半時。十時回校，十一時半寢。

十一日　陰

九時半起，至次誠宅談一時，至稚松家吃飯，作竹戰戲。五時半歸，看客數處，清理各件，準備明日回縣。晚晤次誠，約明日照相，就其宅食麵一盃。十時回校，彈琴至十二時半寢。聞警鐘，知草湖門外火警。二時睡熟，多夢，四時半又醒。

十二日　晴　寒甚

八時起，九時至次誠宅，攜其甥，帶琴爐各一到容康照相館，整理一時許，照畢回校。清理各事，至程宅二次，至敬畏家習《平沙》操，午後六時敬畏始習畢。訪肖鵠，值其睡，呼之起，談數語出。回校仍習《平沙》，十二時寢。

十三日　晴

八時起，盥漱畢，太輔來，飭其發二函並探船名。九時半同太輔攜行李、琴、籃渡江，上瑞和輪，面告太輔各事。十一時，輪起椗，安睡一時許，三時抵黃州。輪距黃州十餘里，余起探，晤敏深，始知其亦於是日搭輪，初上時未之見也。四時抵家，飯畢往各處看客，八時半歸，彈琴一時許。十一時寢，夢雜可笑。

十四日　陰　早雪

晏起，午飯畢，來客數次，許厚生來云：趙茂林家來趙姓七齡童子寫大聯，遂過趙宅觀之，則小舫第三子也。貌文雅，惟寫聯須先勾一底影，然後書填於其上，亦頗有筆力，惜書折節點勾處多填滿耳。七齡童子有此姿勢亦未易得，他日能有進步，前途未可限量①。午後三時，來客數次，晚出訪許俊甫未遇，訪蘭芳，談一時許。歸家彈琴一時許，十一時半寢。

十五日　晴　寒甚

九時起，清理各事。午後至各友處略坐，至少松家談甚久。晚間王子潤、杜安卿來坐，未久去。至汪聲香家晤子青，面約明日過我家早飯。今夕為先公諱日，具奠焚楮，傷感實多。十年遺櫬，尚寄西門外，真思之心痛矣！十二時寢。

十六日　晴

八時起，囑家人辦酒食，壽先、子青同來，略坐談。聲香來，春溪、純古同來，遂留與俱坐。飯畢，至南郭外遊眺一時許，意甚適也。歸家後略坐，至各處償欠款。晚飯畢，楊厚安來，略談即去。彈琴一時許，晚間又彈二時許，指欠靈活，以《平沙曲》須具幽冷澹遠味也。十二時寢。

十七日　陰　小雪

九時起，清理各事，彈《平沙落雁》一操，已爛熟矣，未知不再忘記否。去年夏□在次誠家學《鷗鷺忘機》一操，半日畢業，今幾全忘，信乎其進銳者其退速矣。《醉漁》一操僅存一段未忘。昔人所謂三日不

---

①　趙姓童子以後未聞有所成就。——作者批注

彈，手生荊棘，熟能生巧，自然之理也。午後出三次，晚仍彈《平沙》，十二時睡。

十八日　陰　微雪　寒甚

八時起，寫信二件，午後寫聯三副，作輓送孟煦卿。晚間來客數次，彈琴一時許，十二時寢。

十九日　陰

九時起，彈琴一時許，出門數次，來客數次，真無味酬應也。鄉間來人說話多，聽之心煩不可耐。寫信二件囑之帶去，勸爲了結。以後胡林族事萬不能理之，適增人煩惱耳。午後六時，至蘭芳處談甚久，聽其所談，極爲惋惜痛惜，人心之壞，至今日極矣！歸後寫信六件：一致吳黃廠，一致易雪岑先生，餘則袁夏村、龔雲撥、劉誠庵、朱次誠也。十二時寢，三時醒，展轉不寐，意亂心繁不可狀。

二十日　陰

未起時，鄉人來談昨日致函事，心繁極。俟其詞畢，起寫信，囑某明日來。午後寫信一件，出門數次，晚間上琴弦殊費力。此二琴自去秋赴閩後，擱置至今未能清理。今夕囑內子洗滌拂抹，潔淨至極，囑其助理，惜其不解此耳。辦畢腰痛目昏，十一時寢。

二十一日　陰

九時起，彈琴一小時，至對門衛發浦處道喜。午後出門數次，久旃、艾幼卿來談，整琴，昨上二琴浣龍繩，甚快意。黃昏時至少松家，與其太夫人談家事甚久，八時歸。彈琴寫信，清理各事，十二時寢。

二十二日　陰

八時起，清理各事，午後寫春聯一副、中堂一張，至程宅、汪宅、王宅均略談，覆誠庵信。晚間彈琴一時許，十一時寢。

二十三日　陰

八時起，清理各事，寫春聯數副。朱純愚自寧來，留吃午飯，同席者汪聲香、程少松。出南門至勸學所一次。羅覺先來談一時許去，寫劉竹疆信，托秦子如帶去。晚間馬春丞請余與純愚，夜酒畢，已十時矣。至汪宅談片刻出，十二時寢。純愚宿汪宅。

二十四日　陰

九時起，家事甚煩。午後寫春聯數副，來客極煩。晚間至各處略談，至少松家坐甚久，十二時寢，多夢。

二十五日　晴

九時起，發信五件：一覆葉玉虎，一致王伯川，一覆劉誠庵，餘則覆黃松師及賀片也。午後作挽聯數幅，分送張、蕭、傅三家者。晚至傅宅弔唁，至各處閒談畢，十一時寢。

二十六日　晴

九時起，寫春聯畢，清理各事，午後出城叩先公淺厝處。二時入城至少松家略坐，歸家。彈琴數次，杜振卿來談，甚久去，寫賬計算年終開消各事，十時半寢。

二十七日　陰

九時起，清理各事，發信三件，寫挽聯送傅宅、張宅、蕭宅三處，語尚切，張宅尤佳。午後出門數次，來客多。晚寫信寫春聯畢，彈琴數小時，寢時已轉鐘一時。明晨吃年飯，諸事辦畢勞甚，展轉不寐。

二十八日　小雨數次

五時半起，六時進香，七時吃飯。八時倦甚，欲寢，來客數次，不能不應酬，煩惱殊甚。午後清理房中什物、廂房各件，腰爲之痛。晚出外數次，彈琴一時許，十時半寢。

二十九日　雨　微雪數次　除夕

　　十時起，清理室內外各事，麻煩至極。午後飭家人整理堂室諸細事，至四時時猶未了。貼春聯，晚七時祀祖、焚楮、家祭各事畢。至王樂峰處略坐即出，十時半至稚松家、星垣家談甚久。去年除夕余在閩城，十時與陳同如、曾杏春、戈卓安、王子誠、潘某等在南大街一帶看燈遊街，從閩俗也。途中與雲拔、劉子奎遇，十二時同如、杏春來寓談，談笑歡甚，惟一念及唐人"一年將盡夜，萬里未歸人"之句，則令人無聊感慨也！今則同如回鄂，已署羅田篆，雲拔、子奎自余回鄂後亦均署缺，卓戈亦署首縣。余以落落寡儔，無心進取，回鄂後雖無多好處，而去歲遊閩借款已償清。今歲除亦無外欠，私心自度，總算較曩昔爲進步矣。日者推余造，謂明歲入好運，久鬱必伸，或者有一番新氣象也。寫信數件，賀片數處。轉鐘二時倦甚，寢後夢余作詩一首，似七古，約八行十六句。先公見之，讀首句"春風離"三字爲"春離風"。余問之曰：春離起頗佳。又見一畫系仕女圖。夢中約記系余自繪，雙帶右飄飄得勢。先公謂畫帶極佳。四時醒，則全詩竟忘卻矣。初醒時能記詩六七句。此主何事，不得而知也。頻年寢後即夢，無虛夕，日記屢言及之。今歲無夢者僅一夕，心神之虧於茲益見。余去秋遊閩，先公頻示夢，自是以後示夢尤多，歸鄂後亦然。先公以甲寅臘月謝世，乙丙丁三載無夢，戊午示夢，極不佳，是年夏季冬季有痛心之事，何其靈也！去今兩年示夢，似呈歡樂清貴狀，非曩日示夢之眉額顰促也。乙丑正月二日補書十行。

民國十四年（1925年）乙丑日記

　　正月十九以前在縣中，戚友彼此酒食應酬無虛日。是年春吾四民安樂，經濟狀況佳，故能得此現象，非酒食爭逐也。予自閩歸後決計不謀政治活動，乃境恬如此。

　　癸甲乙三年日記中，偶有蘭舫、蕙蘭者皆卓芳字，以後日記即書蕙芳，無一定之別號，十六年以後，即書蕙芳二字。

　　自春至夏，在省與程稚松聚晤時多。朱次誠幾於無日不相見，甚或日見二三次，交情之厚無比倫也。惟次誠懶惰又自大，所以窮困，至抗戰時返冶窘死，數年後其妻再嫁，賸一子無能寡信。暑假期長，在縣多與王文旃晤，王有錢浪用之人也。端溪自閩歸，在縣亦吃安閒飯。幼虛在武昌亦數與予相晤或吃談，蓋自閩歸，名利俱有矣。余歸年餘，執教鞭仍愉快，而無志他求矣。

　　是年在省在縣訪友間，談作畫寫字，酒食爭逐或竹戰之戲，或彈琴，閒時亦多。自閩歸，鄙棄政界，乃得此養心境也，身軀發胖即此時也。

　　　　　　　　　辛丑夏六月，壽昌老人朱峙三補記

正　　月

初一日　陰　寒甚　陽曆一月二十四日

　　五時起，浣漱畢，整肅衣冠，至岳廟行香。余童稚時每逢元旦，見先祖率先公、先叔於是晨敬奉香楮，詣廟叩謁。先祖去世，先公率余行之，不敢替也。余生卅九矣，未親至廟行香，除童年不知及癸丑作吏黃安，去年供職閩省，未親至廟者僅此二次。凡在籍度歲，必敬謹行此禮。

岳王在籍著靈異，是晨合城居民無不祭者。忠孝大節，凜凜如生，宜乎享百世下之血食也。歸後與祖宗拜年，與母親拜年，囑厚訓往各處分帖。以昨夕勞頓殊甚，七時脫衣寢，午後二時再起，清理各事，九時半寢，夢多。

初二日　晴

七時起，浣漱畢，出門拜年，往各至好處略坐談。發筆記昨日事，寫信數件，緊要者先覆。請周粹成、程次松、汪聲香、王元襄等明日午飯，旁晚着人送去，八時寢。

初三日　晴

九時起，清理各事，十時半，客來坐談。午後二時開席，元襄未到，不及待也。四時客散，至樂峰處坐談頗久。九時歸，寫信三件，十一時寢。

初四日　雨

十時起，飯畢，清理應發信件，午後彈琴，振卿來談頗久去。至郵局及星垣處略談。三時至次松家，飯畢已六時矣。歸家彈琴看書，清理詩稿，十一時寢。

初五日　雨

十時起，清理各事，至王樂峰處坐談，至星垣處談未久，樂峰着人來請。吃飯畢，至端溪處作方城戲，八時畢，至次松處談甚久。九時歸，十時寢。

初六日　陰　大風

十時起，至粹成處談片刻，至聲香處談京事。至梁桂舫家吃午飯，至次松處吃晚飯，談甚久。至王利師處談館事，再至聲香宅談一時許歸，十時半寢。

初七日　晴　大風寒甚

十一時起，王利師、象虛、鏡卿同來坐。十二時至王宅略坐出，至杜振卿家坐談片刻，再至樂峰家作方城戲。七時畢，八時歸，九時寢。

初八日　晴　寒甚

十時起，飯後出門，至各至好處閒談。黃昏時定決明日往省，即與次松約至聲香處、粹成處面辭，明日不能來赴席。晚十時寢。

初九日　晴　寒甚

四時起，漱盥畢，坐而假寐，心煩甚。六時出門，天黎明，在河干與勉之遇，遂同渡江至茶肆坐片刻，等渡船來。稚松、少松均到，乃與勉之同至船中坐。二時許，李龍如來，又坐一時許。十一時半，至酒肆吃飯畢，心煩意亂。午後二時，余與勉之同入黃州城，至敏深處拜年，就其家吃飯。五時出城，與勉之行至關上，至日清公司略坐，足已不能行矣。與逸之僱船回家，休息片刻，至稚松家面托諸事，上省一層暫作緩議矣，十一時寢。

初十日　晴

十時起，飯畢出門，至端溪家中坐談，涂小書、愚溪來坐未久，與小書、端溪同出門，會各人未晤。十二時，至張叔華家作竹戰戲，午後六時畢。至聲香處略坐，七時歸，寫信六封畢，倦甚，十一時寢。

十一日　晴

十時起，鄉間來客，飯畢，仍寫信。敏深來拜年，略坐，陪其至程、傅各家略坐。汪聲香家着人來請，遂與敏深同去吃春酒，六時畢。至王文旃處略談即歸，彈琴一曲，十一時寢。

十二日　雨

八時起，清理各事，飯畢出門訪孟、涂，均未遇，至樂峰、聲香處略坐。晚飯後以雨大不能外出，清理書籍，彈琴二操，十時即寢。夢徐行可送一憑照，引首一章姓黄，不審主何事也？

十三日　早雨　大雪

十一時起，飯畢看書，彈琴約一時許。午後至汪宅略坐，次誠有信來。晚未出門，十一時寢。

十四日　晴

十時起，來客數次，彈琴看書，寫請客單，邀王文旂、張叔華、杜衛初、端溪來雀戰，至晚方罷。晚着人向各處請客，備各事極麻煩，十二時寢。

十五日　晴

七時起，到岳廟行香，人極多。岳公俎豆千古，鄂城香火之盛，余兒時至今所見皆如此。大概合城數萬家，於元旦、元宵二日無不進香岳廟，香楮之費每年可以萬計。血食之神，無與比倫，真所謂流芳百世也！正午客到齊開席，飲酒甚多。余實不善飲，因昨夕寢過晚，神夢均不安，早起尤多感觸，欲借酒澆之耳。午後二時半席散，與文旂、小軒、棠軒同出城外遊，人如蟻，以足力微，未能登山寺。四時回家，便至鄭植卿處略談。晚至汪宅坐談歸，沿街花姑戲，人多路塞，萬頭攢動，真不知人間有羞恥事也。記去年今夕，此時與陳同如在福州看燈，束裝待發已數日矣，因候船於十六日出南台，此時正欲睡不着之時也。十一時半寢。

十六日　陰　晴　晚雨

九時起，清理各事。午後二時客來，陪坐談甚久。四時客到齊，計王利師、石鏡卿等十四人，六時席散。今日吃酒甚多，頭暈甚，八時出外一次。今晨傅幼虛來，余尚未起，特補請十八日吃春酒，此事先後三次應酬，殊麻煩耳。記去年今日在閩省動身，午後上海晏海輪矣，十一時寢。

十七日　晴

八時起，夏乃卿來談，半時許去。午後請余吃酒者計四家，以必要去者僅到鄭植卿、孟端溪處，涂小青、杜衛初家則着人去辭謝矣。五時至各處補賀年，晚間清理各事畢，寫信彈琴，十一時寢。

十八日　晴

九時起，今日請夏乃卿、傅幼虛。午後敏深着人來辭謝，並請余約幼虛明日過江面辭之矣。三時，客到齊開席，五時始散，六時外出，七時歸。純古來，樂峰、粹成來，坐談一時去，清理衣箱行李等事畢。十一時寢，三時醒，自是不能睡矣。

十九日　陰

六時起，盥漱畢，心煩略坐，思頻年出門事，早起待旦之時甚多。計余負笈就學以來，出門早起，家人皆不能安睡，余心亦不安。使余家有恒産，足以自給，事畜無憂，早眠晏起，悉聽自然，又何必僕僕風塵求此薪水資也。吁，貧之爲累大矣，范文正對孫秀才興感，良有以也。七時出門，至河干，遇少松，同坐江船渡江。候至九時，船到，人多船小，以船名大吉，遂搭之。其實後船吳淞寬闊多矣，正以迷信誤人也。晚五時到校，飯畢清理各事，頭暈眼眩。八時欲出門，次誠來坐一時許去。出門購物，雇車至稚松家，坐談頗久，十時回校，十二時寢。

二十日　晴

十時起，清理各事極繁，剃頭洗澡至午後二時方畢。至各處酬應，四時至次誠處吃飯。因渠昨日面約也。同席者朱少璞昆仲，彈琴談話爲時甚久，十時歸校，十二時寢。

二十一日　晴

十時起，至各處酬應極忙，晚十一時寢。

二十二日　晴　晚雨

九時起，十時渡江，晤文旃、聲香、至尉宅、次松銀行中各談片刻。五時方渡江歸校，疲甚。飯畢，仍出門數次，十二時半寫信一件畢，方寢，夢多而雜。

二十三日　陰　小雨

九時起，外出看房子數次，均不合意。午後來客數次，晚至行可家吃酒一杯，談甚久出，至局中購書數件。九時歸，劉蜀疆來談，至十時去，看報看書，十二時寢。

二十四日　晴

九時起，校中開課甚忙。午後出門二次，至鴻磐樓洗澡，晚至各處略談，至次誠處晤紹璞、祐亭諸人。十時歸，十二時寢，多夢。

二十五日　雨　晚大風

九時起，至各處應酬。午後至程宅，知少松已回縣，所托致家各語不及說也。汪聲香來電話，知其祖母已痊，彼云明日渡江來晤，劉蜀疆來談各事。晚至各處略談，殊少得意語也。十時歸，寫信數件，十二時半寢。

二十六日　大風　雪　寒甚

孟端溪來呼余起，代爲料理渠姪上學事，繁極。十一時乾癸來電話，知誠庵已來，遂雇車過其家，談一時許，同出回校略坐談。至一師校訪人，寒甚，坐未久出。至端溪處挪款畢，再至誠庵處交其作車費。誠庵頻年于役，無甚進步，亦可憐矣！四時回校，閉門靜坐。六時閔孝師來談甚久去，寫信六件，十二時寢。

二十七日　晴　早有冰

劉藍田來，余尚未起，精神倦甚，有堂課未能上。十一時勉強支持，午後稍清醒，授課三時。晚外出二次，十二時寢。

二十八日　晴　寒甚

九時起，有堂課，午後堂課更忙。晚間來客數次，子青來談，校中開會畢，十二時寢。

二十九日　晴

十時起，次誠來談，一時去，羅敬畏來。午後來客六七次，酬應忙說話多。晚間來客三次，糊房二時許。十時清理各事畢，飲酒一盞，醉後就寢，轉鐘三時即醒。

三十日　陰

九時半起，劉蜀疆來略坐談，孟春溪送國煌來上學。午後同國煌至各處購物，三時回校。次松邀余至其家吃飯，五時畢，七時歸。八時至次誠寓，敬畏在座，彈琴一時許。今日身不適，焦灼萬分，一舉一動，無不增煩惱也，十二時寢。

二　月

初一日　陰　大風　二月二十三日

九時起，有堂課，講說吃虧。午後至陳宅送誠庵信也。四時回校授課，飯畢擬外出，以寒甚不果。晚閱書報至十時，整理各事畢，十一時寢，心神不寧，腰痛展轉難安也。

初二日　晴

九時起，有堂課，午後出門數次，酬應忙，晚十二時寢。

初三日　晴

九時半起，清理各事，寫信三件，午後來客數次，申仲端來取字，談甚久，晚出門數次，十二時寢。

初四日　晴

九時起，本日上午下午堂課極繁。五時半至仲端處閱電話機組織，甚有趣，惜當日倡辦當局所具規模太小耳。出局至各處酬應，十時歸，十二時寢。

初五日　晴

九時起，來客數次，午後堂課忙，幼虛與彭竹朋先生來坐談久，晚至次誠處談一時許，十時歸，十二時寢。

初六日　晴

九時起，出門一次，清理各事。午後渡江晤文斾、篤生、雪舫諸人，晚至次誠處略坐出。今日忙甚，神疲，十二時寢。

初七日　晴

九時起，劉蜀疆來，子青、文波來談一時許，同至幼虛處就其家吃早飯。十二時渡江遞信，匆匆返至稚松家，談甚久，吃飯畢，已七時矣。看客數次，十一時寢。

初八日　晴　夜二時大風一陣頗烈

九時起，有堂課，午後擬理髮，以事冗未能如願。三時仍有功課，講解費氣力，晚至次誠宅坐談久，十時歸，十一時寢。

初九日　雨　晚晴

八時半起，十一時有課，飯後憑籐椅臥二時，至師校上課，四時半歸，清理各事，心煩意亂，人亦疲甚。晚次誠來坐談，李益三來談硝磺局事。寫信一件，十一時寢，夢長女純兒，狀似曩昔余攜之同遊，呈一種活潑狀。女殤於戊午五月，余是時主講金湖中學，疾重時余未之見，今八年矣！得夢僅二次，心痛實甚！

初十日　晴

八時半起，清理各事，日來諸事繁碎，心神極不寧。午後至師校上課，晚至次誠處略談，遇子青，囑其寫一信探港局事也。今日晤范季強、傅象虛，訪彭竹朋、胡抱琴均未遇，十一時寢，多夢。

十一日　晴　午後三時半雨

八時半起，有堂課，午後假寐二時，以後堂課忙甚，晚飯後以天雨不能外出，看書一時。各處來乞書聯者一概拒之，以省麻煩耳。六時國煌來云：項間瘰子痛，甚劇，七時又云：腰痛劇。料理請醫煎藥，殊勞而心意愈亂。十一時寢。

十二日　晴　晚大風

七時半起，探國煌疾，知其未痊，且思家甚。不得已請仲章送其回縣，忙碌三時許始畢，此今春自討之煩惱也。接蘭舫信，焦灼甚。十時堂課上畢，匆匆渡江晤明溪，談一時許，渡江回校，授課至四時畢。身疲倦且未食午餐，煩悶愈甚。晚飯後走訪次誠，談數語，雇車出城，大風渡江，晤蘭舫，談緊要事畢，出門訪客。十時半就永安居寢，竟夜不成寐也。

十三日　陰　東風烈

八時起，精神倦，腰間作痛。十時抵車站，人多如鯽，十一時車開，送行人散。心中生無限感慨，熙熙攘攘，人生殊無樂趣。佛教不入輪迴，余今日可贊其説之精妙也！便訪稚松，談片刻，渡江回校。端溪來，腹飢甚，飯又不適口，疲甚，解衣寢。振卿來，驚醒遂起。五時半至程宅吃晚飯畢，訪次誠，始知厚訓、仲章均來，談家事畢，回校，十一時寢。

十四日　曇　午後晴

九時半起，腰骨仍痛，精神未能復原狀。子青來談一時許，午後晤端溪，渡江赴振卿讌月樓之約。同席汪小舫極贊許袁小坡、精一女兩人風鑑高明。余均親聽其談論，江湖之流，殊無足取，或者觀法不同乎。席散，七時渡江，月明可愛，入城到校已七時半矣，此在武漢渡江第一次晚班也。旋訪次誠，知其昏事有變。再訪稚松，談甚久，十時半回校。寫金聯一副，子青所托，又不便辭，煩惱殊甚。寫畢，清理各事，屈指計程，此時蘭舫正入夢時耳。十二時寢。

十五日　晴

九時起，清理各件，堂課忙。子青來談。午後外出一次，四時堂課畢，至程宅吃晚飯。六時後寫信七件，皆積壓未覆者。十二時猶未寢也。

十六日　晴

七時國煌叫門，知其昨晚到校。九時起，十一時堂課。午後至一師授課，便至硝磺局訪杜禹九。晚飯後訪張眉先，談蘭舫事。至次誠宅，知余所謀事又有變，聽之而已。人到無求品自高，使余家有薄田數畝，茅屋三椽，何至奔走風塵，倩人求助。清夜自思，愧怍之處多矣。日來東羅西拙，顧己顧人顧家，繁瑣殊甚，焦灼之情較昔年愈緊矣。十一時寢。

十七日　晴

九時半起，心神仍不寧，雇車至閱馬廠一遊，鬱稍開矣。欲訪日者問吉凶而未遇，便道至次誠寓，談數語歸。飯畢至一師校上課，倦甚。四時回，晚飯畢，外出一次。九時開校中籌備紀念會畢，十一時半寢。

十八日　晴　夜二時半大風雷雨

九時半起，心意不寧，又悵悵如有所失。十時上課未能下堂，聞杜衛初來訪，亦不能出見也。午後倦甚，隱几臥二時再上課，四時畢。飯後倦甚，再臥。晚至江文波處談一時許出，經菱湖，心胸稍快，便過次誠宅，談一時許。歸校得電話，知羅任一來漢，囑明日過漢晤談，不知所說何事也。連日似病非病，卜課俱映心，始信凡事有定，又何必強求哉！十時半寢。

十九日　雨　午後晴　夜二時大雨

九時起，十一時堂課畢，羅任一來校交到誠庵手書。羅年廿八，資州人，言談皆穩健。接家信、蘭信，知其不得意，余以力不足，致令其增此一番煩惱，殊愧怍也！午後堂課忙，杜衛初來談一時去，晚飯後雇車晤漢廷先生，因李季芳電話約，又不能不去也。其實吉六接事與否，與余毫無關係，疏通歡迎，俱屬無益，政界中何曾又一自愛者哉！以吉六之才識平庸，可斷其無好結局耳。順便過肖鵠寓，未見在家，知其為校事今日大嘔氣，此題中應有之義。彼因循至今，安得不爆烈哉！六時半歸，校中有事計議。九時半寫信覆蘭舫。來客名張受之，探安事也。十時半去，秉筆作函，心意煩亂，十二時半畢，寢。

二十日　大雨　午後晴

身疲腦痛，十時始起，欲作事而未能也。午後至鴻槃洗澡，因楊子槃師自家來函，囑於明晨往觀音閣，爲其求籤求藥治目疾也。楊師信觀音大士甚篤耳，爲近世不可得之誠篤君子。余決順其意，於明晨誠心以求之耳。晚飯後未出，閉門思過，決意不與政客來往。窮達有命，富貴在天，何必勞神徼倖之門耶！十二時寢。

二十一日　晴

九時起，盥漱畢，雇車至漢陽門外觀音閣行香。初爲楊師求籤，數爲四十四，中平籤也，文曰："棋逢敵手着便宜，黑白盤中未決時。皆因一着知勝敗，須教自有好推移。"次爲余自求，數爲七十九，亦中平籤，文曰："虛空許願保平安，保得身安願不遠。莫大聖恩須切記，從來神語莫輕慢。"似示余欲許願也。余已心許今歲如有進步，當爲聯贈神，或於夏秋間施藥濟衆耳。出廟後即渡江送洋十五元與杜振卿，償厚訓所借款也。十二時回校，心煩意亂，飯畢至羅祖殿訪張受之未遇，至戈甲營訪張，値彼出，晤其戚沈女士，談片刻出。二時至張容光寓略坐，本意欲聽楊時伯之子彈琴，迨方旭初渡江來方寓，知楊不來，余決意出。至次松家吃晚飯，七時半回校，寫信六件，十二時猶未畢也。身倦至極，一時始寢。展轉不安，多夢。

二十二日　晴

九時半起，有堂課，午後倦甚，欲睡未能，劉英生來談二時許去。三時有堂課，傅象虛來，知彼進行硝磺局事無效，人情大抵然耳。兩平等相遇，感情二字不足以用之，必勢位大者薦人，於其所屬，始有效耳。晚飯後，囑國煌邀同鄉學生來糊室中各窗，整理清潔四小時已畢，眞衆力易舉也。八時，張受之來，述其戚不日出門，從茲蘭舫可減其痛苦，甚慰。十時飲酒一大盞，食麵饘二。今日雖煩惱，尚有此餘興可記也。十一時寢。

二十三日　陰雨　大風寒甚

九時半起，十二時堂課畢，倦甚。連日身體倦，似病非病，觸類興感，懊惱萬分。午後至一師授課，歸校假寐，晚雨未出門，寫信四件，十二時半寢，多夢。

二十四日　大風　雨　寒甚

晏起，精神疲乏，午後更甚。余每值秋雨連綿，身困倦如病，感觸多，焦灼甚，三十以後，類皆如此。丁巳戊午主講金湖中學時，此病所由起也。胡抱琴謂此爲陰症，氣血兩虧，即日本醫所稱神經衰弱者也。大抵秉性甚弱，小時多病，頻年操勞過度，而又無一得意事，家庭之樂，閨房之私，則卅九以前實未一日聆之也。晚看書二時許，寫信三件，皆急於須覆者。九時半飲酒一盞，十二時半寢。

二十五日　陰

九時半起，堂課忙，午後更忙。次誠來談，片時去，出門看客二處。托張受之帶函帶物與蘭舫，匆匆歸校，意殊不適。晚寫信一件，十二寢，魂夢難安。

二十七日　雨

傅象虛來呼余起，坐一時許。端溪來所談不相關之語。傅、孟去後，至西街剃頭，午後洗澡。三時至端溪棧中吃飯。至郭星翹棧中回看，晤旭暄，座中遇一相士，便請其一觀，間有中肯語。五時回校，欲出，以雨未止，路滑中止。晚看雜書三時，十二時寢。

二十八日　陰

十時起，清理各事，午後看客數處。二時至次松家吃飯。十時歸校，寫信數件，皆急於覆者也。十二時寢。

二十九日　晴　晚大風

九時起，有堂課甚忙，午後出門二次，來客數次。三時上課，四時畢，至稚松家吃晚飯。十時回校，覆蘭信。十二時寢。

三　月

初一日　晴　三月二十四日

九時起，至乾癸家探信，訪柳少丞談乾癸托事。至次誠家吃喜酒，客甚多。其實余不該去，昨日欲拒之，又恐其見疑也。酒席極劣，此等事乃雇一小館辦理，惜哉！合座不歡，午後二時半畢。至抱冰堂，因同學今日歡迎范吉六。天熱甚，余因早冷，着重棉，又不能再回校換衣，吃虧不小。六時散，與邱輔丞、王叔文同回校，談片刻，出門測字邱吉，余事謂徐徐候之。其實近日星相家者無一可靠者，狂吠而已。十時回校，十一時寢。

本日省城各學校停課，開追悼孫中山先生大會，均至烈士祠致祭。余以事冗，未能至祠中一觀爲憾。中山手造民國，共和成立本其主義實行，中國未始不可成立。無如共和徒有虛名，而國亂民貧，群雄割據，軍閥專制甚於君主專制矣。此則中山所不及料者也。

初二日　曇　晚大風　寒甚

九時起，清理各事，至易先生、范宅、傅宅，均晤見。午後至一師校授課，五時歸校。范心禪來談，一時許去。八時校中開會，十一時畢。寫信七件，轉鐘一時寢。

初三日　大風雨　雪

九時起，授課甚困難，校中新改陰溝築路，行動極不便，辦事人臨渴掘井，於茲可見。連日焦灼成疾，鼻中有血，口乾腰痛，虛火炎矣。午後未上課，晚易泮香來坐，談甚久。寫信數件，十二時寢，多惡夢。

初四日　陰　晴

九時起，帶疾授課，午後更忙，出外數次。晚寫信看書後飲酒二杯，似已過量。連日焦灼甚，又以講解過勞，酬應煩惱，十一時寢。

初五日　晴

晨疲甚，因四時醒，不能成寐，擬休息，晏起。端溪來，勉強起坐。十時出門訪范心禪，不得其住址，彼確云牙釐局十九號，何也！十一時回校，忽覺痰中帶鮮血，自是連帶七八次，午後又帶三次，心煩愈甚。程宅邀往休息，以數客來談，又不能出。三時客去，遂雇車至其家，略爲休息。晚飯後坐二時許，八時回校，九時半寢。

初六日　晴

七時，端溪來。八時，江文波送一師薪水來。次誠來，余精神較昨午稍好，實不能起，與之談也。昨夕未睡之前，次誠同方君、敬畏、炳南來，不能多談，遂去。昨夕睡早，中醒二次，痰中帶血僅一次。今日雖痊，總以靜養爲是。次誠約至其家早飯畢，強邀與登鶴樓，坐談一時許。至程宅晚飯，次松、子南均晤談。九時回校，十時寢。

初七日　晴

九時起，病稍愈，惟胃中終覺不殊暢耳，勉強上堂，十二時畢。飯後略坐，出門一次。三時堂課，五時至程宅吃晚飯。七時歸，十時寢。

初八日　晴

九時起，疾稍愈，心胃中較昨更好。十二時堂課畢，清理各事，腰痛遂止。二時半至師校上課，晚飯後出外換書。七時至次誠宅晤陳小葵、方本容，彈琴一時許。九時歸，十時半寢，多惡夢。

初九日　晴

九時起，看雜書。今日上午三時醒，展轉不寐，至六時神略靜，七時已昏昏睡去矣。午後一時遊公園，毫無趣味。二時至鶴樓茶肆坐二時許，至斗級營看曹蕙村，值其出。飯後來客數次，十時寢，多夢。五時醒，至七時方昏昏睡，自是亦不安。

初十日　晴　熱甚　晚風雨交作

八時起，出外購枕頭一個，價二千一百餘。一布作微物，價昂如此，將來物價更不知增長至何程度耳！十時至十二時堂課忙，飯後略睡半時，仍有堂課。晚間寫屏四幅，王元襄代曾心齋所乞者，事隔月餘，不得不勉強應之，然神倦筆弱，實不佳也。聞聲楊來，亦不能與之多談，晚十一時寢。夜夢一日者為余推造，且云此用龍星法也，老運極佳，富貴畢集。余謂不患病否，日者曰病不能免，體亦欠強，兒孫俱佳云云。

十一日　雨　大風

七時半起，寒甚，堂課後換大毛羊裘猶不禁，足徵病後體弱矣。寫信與元襄，午後堂課忙，晚飯後清理各事，晚風烈，寒如隆冬，看書一時許。十時半寢，多夢，似已回家。

十二日　晴　風未息仍寒

劉蜀疆同李君來，余以疲甚不能起，劉、李坐談約半時去。十時起床，清理案上各件。飯後出門，為國煌取衣服，四時至程宅。晚飯畢，回校寫信數件，十一時寢。

十三日　晴　寒甚　本日清明節

八時起，漱畢，易泮香來談，次擬約余出城游洪山，且謂渠於前星期亦發失血症，今已痊愈，思出城一聆山林之氣。此意與余正合，若泮香不來，余實擬約劉南田同去也，獨伴無偶出遊，曾少佳趣耳。戊午清明與李長青在大冶遊山，遇祭者曾作詩志感。去歲三月初三爲清明節，與朱次誠出賓陽門遊山。今次誠已回原籍，省其太夫人及元配余夫人墓矣。人事變遷不可逆料如此。九時與子青、泮香出門，子青因看客未能同去，至閱馬廠分手。余與泮香乘車至長春觀略遊即出，至洪山寺前一茶肆，指揮茶肆中之堂倌造飯，食頗有趣，蓋菜實余自釀也。

飯畢遊寺約二時許，興盡雇車回校。至西街剃頭，飯畢至鴻磐樓洗澡。八時至次松處坐談，九時出，至書肆購《蘭苕館外史》，未能得此書。回校後略坐，十時寢。

十四日　晴

八時半起，有堂課，午後出外數次。三時堂課畢，準備明日旋里祭祖塋，藉資休息三四日。晚飯後購各件，寫信四封，吩咐校役各事。王連璧、袁炳南來談，清理各事，十一時寢。

十五日　晴　風

今晨四時即醒，以寒甚又欲不候漢陽門城城門，延至天大明，雇車出城而小輪開矣。囑車夫趕至武勝門外船碼頭，匆匆上船，坐未穩即開船。下午一時半抵家。今日同船人尚不多，厚訓在下層坐，余未之見，到家後方知彼亦乘寶楞輪也。飯畢，走訪各親友，遇王樂峰來談。晚六時至百勝廟進香搖籤，上上語吉。次抽一籤：囑勿貪眼前花開之豔，垂戒似深矣。十時半寢，夢先君以諄諄以次籤語相戒。

十六日　陰　風

十時起，飯後出門二次，午後至程少松家、石雲衢、孟端、石鏡卿處略坐談。晚寫包袱即豫備祀祖各物，十一時寢。

石雲衢、鏡卿、王利師來舍，均未晤，周淬成來談甚久。

十七日　陰晴不定

八時起，昨夕得美睡，今日早起。九時吃早飯，十時出城祭各處祖墓，午後二時畢，返普山，因朱姓管衆今日備筵公祭也。五時畢，回家再吃晚飯，倦甚，睡不安，仍起坐。來客數次，晚十時半寢。

十八日　晴　風

七時起，往尋許俊甫，與之至蘭舫家，清各件畢，回家吃早飯，已十一時矣。清祭品出南郭，雇船至胡家壚坊祀曾祖正華公，回時在午後二時，倦甚小睡。五時純古、伯高來略坐談，與之同訪夏乃卿，不值。晚十一時寢，中夜醒二次。今日琴中第四弦忽斷。

十九日　晴

八時起，鼻中帶血，精神亦倦。飯後書所記鐘鼎文，午後出門數次，晚至樂峰處略談，十時寢。

二十日　晴

八時起，至各處看客。午後夏乃卿請客，二時開席，同席者寒溪學校同人。四時席散歸家，清理各事，十時寢。

二十一日　晴

八時起，清理各事，昨日照相館來與家母照相未照好，今日囑其再照，五時畢。晚清字畫數件，預定帶省，十一時半寢。

二十二日　小雨

九時起，擬下午渡江搭大輪往省，清理各物，候雨止後當與孟端溪同行，因連日與之相約也。二時端溪來，議決改乘小輪，飯後往各處談，八時歸，心煩意亂，十時寢。

二十三日　晴

二時醒，聽鐘暫睡。三時半囑內人起，具茶水，彼近亦病，然不能呼他人代庖。四時漱畢，飲湯半碗，樂峰因送其子來家。明月在天，與厚訓、樂峰、國煌下河，五時半開船，同艙中端溪、順明等共六人。今日天熱，幸船中人不甚多。午後三時到漢，到校已四時矣，至鴻磐樓與端溪洗澡，旋訪同如，彼此相左。回校後得稚松電話，知所托無效，然已早逆料矣。看書一時許，十時寢。

二十四日　晴

九時起，上午堂課忙，午後得稚松自漢發信，述事未成理由，閱之一哂。四時堂課畢，出外一次，次誠來。晚間來問訊者羅敬畏、袁炳南外尚有數人，十日前皆知余曾發舊疾者也。十一時寢。今晨端溪邀同如來談一時許。

二十五日　晴

九時起，王連璧來，請余爲之代課，預定下星期去。午後有堂課，晚出門數次，十一時寢。

二十六日　晴

九時起，次誠來約吃早飯，旋去至西街剃頭。十二時在次誠處，飯畢略睡。午後與次誠同出至察院坡取書。四時清理各件。晚飯後囑學生擦墨盒四個，積汙盡去，心目爲之一快。余近廿年來極好潔，案上整理不遺餘力，床中被褥，身上所着，自非整齊清潔不快，已成癖矣！十一時寢。

二十七日　晴

次誠來，余尚未起，八時半與次誠至鶴樓照像，因月前與次誠所照相不佳，約定今日重照也。候一時許方照，先有女生數人，佻儇之狀令人可厭，世風日下，爲之奈何！回校後略坐，十二時，丁宅來催客，午後二時筵畢。三時，渡江晤文欽之弟，同至張桂孫宅，見其所藏陳墨、銅器、石章、宋明板各書，頗有精者。昔聞其費金數萬，所得僅此古玩件，今昔價格不可論矣。六時渡江回校，飯畢至程宅，次松已渡江，不及晤。九時歸，十一時寢。三時夢醒已不能睡，遂起開燈，補寫近數日日記。

二十八日　晴　大風

八時起，清理各事，有堂課，午後倦甚，臥一時許。三至四時堂課，五時陳同如來約吃飯，至五香齋，晚至各處略坐即歸。校中開會，十時半畢。十一時寢，多夢。

二十九日　晴

八時起，十時至一師校略坐即出，午後倦甚，臥半時。三時至師校授課，晚飯後至柳少丞、陳乾叟處略坐，晤肖鵠談片刻，九時歸校。子青來談，阮華清來談師校事，十一時寢。三時半大風雨驚起，閉窗，事畢再睡。

三十日　雨

九時起看書，周生送牡丹來，冶豔較昨日一枝尤勝，共置瓶中，可稱並頭矣。此香色韻兼備之花，玩賞殊多樂趣。午飯後至師校授課，四時半歸。連日閱《聊齋筆記》，洪昇著之《長生殿傳奇》畢，今日則從事閱《董西廂》矣。前聞此書，今始寓目，比較中似有勝王實甫之作者。滬書肆再印此書，崑山陶樂勤爲之作新序，乃武斷批評，以爲此書竟勝於《王西廂》，謬甚。晚十一時寢。

四　月

初一日　晴

八時起，堂課忙，午後更忙，晚飯後出門數次。八時看《西廂記》畢，改閱《桃花扇傳奇》，十一時寢。

初二日　晴

九時起，十一時堂課，午後堂課忙。晚飯後出門數次，連日事多拂意，興致索然。八時後看《桃花扇》上部畢，十一時寢。

初三日　晴

九時起，清理各事，裱房約三小時畢，困倦殊甚。九時看《桃花扇》至十一時寢。本日剃頭洗澡後至次誠處略坐，彈琴一時許，接各處信三件，寫輓聯二副：一爲代作，一爲自作，均送汪宅者。

初四日　晴

八時起，今日校中行禮拜堂落成禮，人客擁擠。午前至次誠處略談數語，午後渡江回看邱輔丞，並晤王文㫋、汪小軒諸人，三時半渡江。晚仍往次誠處，晤子青談甚久。九時歸，送挽聯付石學名帶交汪宅。十時歸，十一時寢。

初五日　雨　晚晴

八時起，清理各事，校中辦所謂十周紀念，來賓甚衆，午後四時畢，俗不可耐。晚飯後又開茶會，八時半畢。九時至次誠處談數語回校，看《西洋史》十餘頁，十時半寢。

初六日　晴

八時起，清理各事，午前出門數次，至次誠處，值其家正辦喜事。晚至書肆購書，十一時寢。今日渡江購物甚煩。

初七日　晴

八時起，九時成衣匠來裁衣服，午後出門數次。晚至次誠宅略談，十時歸，十二時寢。

初八日　晴　晚小雨

八時起，有堂課，午正至次誠宅陪媒人。二時回校授課，四時畢，再至次誠宅，則新人到宅已多時矣。厚訓自家來，至次誠宅談數語，與之俱出。六時再至次誠宅，十一時半回校，十二時寢。

初九日　雨

八時起，有堂課，午後更忙，晚飯後倦甚，臥二小時。七時至次誠宅，談一時許歸。看《燕子箋傳奇》畢，此書甲寅在寒溪主講時一夜閱竣，書中結果美滿，殊爲才子佳人吐氣，想世間當不少此等快意事也。特以阮大鋮附閹排正，福王立又持報復主義，事敗降清，人格卑下，原不足齒。客中無聊藉以消悶，不以人廢言可耳。十二時寢。夜夢先公攜余登城，沿途所談話甚多，云有聯一副系曩昔所書，在某裱店，可以用他物換回。旋行至一缺口，乃下同至屈心存宅，其家人囑余久候，且謂主人囑爲有要語相聞也。

初十日　晴

八時半起，清理各事並案上物。午後來客數次，至次松家談一時許，晚飯畢，仍作竹戰戲，十一時歸校寢。

十一日　晴

九時起，至各處回看，午後至柳少丞處未晤。劉季裝來省，得誠安函，急與相晤，略知汴中大概。晚十一時寢。

十二日　晴　熱

八時起，清理各事未畢，朱右庚來，新自京歸者，暢談甚久。十時同至次誠家坐未久，又至一師校，談話畢，仍返次誠宅吃早飯。午後看客數處，俱未晤，傍晚到抱琴寓暢談甚久，就其寓寫引本各碑式數種，預爲師校示生徒用者。九時半歸，十一時寢。

十三日　晴　熱　小雨

八時起，清理各事。午飯後看書一時許，二時半至師校授課。晚間出門一次，十一時寢。

十四日　晴　熱甚　轉鐘二時大風雨

八時起，清理各事，看書寫字畫標本。午後至師校上課，四時半回校。本日寒暑表至八十度，空氣燥濕無定，極爲沈鬱。十二時寢，熱甚，展轉不寐。

十五日　雨　晚晴月色極佳　寒甚

九時起，本日爲國恥日，校中停課。雇車至進化局，購《書目答問》及《邵亭知見傳本書目》各一部，便往青龍巷測一字，云此半月無機遇。午飯後看《書目》一過，晚小睡二時許起，欲補作詩，以心緒紛亂中止。七時半看書，十一時半畢，寢。

十六日　晴　雨數次

八時起，有堂課，午後堂課更忙，晚出門數次，看書一時許。寫信數件，十一時寢。

十七日　晴

八時起，渡江訪邱輔丞，值其有事，未多談。訪獨鶴飛，請其推余造，云今歲流年較去歲略好，五、九、十三月欠利，得意時在四十四以後，老境亨通，前程無限。餘說均與近年各處所推者同。正午渡江回校，飯後出門三次，晚至次誠處彈琴一時許。歸後閱《當爐豔傳奇》一時許，寫信作詩，十一時半寢。

十八日　陰　晴

八時起，朱生、王生先後來談甚久，飯後清理各事畢，正待出門，張立群新自粵回鄂，談近狀甚久。立群與余十三年未見面，信札往還未斷，聽其所述，真所謂艱難險阻，備嘗之矣。欲留吃飯，屢以病辭，五時別去，似所說猶未盡也。晚飯後，至次誠處略坐談，十時歸，十一時寢。

十九日　雨　晚大雨竟夕

八時起，有堂課，午後出門一次，購書數種。四時半至次誠寓陪其叔岳，席散後，談數語即歸。看書二時許，作詩數首，均不愜意，明日當易之，十一時寢。

二十日　雨

九時起，昨夜雨足，年歲當有轉機。報載湘川近日米價有漲至每升四元者，合該省錢算每升約千三百文。吾鄂近日米價每升亦至二百三四，徵之歷，真千古奇聞矣！小民將何以爲生哉？堂課畢後，至次誠處談琴，十時歸，十一時寢。

二十一日　雨

七時起，清理各事，午飯後至師校授課，極勞頓。晚飯後購一祭幛送孫壽山禮，以其夫人不日出殯也。七時至次誠宅，陳小葵在座，談甚久。十時回校，十一時半寢。

二十二日　晴

七時半起，十時堂課忙。十一時傅幼虛同彭竹朋來談京津事，以余有課，未久坐。午飯後仍有課，忙甚。晚飯後至幼虛處談二小時歸，清理各件畢，十一時睡。

二十三日　雨

九時起，有堂課，午後堂課忙，身倦甚。晚七時，校中開校友會，請各管教員列席。會畢，學生裝戲以助餘興，形容男女勢利之狀，淋漓盡致。十一時畢，余未終席，即歸室寢。

二十四日　晴

八時起，來客數次。十時半渡江訪張立群，坐未久，紀雪舫同韓伯璦來看立群，旋約立群去晤葉月訪。三時同立群渡江，立群助下新河去，余便訪次誠，歸校，沐澡一次。五時半立群來，留共飯畢，與之同訪泮香，略談即出。雪訪、季強來談甚久，復與伯炎、立群等至次誠宅聽琴。十時歸校，十一時半寢。

二十五日　晴

昨與立群同榻，竟夜不成睡。六時起，八時半泮香來。十時與立群、泮香同至肖鵠處未晤，即至鶴樓茗談。十二時至天樂居吃飯畢，立群別去。余雇車看客數處，晚至次誠寓閒談。十時歸，十二時寢。

二十六日　晴

九時起，午後堂課畢，肖鵠來，不能與談。晚出門數次，清理各事，寫信三件，十時半寢。

二十七日　晴

八時起，清理各事，午後至師校上課，來客數次。八時外出，十時歸，看書寫信，十一時畢，遂寢。

二十八日　晴

八時起，連日擬作詩而屬稿未能愜意，愈改愈不愜，足徵學業之退化耳。午後倦甚，一師校亦不能去上課。晚外出數次，八時寫信看書，十一時寢。本日往幼虛寓談三時許，甚暢。

二十九日　晴

八時起，本日上下午課均忙，晚至次誠宅略談。十時歸，十一時寢。

閏四月

初一日　晴

八時半起，清理各事。堂課畢寫聯送范吉六，因彼於初四日讀信也。午後堂課忙，身倦甚。五時出門一次，晚十一時寢。

初二日　晴

八時起，清理各事，出門看客。午後至次誠寓，晚至察院坡購扇頁，請曹秋圃及趙小初之子畫之。晚看書一時許，十一時寢。

初三日　晴

八時起，九時渡江訪張立群，知葉蘭彬對彼狀態仍系圓滑。政界中原無一善類，況葉昔曾爲人所不恥者乎！便往訪杜振卿，三時渡江回校。晚間出門三數，十一時寢。

初四日　晴

八時半起，有堂課，午後出門一次，五時至程宅吃飯。六時至傅幼虛寓談至十時回校，十一時寢。

初五日　晴

八時起，至西街整容，午後洗澡一次，至次誠寓吃飯。六時半至醫科大學參觀紀念典禮，九時回校，十一時寢。

初六日　晴

七時半起，八時出城，至楚材中學爲王生連璧代堂，彼求數次，苦不能卻耳。十二時半回校，午後至師校授課，四時半歸，倦甚。五時與劉南田同訪次誠，聞其外出即回校。校中八時半開會，十時畢，清理各事，十二時寢。

初七日　晴

八時起，堂課忙，午後出門二次。晚飯後至次誠家談數時出，十時看書，十二時寢。

初八日　晴

八時起，堂課忙，午後更忙，晚至次誠宅，十時歸，十二時寢。

初九日　小雨數次

八時起，清理各事，補作未竟之詩。午後傅幼虛來談甚久。菊坡着人來請吃飯，三時半冒雨往。五時飯畢，與立群回校，立群在此宿，談甚久，致不成寐。

初十日　陰

九時與立群同渡江訪文旃，知其已歸，乃匆匆渡江回校，倦甚欲睡而未能也。晚間外出數次，十二時寢，多夢。

十一日　晴

八時起，堂課忙，午後清理書籍，晚至次誠宅未晤，往書肆購書二種，晚十二時寢，多夢。

十二日　晴　熱甚

八時起，清理各事，寫扇面三、畫四。午後出外二次，晚寫聯二副，看書三小時，十二時寢。

十三日　晴　熱甚

八時起，校中爲時勢迫，罷課矣，寫聯三副，寫畫扇面各二件，少得意者。午後至次誠宅，遇郭良卿談甚久，十一時寢。

十四日　晴

八時起，寫對聯一，寫扇一，均得意。午後出門，四時歸。晚間官學校子弟仇教會立學校，其勢洶洶，十二時始去。轉鐘二時寢，徹夜不安枕。

十五日　早晴熱甚　晚雨

八時起，清理各事，午後至西街整容一次。晚至察院坡購書，聞文華西人教員爲學生、市民共毆，頭破血流矣。此種無意識舉動再進一步，即爲庚子拳匪矣。國際交涉從此難免，殊可慨也。九時看新醫書，十二時半，畢其大半。一時寢，多惡夢，彷彿與肖鵠、次松同出一險境者。

十六日　晴

八時起，清理各事，午後出門一次，晚至次誠宅略談即出，看新醫書二時許，十二時寢，多夢。

十七日　晴

八時起，清理文件畢，出門一次。午後傅幼虛來談甚久，飯後出門，沿途學生演説，仇外人則以英、日爲限，從前傳單及廣告中所提出之意、法、美、德諸國則已除去矣。晚至次誠處聽琴一時許，十二時寢，多夢。

十八日　晴

八時起，清理各事，出門二次。午後三時至樹棠家作竹戰戲，晚九時畢，回校略坐，彈琴一時許，十一時寢。

十九日　晴

八時起，聞學界仍激烈，以後恐釀成巨變也。午後清理物件，腰爲之痛，至五時仍未畢。晚出門數次，十二時寢。

二十日　晴

七時起，清理昨日未畢事。午後熱甚，仍出門數次，寫信數件。晚至次誠家略談，十二時寢。

二十一日　晴

七時半起，聞各校生徒皆散，風潮可望和緩，清理各件粗畢矣。擬候沈師册頁裝潢竟後即歸里，今催數次仍未就，十二時寢。

二十二日　晴

八時起，清理各事，聞昨夜租界紛亂極，英人開槍，華兵還擊，打死日人二，死華人三，英界一碼頭交通斷絶。後事如何，尚難逆料也。省中學生今日散去者已十之九矣，以後國際交涉更難辦理矣。軍警戒嚴甚。十一時寢，夢游一山，道路崎嶇難行，歷數時，已登峰造極矣。導者欲引余探一險窟，余以曩曾窺過，不願再觀爲辭，同遊者似至好數人。

二十三日　晴　晚風雨

八時起，清理各事，送款與各處清帳項。午後厚訓來取款去，送箱子寄存次誠家，並附托其領師校薪水。談片刻出，購零件物，袁炳南來談甚久去，十時半寢。

二十四日　晴　大風

八時起，大風寒甚，午前十一時渡江，船顛甚險。至法界晤張立群，便訪尉少庵，值其病，購葡萄酒及眼藥等件。三時渡江，至次誠處，略坐回校，吃晚飯，小睡一時許。六時至李亮丞處略坐，七時次誠與郭良卿來，談畢隨出至元和莊，取陳同如兌撥端溪之款歸。清理各件畢，十時寢。

二十五日　晴

昨夜十時寢，展轉不寐。三時起，呼僕清理各事，行李分爲兩擔。四時至漢陽候城，五時城開，上漢亨小輪，人多如鯽，行李堆積，幸帶二僕搬運。船中晤及寒溪學生數人。午後一時抵縣，到家後來探武漢信者數客，倦甚，未能與細談也。十時寢。

二十六日　晴

九時起，午後至各處回看，略有談論。晚飯畢，再出門一次，九時半歸，十時半寢。

二十七日　小雨

九時起，清理用件，掃書室，換字畫，極煩碎，午後乃畢。純古來，略談遂去，晚十時寢。

二十八日　陰　晴

八時起，無所事，午後睡一時許，晚至各處看客，十時半寢。

二十九日　晴

九時起，清理各事，午後出門一次，來客數次，晚十二時寢。

三十日　晴　熱甚如伏

八時起，清理各事，早飯畢，往寒溪中學，談至午後二時進城。晚至各處略談，十一時寢。

五　月

初一日　晴　熱甚如伏

八時起，清理各事。午後看書一時許，小睡二時。晚至張叔華宅談甚久，十一時寢。

初二日　晴　熱甚如伏

八時起，天熱如炙，午後更甚。聞攝氏表已至九十八度，去歲二伏如此者僅二日。禾苗盡槁，鄉間有群衆來城求雨，聞拉知事出城去，殊可笑耳！乖氣致異，民國十四年來，官吏貪酷，軍閥橫行，各省如此，徒苦吾民矣！午後純古來，略談竟去，十一時寢。

初三日　晴　熱甚如伏

七時起，午前清理帳務，午後以足疾小睡，天熱如火，不能小休，亦咄咄怪事也！晚十二時至四時，寢不成寐。

初四日　晴　熱甚　寒暑表九十八度

六時起，汗出如瀋，午後未作事，旁晚寫詩稿亦未竟，終夜不成寐，未黎明即起。

初五日　端節　熱甚　寒暑表九十九度

五時起，早無客來，午後小睡，來客均避之，足痛亦不能起坐也。晚間更熱，十二時小睡，然展轉難寐也。

初六日　晴　熱度如昨日

五時起，客來賀者甚多，均厚訓招待。午後許叔文來，坐談甚久，萬子雲、蕭敦五同來。余臥，聽之而已，晚更熱。

初七日　晴　熱度如昨日

六時起，寫自述詩稿三次，一寄次誠，餘二件留存，或仍有改竄句也。午後囑厚訓料理酒席，旁晚客來甚衆，開四席，餘二席留請女客及同屋人。九時半席散，天熱，賓東均困。今日洗澡三次，足疾更甚，轉鐘二時略睡。

初八日　晴　熱度表已至百零二度

五時起，客來者衆，九時方畢。午後倦甚，睡一時許，汗出如漿，身體異常不快，余有生以未見此熱度也！本月初二立夏，今年如此驟熱，不知至三伏如何耳？聞鄉間高地無水吃者皆是，無米吃者更多。民國以來，政治廢弛，當道政客、武人、資本家無一不壞，乖氣致異，自然之感召耳！晚十二時略睡，熱甚，屢起。

初九日　晴

五時起，天熱如火，午後閱遊記半本，晚間更熱，終夜不能寢。

初十日　晴　晚小雨一陣

五時起，今日較昨尤熱。午後炎風乍起，熱氣蒸騰，怪象也！看遊記半本，晚間難寢。

十一日　晴　熱甚

五時半起，熱甚，不能作事。午後看雜書、看報，晚難寢。

十二日　晴　熱甚

六時起，七時至東門各處謝客。午後熱較前數日更甚，看書二時許。晚出門謝客，九時歸，天熱不能寢。

十三日　晴　熱甚

五時起，清理各事。午後汗出如瀋，不能作事，夜蚊極多。

十四日　晴　熱甚

四時起，天熱如火，終日手不停揮，汗猶涔涔下。午後更熱，夜蚊極多。

十五日　晴　黎明天大雨數陣　午後四時大雨　晚七時大雨

四時起，天忽黑雲四起，雷聲頻作，大雨數陣，旋晴熱甚。午後四時雨，與早同，時候略短。晚七時大雨，天氣變涼，九時寢，夜半寒甚。

十六日　晴

七時起，今日天涼甚，清理各事，覆各處信。晚八時半寢。

十七日　晴

七時起，清理各事，寫信數件，擬印詩稿。午後出外數次，晚彈琴一時許，九時寢。

十八日　晴　天變熱

六時起，寫信數件，清書箱，擬辦各課分門類。早飯畢，至河干看放龍舟，午後一時回，晚出門二次，十時寢。

十九日　晴

六時起，將詩稿送印，午後清書及字畫頗煩。晚倦甚，十時寢。連夕天涼，較前五日能安枕矣。

二十日　晴

七時起，寄詩稿與各至好處，此第一批也，餘俟印齊後再寄。午後出門數次，訂本子數種，極煩，晚十一時寢。

二十一日　晴　熱甚

八時起，未作事，午後看報及閒書。晚出門一次，十時寢。

二十二日　晴　熱甚

七時起，早飯後至王文旂處爲竹戰戲，四時畢。晚十時寢。

二十三日　晴　熱甚

七時起，早飯後至斗丞祠堂爲竹戰戲，午後四時畢，回宅休息。晚出門二次，十一時寢。

二十四日　晴　熱甚

六時起，王文旂着人來請，九時去，知系其生辰，略坐即出，擬今爲王伯川寫墓誌。十一時王又着人來請，爲竹戰戲。余以熱甚不能久耐，三時回家。晚出門一次，更生感寒發熱，請王子恒來診，服藥後，熱不可耐，十二時方寢。

二十五日　晴　熱甚　午後三時大雨三次　今日初伏

七時起，早飯畢，天熱如火。午後涂小書來談，片刻即去。三點一刻鐘天忽起雲，傾刻下雨如注，四時止，四時半又大雨，溝渠街市深尺許。大約鄉間從此有轉機耳，但不審縱橫有若干里也。天氣變涼，九時即寢。

二十六日　晴

七時起，囑小伢搬桌椅，昨雨大，堂屋爲水所淹，須掃清積潦也。覆各處，天熱，各信俱未覆，今日立志須整理之。午後寫各處信計六件，發詩稿約廿餘件，七時辦畢。同周粹丞至汪同昌處，並就其家便酌，九時歸，十時寢。

二十七日　晴

七時半起，清理各件，寫王伯川之祖父母墓誌，午後四時畢。得張立群信，覆幼書信。王利師及傅象虛同來坐甚久，九時彈琴，十時寢。

二十八日　晴　午後大雨

六時起，九時半出門至汪宅，晤袁子卿，彼剛到，談甚久。即就汪宅作竹戰戲，午後六時回，十時寢。

二十九日　晴　熱甚

七時起，清理函件，寄詩與各處，午後出門一次。晚間彈琴二小時，十時寢。

三十日　晴

八時起，飯畢出門一次，午後彈琴寫信，清文件，看書。晚間仍彈琴二時許，十時寢。

六　月

初一日　晴　熱甚　小雨

八時起，十時出門，午後清理書籍，寫信三件。晚熱甚未出，十二時寢。

初二日　晴　熱甚

八時起，早飯後至端溪家，留作竹戰戲，汗出如瀋，午後五時畢。熱不可耐，足疾大發，入夜難寐。

初三日　晴　熱甚　寒暑表九十九

七時起，寫信六件，皆積久未覆者也。十時端溪着人來請作竹戰戲，十二時去，六時畢，頭暈甚。入夜彈琴二時許，十一時寢。仍起坐七八次，其實終夜未安枕耳。

初三日①　早晴十時後曇　午後四時北風

七時起，早飯未能多吃，四肢頓痛，頭暈汗少，想系昨日受熱所致也。今日足病甚劇。

初四日　晴　熱

七時起，足疾甚劇，飲食亦減。

---

① 初三日，底稿如此，當有誤。

初五日　晴

七時起，旋臥，足疾劇。

初六日　晴

八時起坐，旋臥，足疾痛甚。

初七日　晴

足疾更劇，昨夜未安枕。

初八日　晴

八時起，昨夜足痛甚，今晨稍鬆。起寫二片，覆次誠與范師也，飯後仍臥。

初九日　晴

八時起，足痛如昨，看書消悶。

初十日　晴

八時起，足痛略減，寫信三件，接信二件。晚間起風稍涼，彈琴一時許，足復痛，遂寢。

十一日　晴　晚小雨十分鐘

八時起，足痛較昨稍輕，清理小事，看書，晚涼甚，彈琴二時許，十時寢。

十二日　晴　熱甚

九時起，足痛仍劇。午後看書，晚十時寢。

十三日　晴　熱甚

九時起，足痛稍減。午後未作事，十一時寢。

十四日　晴　熱

九時起，足痛如昨，午後看畫報。四時柳少丞來，留之夜飲，談至十二時寢。

十五日　晴

六時起，足痛稍減，少丞在此早飯畢去，小睡二時許。午後看書，接少丞來飲，未至，十時寢。

十六日　晴　午後大北風

九時起，足痛略減。午後大北風，旁晚寒甚。杜衛初來談一時許去，十時寢。

十七日　晴　熱

八時起，足痛更減，寫信二件，看雜書，彈琴二時許。午後端溪、象虛、子雲同來約爲竹戰局，傍晚方畢。小軒來談山東事，十一時寢。昨日事煩，天熱未能執筆。

十九日　晴　午正大雨　本日巳時立秋

八時起，爲鄭焱生作畫，草創規模，午前十時畢。來客數，正午張叔華來談甚久，大雨傾盆，坐至雨歇水退方去。晚彈琴一時許，十時寢。

二十日　晴

七時起，爲焱生補昨畫畢，有二幅得意，餘無足觀也。午後周粹成來，留飯坐談甚久。晚以足疾大愈，可步行至王樂峰處，坐半時許回家，十時寢。

二十一日　晴　晚雨

八時起，作畫三時許，午後看書報，晚大雨約一時許，甚涼。原擬明晨四時搭小輪到黃州，恐難如願。四時醒，天仍未晴，遂作罷。

二十二日　陰　大北風　小雨竟日

八時起，作畫，午後仍作畫，剃頭一次，涼甚。晚出門一次，彈琴二時許，十一時寢。

二十三日　晴　熱

八時起，補作山水條扇頁等件，午後看書。晚約粹成、少松於明晨渡江慰唁尉遲敏深。晚寫信一件，彈琴一時許，十一時寢。

二十四日　晴　熱甚

三時即起，漱畢飲茶一杯，呼富兒提燈至郵局促粹成起。彼處時計僅二時，相差甚遠。談二時許，少松來略坐，遂與同渡江到黃州局往聞鳴九家，值彼於今晨亦渡江，相左矣。訪尉遲初樵，午正下水小輪到，與粹成、少松渡江，敏深送至江干，殷殷致意。到家後足疾大痛，緣今日行路太多也。晚間出門二次，十時半寢。

二十五日　晴　熱甚

八時起，料理各事畢，午後周粹成來約與看屋畢，至保管處略坐，值省同鄉會有人來，談片刻出。至文旂、小軒、漢槎處閒談，就文旂處飯畢回家，久旂來談甚久。晚彈琴至十一時寢。

二十六日　晴　晚大雨

八時起，寫信彈琴看書。午後賀冀階、余子壽來坐談。晚外出二次，至王樂峰家坐，知窮民發生搶米風潮，汪同昌以人言嘖嘖，首被其禍矣。九時歸，彈琴一時許，遂寢，大雨竟夜。

二十七日　早雨　晚陰

八時起，昨夕及今晨雨大，農田水足，晚稻當可減半收成，米價平落亦未可知也。請賀、余吃早飯未來。午後出門一次，九時彈琴，十一時寢。

二十八日　早小雨　復晴

七時起，焚香彈琴，敏深送信來索寫對子。午後外出二次，寫信三件，畫稿子三次。晚至程宅略坐，彈琴看書約二時，十時寢。今日召鄭、衛、王三生做圖章小盒已齊備，甚快。

二十九日　晴

七時起，寫信彈琴作畫約三時許。午後出門二次，晚出門一次，彈琴一時許，十時寢。今日畫稿數件。

七　月

初一日　晴

七時起，清理雜事，午後看書報。四時至端溪宅晤涂寶堂談一時，至聯合會作竹戰戲，九時歸。至岳廟進香畢，彈琴三操，十時半寢。

初二日　晴

七時起，覆次誠信，清理各事。象虛、子雲來，約至端溪家作竹戰戲，午後五時畢。歸家略坐，王利師、石鏡清來談，小軒同沈福田來，略談去。彈琴一時許，十時半寢。

初三日　晴　晚小雨

七時起，清理各事，發信三件，收外間來信三件，畫稿子三張，出門二次，晚十時寢。

初四日　晴　晚小雨

七時起，接幼虛自津來信，寫信二件，畫稿子三張，出門三次。晚彈琴二時許，十時寢。

初五日　晴

七時半起，夏乃卿來談片時去，午後畫稿子三張，出門二次。晚彈琴一時許，十時寢。

初六日　晴　熱

八時起，清理各事，午後作畫稿，四時畢。晚彈琴二時許，九時半寢，夢多且雜。

初七日　晴　熱

七時起，寫信三件，清理各事。午後作畫稿，晚出門二次，九時彈琴至十時寢。

初八日　晴　熱甚

七時半起，寫信三件，飯後作畫稿。午後四時出城至北門外各本家坐談，晚彈琴，十時寢。

初九日　晴　熱甚

七時起，清理各事，覆傅幼虛信，夏乃卿請吃飯，午後一時畢。傍晚出門二次，寫詩稿至十時半寢。

初十日　晴

七時起，辦畫稿，午後出門一次，晚彈琴二時許，十時寢。

十一日　晴

七時起，辦畫稿，午後三時畢。四時半出門二次，晚彈琴，十時寢。

十二日　晴

七時起，清理畫稿並雜件，午後出門二次，彈琴，寫屏一堂、聯一副。晚出門一次，十一時寢。今日祀祖。所辦畫稿爲教授師範及中學之用，均着顏色。

十三日　晴

七時起，辦畫稿數件未畢。敏深來，略坐談，同其至粹成處吃便飯，四時半送之渡江。晚彈琴一時許，十時寢。

十四日　晴

七時起，辦理畫稿仍不能畢，十時半與傅象虛至聯合會作竹戰戲，五時半畢。後至東門訪文旂未遇，十時寢。

十五日　晴

七時起，辦理畫稿，午後至小北門外算祖衆帳。晚出門二次，彈琴一時許，十一時寢。

十六日　晴

七時起，清理畫稿畢，午後出門一次。晚彈琴二時許，寫信一件，十時寢。

十七日　晴

八時起，清理各件，擬明日往省。象虛來約至石雲衢處談同鄉會款，與石、傅至保管處作竹戰戲，三時半即歸。清理往省各件，晚彈琴二時許，十一時寢。

十八日　晴

八時起，漱畢，清各書籍，二時許乃畢，倦甚，休息一時許，又清理攜帶至省各件，麻煩至極，午後三時仍未畢也。四時半，振卿來坐，談甚久，晚間出門二次，十時寢。轉鐘一時半即醒，自是不成寐。三時起，漱盥畢，四時與國煌下河，風甚大，茶肆中小軒在坐，船亦未到，遂決計遲一日再行。

十九日　大風竟日

與國煌回後，臥不成寐，欲搭晚班船仍未果，感寒欲嘔，飲食略減。午後再睡一時許，頭暈悶甚，四時吃藥再睡，起似稍愈。少松、粹成同來，未能起與談也。晚九時食粥半盂，十時寢。

二十日　晴

三時半起，漱畢，王宅來人，四時下河，上洋船，人多。五時漢長小輪到，未久即開行。過黃州後人漸加，且艙中積布綑滿，幸天氣不甚熱，尚能勉強坐耳。午後三時半抵漢，到校後已四時矣。休息後即往次誠、稚松處，均晤談，十時寢。

二十一日　晴

七時起，清理案上各件，午後上課。四時至稚松寓吃飯，談甚久，九時歸，十時寢。

二十二日 晴 熱

六時起,清理各事,至蔡宅未晤,至教廳晤吉六,購書添置各件,忙甚。午後五時至劉鼎珊寓吃酒,緣渠昨來約至其宅,爲邱繡丞①餞行也。七時席散,與菊坡同歸,沿途談及劉右丞棄妾事,極爲可恨。方今人心大壞,欺友者不僅此一事也。十時半寢。夜有惡夢。

二十三日 雨 天氣變寒

早八時,至邱繡丞寓談半時,便托其探財廳事,此事知其不成,便說說而已。昨日鼎珊說我寫信强硬,頗有規戒。今日次誠說各事,心似有所動,青天一鶴,原非近日所可期,將欲同流合污以乞食乎?良心已違,以後何惡不可作?直道雖不容於世,究竟不可昧良心以求富貴耳!彼對於友人無誠意之人,仍宜防之,不與深交。窮達有命,此節終不可移矣。午前午後均有課,晚飯後往訪易先生不遇,至孫宅探壽山通訊處。七時歸,略坐,往次誠處談甚久,十時半寢。

二十四日 風

七時起,堂課忙,午後四時半電約柳少丞前□,五時半抵漢口至心如、尉宅、杜宅、尉宅,無人,僅留刺托其同居人答意而已。十一時回少丞處宿,竟夕不寐。

二十五日 晴

六時起,漱畢,雇車抵江干,搭輪渡江回校,來客數次。晚至次誠寓,同坐談者郭良卿、單繼蘇。十時回校即寢。

---

① 邱繡丞,或作邱輔丞。

二十六日　晴

　　七時起，清理各事。劉萃三來談就課事。九時半至易雪忱先生寓，談片刻，至邱蕭丞處談片刻，歸校。飯畢，小睡一時許，劉菊坡來，囑其題沈師畫册箋，畫扇一柄，菊坡爲卓焜堂轉乞者也。寫畢，與菊坡至次誠處略談即出。晚至少丞宅，與朱信忱談一時許，訪劉又垣，到郭星樵處回看，晤及曹蕙村，狀仍窘。十時回校，十一時寢。

二十七日　晴

　　七時起，清理各事，來客三次，堂課畢，外出一次，至次誠寓彈琴，與郭良卿、單季蘇談甚久。袁炳南新自滬歸，略與談近事，十時歸校，十一時寢。

二十八日　晴　風

　　七時起，寫施薇生等信九件，皆積久未復者。另寫家信付范伯高帶回縣。午後堂課忙，倦甚，晚飯菜劣不能飽。晚子南、炳南來坐談，九時至次誠處未晤，十時半寢。

二十九日　晴　大風

　　七時起，寫信三件，覆黃子綸等。來客數次。午後至察院欲購書，以價高未妥，托萬發祥代購，已許增高，該店仍不願售，其實非佳品也。遇涂子良談片刻，與之同往次松寓，飯畢歸。至次誠寓略談回校，十一時寢。

三十日　晴

　　七時起，寫信二件，來客數次，堂課忙。晚至次誠寓談一時許，十時半寢，夜多夢。

八　月

初一日　晴

七時起，有堂課，得同儒信，擬今晚送次誠處，恐未能爲力也。午後四時，菊坡遣人來借書去。今日寫聯三付、屛一條、小對一付，愜意者僅二付。晚至次誠寓談一時許出，十時涉獵元高則誠著之《琵琶記》，十一時畢寢，夜夢雜。

初二日　晴

七時起，整容一次。今晨丁國澄請吃酒，爲謝媒也。並出易正大銀號紫紅聯，囑書大字以贈，寫畢覺可。午後往次松寓。一時許，至袁子青處回看，六時在程宅吃飯，八時歸。張資生新自家來，述福蓀家近況，爲之惋惜。九時半資生去，看書一時許，十一時寢。

初三日　晴

七時起，象虛來坐談半時許，渡江訪夏乃卿，談片刻，緣渠三次來校，尚未回看也。訪胡劍侯，知已往江西省矣。至樹棠寓早餐畢，往程宅坐一時許，至丁宅書肆略談。訪曹蕙村告以劍侯事。晤郭星樵，催其即日下縣。菊坡、焜堂同來，未晤及，菊蓀轉達者也。至次誠寓吃晚飯，比①約余訪抱琴，以道遠辭之。晚未出門，飯酒一盃，看《聊齋》半本，十一時寢。

初四日　晴　熱

七時起，清理各事，發信一件，有堂課。午後外出一次，四時堂課畢，鄭子題來談，一時許去，至次誠宅未晤，十一時寢。

---

① 比，疑應爲"彼"字。

初五日　晴　熱

七時半起，有堂課，午後更忙。晚至次誠寓未晤，歸後看書二時許，十時寢。

初六日　晴　熱　本日秋分

七時半起，次誠來，王敦成、朱信忱先後來，略坐皆去。至賈仲明處看字。至劉佑元寓未晤，囑其寓寄語至程宅晤。十一時半在程宅吃飯，午後一時佑元來談一時許去。余於二時半歸校，四時次誠着人請吃晚飯，六時回校，七時復出訪張資生未晤，八時半歸，看書二時許，十一時寢。夢與袁夏村同乘海輪船，初駛時送行人聲中似有張稚芳、柏少松、王久斿在内，已開後則海風烈烈，視所駐爲一大統艙位，其中僅余與袁，不知主何事也。

初七日　晴　熱

四時起，補寫日記，旋睡，八時起，上午堂課忙，午後課畢至鴻磐樓洗澡，看王帖一本，明拓也。七時歸途遇袁子青，同回校，談甚久去。十時半彈琴，十一時寢，夢多。

初八日　晴　熱甚　寒暑表八十八度

八時起，有堂課，先至一師範訪江文波未遇，午後堂課忙，倦甚。晚出門一次，劉菊坡、呂丹書同來，坐未久去。看書一時許，彈琴焚香甚樂，十時半寢。

初九日　晴　熱甚　正午寒暑表九十度

七時半起，九時持詩稿及青花碟送菊坡寓，囑爲圈點，至，菊坡已渡江矣。晤焜堂，囑其轉達所囑語。歸校後再以電話告菊坡。午後二時至程宅作竹戰戲，七時畢，九時回校，十一時寫信致汪同昌。轉鐘三時感寒鼻塞，起坐半時許，仍睡，多夢。

初十日　晴　熱甚　寒暑表九十度

七時起，子青來坐談，約至菊坡寓，見和余自壽之作甚佳。十一時回校，飯後來客數次。二時出門辦理各事畢，至稚松寓作竹戰戲，九時與劉粹三同歸。粹三分手後雇車到校已十時許矣，稍坐即寢。

十一日　晴　熱甚　八十八度

七時起，子青來談各事，資生來坐旋去，出外代人刻牙章。晚間次誠來坐甚久，校中聚會乃去。十一時彈琴二曲，十二時寢。今夕食酒甚多，心胸悶脹，睡熟後惡夢甚多。

十二日　晴　熱甚　八十八度

七時起，來客三次，堂課畢，來客數次，資生、子青，袁慎吾均來談，十一時寢。

十三日　晴　熱

資生、子青俱來，九時與子青至袁鼎榮寓坐談。午後至師校上課，學生未到齊，僅上一堂仍回校。寫信二件付少松帶家，並寄款歸，作節關開消用度。就其寓中吃晚飯。九時訪資生未遇，回校後資生即來坐談，至十時去，十一時寢。

十四日　陰　小雨半時

七時起，來客二次，有堂課，午後出門二次，四時半至程宅侯少松歸，因有面囑之語，就其家晚飯。九時至鴻磐樓洗澡畢，歸校已十時矣，略坐即寢。

十五日　曇　小雨一次　今年中秋竟夜無月

六時起，盥漱畢即出門，至次誠、閔孝師處，均未起，僅留刺出。

至程宅略坐，至傅宅晤仁卿談甚久，仍返程宅作竹戰戲，至夜十時歸，即寢。

十六日　曇　晨細雨如絲　晚雨竟夕未止

七時起，至次誠寓知其未起，至橫街書店購書均未就。至杜韻秋處測一字，問本年中秋後進行如何？解語多吉。杜與余相識已五年，彼屢以吉語諛我，其實後來均未應，此際亦只好聽其自然耳。未來事均可作過去觀也。十時雇車往稚松寓作竹戰，至夜分止。今夕以雨大不能歸校，倦極，就其寓中宿，亦得美睡，甚爲快意。

十七日　陰晴不定

十時半起，洗漱畢，早飯就程宅吃，留坐即歸。資生來談片刻即去，命僕至次誠寓探其在寓否，緣渠亦來校二次均未晤也，回信約余過談。三時與次誠至各古玩店看物，四時回寓，五時吃晚飯，六時回校。

十八日　晴

七時起，有堂課，來客二次，午後一時至豆腐巷開同鄉會。此系今夏新購之房屋，規模窄小，非所以壯觀瞻也。議決之事，一募捐收整，二補助武郡中學開辦費，三拒新任夏知事。五時畢，回校，飯後外出至次誠略談，十一時寢。

十九日　晴

八時起，清理各事，本日堂課忙，午後五時畢。晚在程宅，飯畢後歸，途遇次誠，囑車轉至校，談至十時去，十一時寢。

二十日　晴

八時起，來客數次，午正至程宅坐談久，作竹戰戲，九時畢回校，十一時寢。

二十一日　晴

八時起，堂課忙，午正至西街整容二時畢，回校授課畢。爲次松看房子，八時至其家略坐，十時回校，十一時寢。

二十二日　晴

八時起，堂課忙，午後有堂課，來客數次。晚至次誠處彈琴談話計二時許，十時歸，十一時寢。本日得家信，知内人又添一子，母子平安，甚慰！

二十三日　晴　早寒

八時起，夏乃卿、鄭植卿同來，坐談甚久去，與林菊蓀至菊坡寓談甚久出。十一時至次松寓遇涂子良，吃飯後爲竹戰戲。七時散局，值次誠來，談數語，與之同出，至其寓略坐，約至鄒宅看古琴。琴內有字："八郝城朱致遠。"未審朱爲何人耳？琴蛇腹斷紋，音清越，實爲近日稀數之物，惜該宅無人彈。九時回校，次誠亦同來，坐甚久去。寫家信一，十一時寢，多夢。

二十四日　晴　早寒

七時半起，清理各事畢，靜坐半時，竊念人生處世，支持一生名譽極爲不易，聖之清、之任、之和，均有所偏，孔子爲時中之聖，故能享名萬世，此即中庸之不可能者也。人能平心應物，凡事勿趨於偏，以誠信爲主，不偏不易，即此中庸之道做去，已屬難能可貴矣。連日思有幾句話，爲以爲矯枉救其失者，因綴成文曰：沈毅太過近於陰險，剛直太甚近於乖僻，禮貌太多近於虛僞，恢諧太過近於尖刻，莊嚴太過似乎自大，拘謹太過近於呆板，皆非處世之道。現世人事相接，惟有立誠敬以固其心，積而不流而已。午後夏乃卿請客，同席十八人，五時畢。乃卿渡江去，便托帶款繼家用。八時至程宅略坐，九時歸，十一時寢。

二十五日　晴

七時起，良生送來衣料，云贈更生者，系其母所囑，不便卻之。菊坡着人送一函來，云前日在雲雅齋見余所作畫，欽倒至極，甚以高曠峻整之思想評之作跋語，詩章以稿見示。菊坡，余畏友，然素譽余者也，感其好意而已。此幅爲暑天所繪，得意處在沈雄兩字，不善觀者恐目以粗野耳。午後至勸業場購物，晚至乾歿家中，得誠庵信，晤劉菊坡，談數語即出。九時回校看書，十一時寢。

二十六日　晴

七時起，清理各事，爲一商家作畫，補昨日所未竟者，殊無興趣。自十一時上課起，至午後四時畢，范心禪來坐甚久，四時後爲范坤侯寫泥金聯及心禪送李姓聯。晚飯後與心禪欲出門，適丁生、蕭生汝舟同來，談半時去，與心禪出門至鴻槃樓①洗澡，遇李農尹，看帖談話至九時出，至次誠寓取余所繪《聽秋高圖》歸。今日作事極多，倦甚，十一時寢，多夢。

二十七日　晴

六時半起，七時半出門，往各處酬應。午後一時往稚松寓，飯畢看房屋。三時仍返程宅爲竹戰戲，八時歸。看書一時許，寫信一件，十一時寢。

二十八日　晴

八時起，本日堂課極忙，午後四時至次松處，晚飯畢，作竹戰戲，十時畢，歸校即寢。

---

① 鴻槃樓，一作鴻磐樓。

二十九日　晴

八時起，爲友人作五尺中堂《蒼松野菊》，午後五時僅具大概規模。晚往稚松寓略談。今日厚訓來校取款，十時寢。

三十日　晴

八時起，至各處看客，午後作畫，石蘭已具雛形，計明日當可成幅矣。晚外出看客，十一時寢。

九　月

初一日　晴

七時起，厚訓來取款去。十時至稚松寓略談，與之同至中華大學聽章太炎演講，旋出在程寓吃飯。午後往蔡仲謙寓回看，三時回校補作未竣之畫，已着色齊全，計明可書款也。十一時寢。

初二日　晴

七時起，八時補畫畢，以色淡復加濃厚，趨時也，因省鑒流喜海派，作俑爲吳昌碩、王一亭輩。明日書款當誚責庸俗耳。午後補苔二幅完全竣事，細閱尚不俗，氣魄沈雄，雖學時派，尚不近於江湖也。晚出門二次，十時寢。

初三日　晴

七時起，本日堂課忙。夏村新自皖歸，談數次即去，午後寫昨所畫款畢，文曰："滬上時史自吳俊卿、王一亭輩習爲粗獷一派，以雲松、青籐、雪箇，其實去二家風格遠甚。滿紙奇邪，反爲世俗所喜，邇來武漢間亦多有嗜此者，殆亦習俗移人耶。茲幅略采其粗野意以供求者之需，當代名流倘以畫律詰之，吾知罪矣。"此題第一幅也。題蘭石云："此羅兩峰法也，而參以近日最流行品所謂海派者，舉世喜葉公龍，余亦投其所好，阿時之誚，烏能免哉？"晚至次誠宅未遇即歸，十一時寢。

初四日　晴

七時起，來客數次。午後一時至一師上課，吃力甚，歸時倦，食亦難下咽，教讀匠亦苦矣哉！晚七時，約夏村至鴻磐樓洗澡畢。至稚松寓與梓三同至教育廳，爲熊小堂寫薦信，盡人事而已。十時回校即寢。

初五日　晴

八時起，堂課忙，午後寫大聯二副，送傅幼虛，一爲自送，一代敏深書者，餘一四尺聯，擬而未書。送稚松遷居者，隱藏其納小星意，文曰："遷喬出谷鶯聲滑，萬紫千紅春色深。"晚與夏村同至次誠寓聽琴，九時歸。陳同如來坐，甚久去。十一時寢，夢多而美，醒則忘其大半矣。

初六日　晴

八時起，堂課忙。午後三時囑齋夫送禮與傅宅，便道至胡抱琴家，晤其母，知抱琴之妾以產亡，於昨日出殯矣。抱琴屢以子息爲憂，渠去歲妾生子下地即夭，今年復罹此慘禍，痛心事也！晚至次誠處與之說明茲事，相與太息久之。九時半歸校，十一時寢。

初七日　晴

八時起，食稀飯二盂，此爲余下季食稀飯之第二次。余自十七以後住學校充教授入政界，早晨食粥必反胃難過。以是廿餘年不敢早食粥，亦不喜食粥，其性然也。晚間食粥則胃甚暢，午後食之亦佳，惟早食之則反胃，何也？今日食後竟無事，或者胃力強於昔乎？早與次誠至黃伯香宅看藍田叔《玉陽圖》，用筆沈厚，似以篆法寫人物舟帆，皴法簡古，柳及雜樹俱勁，純以淡赭渲之，逸品也。談二句鐘出，回校食畢，仍外出，旋歸。三時至鴻磐樓洗澡且食蟹，極佳。晚至稚松、次誠宅略談，九時半歸，彈琴片刻，十一時寢。

初八日　晴

八時起，來客二次，至次松家略談，吃飯出，至傅宅、趙宅道賀，一爲其子完婚，一新居落成也。晚訪夏村不遇，至次誠宅彈琴談笑甚久。十時歸，十一時寢。

初九日　晴　晚風

八時起，九時至次誠寓，欲約其登高，次誠以公事忙，未能也。至次松處吃午飯，至塗子良宅回看，略坐即出。雇車至黃鶴樓登高，約夏村，知渡江未歸，一人登品茶樓，所遇均學生，不便引與談，坐一句鐘，無一相識人來，悶甚。坐余旁者爲前鄂城知事張貢甫，以其老滑，不便與談，遂閉目坐，無聊極矣。五時下樓，至次誠宅，知尚未歸，歸校吃晚飯畢，次誠來校，匆匆數語即去。余七時又至其宅，談至十時歸。

初十日　晴

八時起，有堂課，下午上課倦甚。得蘭芳函，知其今日到。三時至師校授課，已疲極矣。晚夏村、同如來坐甚久。十時得電話知蘭芳已到，明日當往訪之，十一時寢。

十一日　晴　風　小雨

八時起，發家信，九時渡江遇微雨，十時到鳴岐處，午後一時與蘭芳談甚久。晚間疲倦甚，竟夕不寐，起坐數次，秋思催人，春心復動，令人增十五年前之感想耳！今夕月色佳。

十二日　晴　早寒

一時半起，二時半雇車送客，三時回寓小睡三時許。七時半渡江回校。早課忙,午正因菊坡親來請客,不可卻。渠昨持單請余,適在漢,今日爲其壽期,是以勉强酬應耳。同席者卓焜堂、楊揆一、姜少廷、吕丹書、朱某。二時半席散,至次松新寓道賀,略談數語隨車回校授課,身倦異常。傍晚至次誠寓略談即出,十時寢。

十三日　晴

八時起,上午下午堂課忙,晚出門二次。資生、夏村同來,坐未久即去。今日勞頓殊甚,十一時寢。

十四日　晴

八時起,至各處看客,午後小憩。至次松寓作竹戰戲,晚間畢,倦甚,歸校即寢。

十五日　晴

七時半起,夏村來坐,九時半與之同渡江晤涂寶堂。早飯畢,至尉宅,至文旃處,至鳴岐寓。午後得見文旃新娶之妾。晚與夏村、袁淑南等遊新市場,十一時宿中央旅社。

十六日　晴　大風

八時渡江,風大浪湧,到校後有堂課,人亦倦甚。午後來客,欲小寢,未能也。晚至次誠家,談未久出,十時寢。

十七日　晴　子夜大風雨

八時起,寒甚,夏村來坐,談未久,幼虛來談各事,坐甚久去,十二時課畢,飯後又來客。一時至三時本校課畢,再往一師授課。五時鄧雲卿請客至杏花天,同席者僅吳畏三、劉南田、林菊孫四人。七時畢,至鴻磐樓洗澡,身軀極暢。旋與夏村訪曹蕙村、劉漢槎未晤。訪張資生,坐未久即出。十時半彈琴三操即寢。

十八日　晴

八時起，清理各事，整容一次，頗適意。午後純古來談片刻，與之同至一師範，彼看江文波，余則上課也。四時半至次松宅談後就其家吃飯，七時雇車歸。途遇子青、純古談數語，又遇夏村一同來校坐片刻。至次誠寓彈琴小睡約一時許。歸校九時矣，寫信二件，十時半寢。

十九日　晴

八時起，有堂課，午後來客數次。一時半渡江，在文旃處取回棉衣，系家中托帶來省者也。三時渡江，仍有課，晚飯畢與至夏村處，與之各處看客，均未遇。至鴻磐樓遇賈仲明，留消夜。九時半回校，閱芳蘭函，當即作答，十一時寢。

二十日　晴　早陰

七時起，今日校中旅行到琴園。余去年二次均未往，昨與夏村約，決意一往，藉覘其風景何若耳。八時夏村來，小齋來，八時半早餐畢，與夏村、小齋出武勝門，雇舟至徐家棚，起坡行里許至琴園。構造頗精雅，此作一別墅則可，作公園則狹隘矣。至鋤月軒品茶，囑堂倌取琴至，彈二操，琴劣弦硬，僅能發響而已。藏此者聞系新任農校教員王某所藏，未便求見。在園中瀏覽二時許，至徐家棚茶肆吃酒與麵包，腹滿身健。至站謁王書華，彼尚未上辦公室，留刺以去。四時雇舟，以風緊日烈頭暈甚，至大堤口起，雇車回校略息，至次松家吃飯。八時歸校略清理，十時寢。

二十一日　晴

八時起，頭暈甚，旋臥下，再起目眩，望室中具爲旋轉狀，心復欲嘔，始知昨日熱寒失度，且昨晚臥早，停食胃中也。先君臨終語余以"慎寒暑節飲食"六字，未之遵守，有愧爲人子矣！躺椅上二小時，十二時稍好。晉食畢，因思各處尚未回看，擬借次松車到處酬應。午後資生、夏村同來，同與至紙店購紙墨等件畢，至次松家命車夫去備車，出至省議會訪陳壽麋，訪王浩如，俱晤談。王浩如疾頗重，囑其安心調理，咳嗽不止，恐難有生望也。至測量局訪夏競存未晤談，晤談范吾，坐片刻即出。訪陳同如，知已渡江，訪陳子穀，談片刻出。至次松家吃晚飯，九時歸，十時寢。

二十二日　雨　今日立冬

八時起，發芳蘭函一件，漢函二件，寄廖黃等詩稿也。十一時清理案上各件畢，夏村來談，午正尉遲華清約至幼虛寓中談甚久。余在稚松宅吃晚飯談甚久，晚在其宅作竹戰戲，至十二時止，就其寓宿。

二十三日　雨　天寒

八時自程宅雇車歸校，衣裏外俱濕。十一時有堂課，午後夏村、資生同來，寫四尺聯八副，皆資生乞書者也。有三副頗得意。晚以雨天路濕未出，十時寢，睡極恬。

二十四日　陰　雨

八時起，清理各事，午前後俱有課。晚間出門至鴻磐樓洗澡，極適，十時歸即寢。

二十五日　風雨竟夕

八時起，至資生寓送前日所書聯也，有二副極佳者。送聯與杜韻秋，彼索之甚久，不能不送者也。午後至一師校授課，雨大，氣候忽變冷，傍晚風雨交作。資生來談二時許去，益無聊矣。十時檢理重衾，就寢得詩云："風雨蕭蕭動客思，燈前重檢定情詩。"下二句續而未穩，遂置之。寢後多夢，與平昔所思之人晤，真日所思夕所夢矣。余自卅歲以後每逢秋雨即病，頭暈，四肢輭弱無力，飯食略減，天晴則愈，如春夏冬三季下雨，不見此種狀況，何也？程次松謂此爲肺經虛而濕之症，然亦無藥以治之，奈何？今歲幸秋雨少，余尚不之畏耳，總之此衰老象也。

二十六日 晴

昨夜寢極恬，又夢意中人，殊爲可異！八時起猶彷彿記之。十時以後堂課忙，午飯後王民華來，索寫榜書，即刻要，且點字體，怪哉！不識字者之粗且惡也！涂寶堂、夏村、子青先後來坐談。四時堂課畢，六時至次誠坐一時許，彈琴談往事頗雜。九時歸，十時半寢。

二十七日 晴

八時起，堂課忙，心慌時作，近數日皆如此，氣血已虧，於茲益見矣！午後堂課至四時畢，來客數次，神疲意懶，勉強支持而已。晚間心慌愈甚，十一時寢。

二十八日 晴

八時半起，仍未愈，早點後檢點各件，渡江至許俊甫棧談片刻。至張美之巷晤杜振卿取款，談一時許。至法界尉宅，心慌疾作，小憩一時許，飲茶吃佛手片及橘餅略止。至鳴岐寓未晤之，竟出，五時回校。晚至次誠宅略談，九時歸，十時寢。

二十九日 晴陰不定

八時起，心慌疾未愈，寫信及清理各事，費時至二時之久。午後看客數處，三時至次松寓，緣次誠與劉東青約先至黃伯香處，後與次松長談也。余以整容耽擱一時許，至次松寓，次誠已先出矣。五時在程宅吃飯，七時爲竹戰戲，至十二時畢。就次松家宿，與少松又談至一時許方寢。

十 月

初一日 曇

八月起，雇車回校，精神困乏，欲睡不能。十二時少松來電話，約渡江與子南看新買妾。涂寶堂與夏村同來，談片刻，雇車至程宅。一時渡江至文旂寓中坐至三時許，心慌甚，吃烟亦不能止，再不診治恐成怔忡。五時與仁卿渡江至程宅，吃晚飯畢，匆匆歸校。厚訓來，知家中老幼均好，甚慰。七時與夏村同至次誠宅，彈琴談笑約二時許，歸校後體倦，服西洋參汁半盂即寢。三時半忽醒不能睡，起作書與芳仙，寫畢再寢，已五時矣。

初二日 陰

八時半起，心慌較昨稍好。堂課畢，飯後至桐鳳樓購紙，遇沈縠成，略談。歸校上課，四時畢，尉遲華清來談片刻去。順購西洋二錢，分二次服之，看明日何如耳。十時寢，四時半夢廖純古到家，余正食，廖談及先公，余以曩昔未曾受醫學為恨，言際，似有所觸，忽大哭，醒時淚如雨下。今臘擬卜葬先公遺骨於祖山，十年來所不能，介介於懷者，此耳。

初三日 雨旋晴 晚風雨交作

九時起，疾似較昨更減，寄信與芳仙，麻煩至極。檢各項稿，欲整理書之，以身倦暫止。午後資生來談甚久去，仲明來取次誠所刻章去。晚七時至鴻磐樓洗澡，與夏村談，蓋途遇其來校，特約之返也。洗畢至天吉棧略坐，九時回校，服參水，寫詩稿。今日心慌較昨日次數又少，明日或可痊矣。十一時寢。今夕新被絮初成，風緊如隆冬，用之或可禦寒。

初四日 晴陰不定

八時半起，昨夕寒甚，新被和煦，睡極恬然。堂課未畢，幼虛著人來催客，到後略坐。下午一時半席散，二時半回校，三時又授課。四時仍雇車往程宅，閒談畢，吃飯後作竹戰之戲。九時半畢即歸，洗足略坐即寢。

初五日　陰晴不定

八時半起，堂課忙至下午，四時畢。龔雲撥來談閩事，知董炳卿已死。董於余歸鄂時曾餞之，去歲曾代余購物，甚可感也。余在閩認識商家僅董一人而已。五時幼虛來電話，請看畢某托售之字畫數件，無佳者。七時歸，訪次誠不遇，十時半寢。今日心慌較前昨兩日更輕。

初六日　晴

八時半起，寫屏四幅，畫蘭四幅，字粗適意，畫少興味，皆爲吳鳴岐作也。十二時渡江至尉遲華清寓吃午飯畢，至華景街訪初樵未遇，往跑馬場看西人試馬，衣厚天熱，實不可耐。五時半出場，雇車至江干乘輪渡江。歸校後閱各處函畢，至次誠宅吃飯畢。至次松寓談半時，作竹戰戲，轉鐘二時畢，睡時太晏，不安枕也。

初七日　陰　晚雨

八時半起，清理各件，夏村與寶堂同來，談至十一時去。午飯畢，渡江至尉宅，知華清已渡江來尋余，彼此左矣。至新聞報館，至三益旅館，再至尉宅晤華清，談片刻出，即雇車渡江至程宅吃晚飯，談笑二小時。歸校略坐，展閱沈師雪庵山水立軸，此癸卯爲張虎臣所作者，惜紙地太舊，今夕以九元購歸者也。十一時寢。

初八日　早雨旋晴　十時後大雨

八時半起，夏村、南田同來談地皮事。堂課畢，午飯後欲出門，以天雨不果。三時堂課畢，看書寫信：一致黃師，一覆誠庵也。晚間雨大，屢增舊感，極力自抑，看《聊齋志異》十餘則而後寢。多夢，一似又遷居，宇式極舊且不夠用，一似與蘭芳事有關，均爲可笑。夜寒鼻塞，展轉一時許，不安枕。

初九日　雨

八時半起，清理各事，堂課畢，午飯後外出一次，晚至次誠寓閒談，十一時寢。今日寄吳鳴岐字畫八件，殊少興趣。

初十日　陰

八時半起，寫信四件，清理前日應辦各事，午後至一師範授課畢。晚飯後至程宅略談歸，十一時寢。今日頭暈心慌數次。

十一日　晴

九時起，堂課忙，午後來客數次，四時堂課畢。晚飯後外出一次，至次誠家未遇，與夏村至黃伯香處談甚久出。十二時寢。

十二日　晴

八時半起，堂課忙，昨宿次松家，寢未安又感寒。今日倦甚，午後堂課更忙，晚出門一次，十時寢。今日訪龔雲撥談甚久。

十三日　晴

九時起，來客數次。十時半渡江訪稚松，談片刻出。渡江至程宅吃飯，午後與少松同訪黎叔康，旋至各處看客。五時歸校，飯畢再至程宅談一時許，至次誠寓略談歸。十一時寢。

十四日　晴

九時起，次誠先來，留字去。寫信三件，夏乃卿來談甚久去。飯後與范坤侯、林菊蓀至次松宅，略談即出。往訪同如，值其出，留字逕出。訪王浩如，取石章十三枚以待閱者。訪周鵬程，知其已病，看脈，燒未大退。四時歸校，飯後再往次松宅，探其爲夏村所謀事，至則已變卦矣。談片刻即出，至次誠宅，彈琴談閒話甚久。歸後寫信三件，清理各事，極倦，十二時寢。

十五日　晴

八時起，清理各事，午前有堂課一小時。飯畢渡江，訪許俊甫，托帶洋紗，厚訓來函所告者也。回看二處，客俱未晤，渡江後，至次誠宅談數語。至孫宅探房子事，旋至次誠寓吃晚飯，與之同至程宅晤幼虛，知其出門日期已改。至抱琴家見其新娶妾，談片刻，與次誠同出，分道相別。至伯高宅談縣中近事，旋至程宅談甚久，食蟹一隻，飲酒一杯，食麵半盂，歸時已十時矣。看書約一小時，十一時半寢。

十六日　晴　寒

八時半起，十一時堂課，午後寫信二件，四時有堂課，晚至程宅談片刻，十一時寢。

十七日　晴　寒甚

九時起，清理各事，午後至一師校授課，五時歸。六時至資生寓送行，八時與子青、夏生至程宅略坐。九時歸，十時寢。

十八日　晴　寒甚

八時半有堂課，午後清理各事，晚至次誠處略談。發信三件，看書彈琴，十一時寢。

十九日　晴　寒甚

八時半起，堂課忙，午後更忙。四時至西街整容，六時至鴻磐樓洗澡，準備歸家清理各事。寫信四件，十二時半畢，一時寢，四時半起。

二十日 晴 大霜結冰

四時半起，五時半雇車出城搭安平輪，與象虛遇，船上人不多，寒甚。午後二時抵家，倦甚，小睡二時，至各處看客，十時寢。鼻塞不可耐，咳嗽時作。

二十一日 晴

九時半起，飯後出門看客。午正至萬子雲處，遇端溪、涂少陽，遂同至端溪家中作竹戰戲。六時畢，回家換羊裘，再至斗丞、久旃等處略談，十時寢，咳嗽仍劇。

二十二日 晴 寒

九時起，至蕭敦五處約其至堡山看地，旋來客十餘人，強勉應付。午飯畢，出城風勁，與蕭看地約一時許歸。又與周斗丞至北門外看木料，不合意，再至東門外行三里許看木，亦不合意，且索價昂。三時半與斗丞回宅約客便酌，郭星樵、周淬成、徐壽仙、純古、敦五、斗丞同席，五時半畢。出外應酬極忙，八時彈琴二操，十一時寢。咳仍劇，夜分時作。

二十三日 晴

八時起，至夏乃卿宅取款。囑王樂峰購米二石及雜件。午後回宅，郭星樵、夏乃卿同時請客，僅到郭處，遂辭夏。五時回舍，樂峰請夜飯，七時畢。應酬數處，神倦足軟，勞頓極矣。九時半寢，僅僅合眼而已，咳嗽時作，展轉不寐。

二十四日 晴

四時起，盥漱畢，飲茶數口出門，至河干約五時。與石雲衢同上漢長輪，人多船小，悶悶無聊。十時半吃午飯，午後四時半抵漢。五時抵校，心倦神疲，請次誠來談片刻，十時寢。

二十五日　晴

八時半起，有堂課，午後同如來談調縣事。晚至次松家略談，與子南等作竹戰戲，轉鐘二時寢。

二十六日　晴

八時起，回校堂課忙，午飯後小睡半時許，下午堂課更忙。晚至次松家略談即出，十一時寢。

二十七日　晴

八時起，夏村來坐一時許，與之同渡江訪盧兵城、尉初樵、杜振卿、程次松，均晤談。午後五時渡江，飯畢訪鵬程，知其疾愈，已出門矣。訪次誠談數語，訪李寬澄未遇，訪次松談片刻，訪幼虛談時事，余頗厭聞。九時歸，寫信三件，十一時寢。

二十八日　晴

九時起，清理案上各件，來客數次。程稚松請客，十一時去，同席皆校中同事。午後三時畢，與劉南田至吳宅。畏三尚在樊口，因鄉間地畝事，擬今晚作函與之。訪李亮丞，知其已往樊口矣。同如來催寫信，因電鵬程宅，八時至周寓為同如寫信，十時畢。歸校清理各事，寫信三件，十二時畢，遂寢，多夢。

二十九日　晴

九時起，夏生來，未竟所言去。午後至石雲衢處回看，至程宅，次誠來訪，遂與同至伯香處，談片刻，聽琴。出至抱琴宅，未晤，留字去。八時半歸，寫信二件，十一時寢。

卅日　晴

九時起，清理各事，出門會客。午後至程宅，三時爲竹戰戲，九時畢回校。後至楊泗堂孫宅探信，十時歸。十二時寢。

十一月

初一日　晴

九時起，夏村來説今午後出門事，今日煩悶甚，十二時寢。

初二日　晴　夜半大風

九時起，有堂課，午後身體不適。四時至橫街測字，以人多，無間可談，出至程宅吃晚飯。十時自次誠寓歸，十一時寢。

初三日　早陰風寒甚　午後五時大雪九時畢

九時起，堂課忙。涂寶堂來取畫册去，便索爲吳某作書，五時半書成，不愜。六時雪大，寒甚，欲外出而未能也。七時寫小聯五副，明日擇其佳者一副，餘均可贈人。彈琴一曲，十一時寢。夜寒思慮多，展轉不安枕也。

初四日　晴　寒甚

八時半，厚訓來，寶堂來。九時起，堂課忙，午後更忙。晚出門一次，寫信三件，十時寢，多夢。

初五日　晴　寒

十時起，清理各事，午後往程宅，飯畢歸已九時矣。看書寫對聯，十時畢，十二時寢，多夢。今夕洗澡一次。

初六日　晴

十時起，寫字一時許，雲衢來談甚久。午後至西街剃頭一次，至程宅略談即出，至劉南田家吃飯，七時歸。寫四尺小條十張，又小聯一副。十一時寢，多夢。

初七日　晴

十時半起，身體極不適，午飯僅食一小碗。寫小屏四幅，上課勉強支持。晚間食飯一盂，極不暢，足軟甚，胸膈板痛。嚴適之來，談甚久去。十時寢。

初八日　晴　燥

十時起，早飯後出平湖門，雇民船過漢陽，至梅家巷，知衛吉安已往漢口矣。至陶家巷訪宋生聖遺，知其在晴川閣，又雇車至晴川閣，坐一時許。步行至高公橋，過小河至漢口，又步行三里許，至六度橋鳴岐家中略坐。今日作事麻煩，行路又多，困乏殊甚。再雇車至杜振卿處，上樓時爲炭氣所衝，肺閉喉塞心慌甚，幾至不能語，坐半時，神方定。今日爲厚訓説款事，致遇此等吃虧事。六時渡江，煩惱殊甚，飯後胸膈俱痛。至童世鐸房中談甚久，原欲消胸中抑鬱也。十二時寢，以時過晚，至三點鐘尚不能成寐，幾如大病狀。

初九日　晴　燥

十時起，心慌疾未瘥，煩惱甚，欲出門，適幼虛來，談一時許去。至汾幫公所看屋，不愜意。至第二中學晤易泮香，至醫科大學晤胡抱琴。回校後，飯畢擬至次誠、雨農兩處談話。途遇周子南，強拉至次松宅略談，心緒紛亂，不願久坐。陳同如、次誠先後到程宅、傅宅，談後與同如同歸，十時寢。

初十日　晴　燥甚　夜子正大風　二時大雨

九時起，清理各事。十一時午飯畢，小軒來談各事，與之同至程宅，坐片刻。次誠到程宅坐未久，與之同至抱琴處看《望雲圖》，黃松庵師近作也。筆師大癡而略厚重，實非得意之作。看畢與次誠同出，欲渡江以天欲雨不果。晚間計算各事，心亂如焚。十一時寢，展轉不寐至轉鐘三時，猶不能安枕也。

十一日　陰　雨

九時起，清理各事。午後程宅電話，囑至其家，晚飯畢爲竹戰戲。十時半，次松以事與其夫人口角，勿變態度，鬧擾竟夜，不能寢。此余第一次僅見也。

十二日　陰

九時自程宅歸，倦甚，事擾欲睡不能。午後購備各件，晚至師校晤江文波，知校長問題又生波折。訪次誠，知已渡江，至次松宅，談二時許歸，十一時寢。

十三日　五時起大風　九時大雪　午後三時結冰

八時起，盥漱畢，至漢陽門外觀音閣進香，禱近事，得籤語吉。代詢卓事不吉，心悶悶也。車回校時已九時矣。十二時堂課畢。午飯後，陳鑄九來，狀極窘，助與錢三千，暫濟目前之急。晚間欲出門，以雪大天寒甚，思蕙芳不知已起程否？倘在途中，則苦狀不堪言矣！寫信二件，十時寢。夢雜可笑。

十四日　晴　寒甚

十時起，十一時堂課。午後劉季裝來談半時去，堂課三時畢。幼虛來坐談，甚久去。晚間校中開會，次誠來談片刻去。寫紅白聯各一副，十時寢，多夢。似又在本籍四眼井舊宅，甚奇。

十五日　晴　寒甚

八時半子青來，余尚未起，旋鄭華樸來，均坐談片刻去。爲一師校學生判字，手冷僵而痛。午後至一師校授課，四時回校。到程宅略坐，吃晚飯歸。寫拜年片數件，十時半寢。

十六日　晴

八時起，清理案上各件畢，上課十二時畢。午飯後即渡江訪杜振卿取款，三時後方晤。緣渠已往他處，余留言於其樓上之黑板也。訪鳴岐，談片刻，訪尉遲初樵昆仲未晤，晤其妻留言遂出。雇車至一碼頭渡江，逕雇車往廖小山宅，昨小山請今日晚宴，見其新娶妾，人尚清秀。七時半宴畢，與次松同出，並至其家略坐，九時半歸，十時半寢。夢先公及朱姓族人爲余作一種不平鳴者，同時有胡姓族人在，似爲蕙芳事也，此亦特異者。住宅似仍在鄂城四眼井舊宅，門戶屢易，近三年來所夢在此宅者廿餘次，門向或窗牖略有變更，但總系衰狀，無興盛狀，何也？

十七日　晴　今日爲十五年新曆元旦

九時半起，校中今日放假，故遲遲起也。劉季裝來談，半時去。蕙芳來信，知其行程變更，連日卜探，殊爲懣悵！午飯後至孫宅整理佈置一切，三時出。晤易雪岑先生，談片刻，口不對心，言之彼此不能入也。雇車歸校，晚飯畢，至次誠宅，談數語即出，至次松家談甚久，食麵一盂，頗可充飢。十時半歸，十一時寢。

十八日　晴

九時起，清理各事。十時飯畢，渡江至鳴溪處探芳信，不得要領。至尉遲初樵寓，知其已病，託謀之事未有眉目，甚悶，就其家午飯畢。訪王文旃，坐甚久。電約小軒來，與談近事出。同訪曾心如，談片刻出，與小軒分手。余遂渡江回校，後至程稚松宅，略坐。九時歸，十時半寢。今日晤羅豁談誠庵事，甚太息！

十九日　陰　寒甚　晚九時微雪

十時起，以昨得蕙芳函心煩極。午後次誠同劉強生來，談片刻去。三時至黃伯香寓談二時許。至次松寓，頭目暈眩頗不耐，外感內傷之疾也。今年五月後，頭暈時作，心慌不自持，氣血之衰於茲益見。七時至次誠宅，談一時許出，途遇下雪，身極寒。回校後知漢口已有電話來，一夜展轉不成寐也。蕙芳昨已回漢口矣。

二十日　陰

七時半起，九時渡江晤鳴岐，談一時許，早飯畢，渡江。今日匆忙佈置諸事，彼此相左者再，焦灼極矣！晚雖稍快，精倦神疲，亦難成寐，惟無夢耳。今夕宿楊泗堂孫宅，蕙芳歸余矣！

二十一日　晴

五時稍朦朧合眼，九時半起，回校上課畢，午後又有課，來客數次。五時半至孫宅清檢各件，談至九時回校，十時寢。

二十二日　晴

九時尚未起，劉萃三來談，多不相干語。十時清理各事，午後渡江，晤鳴岐，談片刻，往訪杜振卿，尋三四處未遇，焦灼甚，留言於其寓，約其明日到校談。便訪小軒未遇，四時渡江，至郭良卿家弔孝，與次誠、繼蘇、旭初談各事。送洋三元與劉右元，因右元前日與余約暫貸款以濟家用也，途遇之即面交矣。雇車至孫宅談瑣碎事，精神不繼，寢不成寐。

二十三日　晴

九時半回校，十時至正午堂課忙。午後振卿來談一時許，旋來客數次。六時回孫宅，談竟夕，四時以後稍合眼。

二十四日　晴

九時起，盥漱畢，飲湯一盂，頗適口。連日疲倦心慌，疾似大減，頭暈亦略愈，或者前昨兩日服參燕之功歟？今晚擬續服之。連日未至程宅，至鴻磐樓洗澡後至程宅，晤子南及其夫人，談次松近事頗多處置不當處。此亦余所習聞者，不願聽也。天下婦人妬者十之九，惟輕重之間略異耳。太妁多男，賢則不妬，此何能望及今日之婦人耶。九時出，至黃伯香處取聯歸，雇車回校略坐，服燕窩一盂，十一時寢。

二十五日　陰

九時起，清理各事，寫信二件，來客數。午後至各處看客。五至孫宅吃飯，看課卷至十一時畢。與蕙談甚久，寢不成寐，天明僅合眼，身倦甚。

二十六日　陰

九時起，看試卷未畢，渡江送名片與文斾，始知其已回里矣。便訪小軒，未晤即出。五時回孫宅吃飯，仍看課卷。十時畢，十一時寢。

二十七日　陰　雨

十時起，身倦甚，午前上課，勉強支持而已。午後至程宅吃飯，八時雇車歸，因廖純古來約與談話也。說畢去，九時與之同出。余至孫宅仍看課卷，十一時畢。寢時較前數夕佳，因少談話也，然終覺神疲耳。

二十八日　陰雨

九時半起，十時雇車至錦章布店購藍布二疋，歸校上圖畫課。午後一時又購官燕一兩，候純古來校帶歸，寄與家母者也。四時純古來取件去，並附一函與厚訓。五時半命人請次誠來校談二時許。十時寢，服燕一盂，魂夢俱恬。

二十九日　陰　風寒甚

九時起，孟端溪來談片刻，欲余與之同至陳同如寓，以道遠不便，辭之，端溪去。清理各事，午飯畢，渡江雇車至鳴溪①寓談房屋事。出訪振卿，談片刻，約明午回信。此事相差尚遠，恐難諧也。渡江回校作函告鳴岐。五時至孫宅吃晚飯，閱課卷，九時回校。十時食燕一盂，十一時寢。

臘　月

初一日　雨　午後大風　寒甚

八時半起，有堂課甚忙，午後辦理學校考試事更煩。尹魯斌來索畫扇，此真不近人情之人。四時同如來談窘狀，鳴岐來談房子事。余留之吃飯，彼不能待，風大隔江，余亦不敢留也。五時去，飯後寫信六件。囑老黃問卜，云：生意可成，財不甚大耳。十時半寢。

初二日　晴

九時起，堂課忙，今日有考，午後忙甚。三時杜衛初來電話，約余同渡江，四時至平湖門高宅，與衛初略談，渡江時已五時矣。在振卿處吃晚飯，六時半至鳴岐寓談房子事。九時雇車至次松寓，知其尚未歸也，打電話探詢。十時，次松回寓，談至十二時寢。展轉不寐，忽感寒，鼻塞極不可耐，余頗難受。

初三日　晴

八時半起，漱畢吃早點略談，雇車與次松同出至一碼頭渡江。回校

---

①　鳴溪，一作鳴岐。

略坐,至孫宅。午飯後睡二時許。四時出,至鴻磐樓洗澡,六時畢。仍至孫宅吃晚飯,看課卷,十一時畢,遂寢。倦甚,以昨日感寒鼻塞,終夜不暢。蕙芳侍余極誠。

初四日　晴

晏起,午飯畢,欲出門,以腰痛暫止。二時半,雇車回校,三時至次松宅,倦甚。次松已出門,少松、子南均晤談。精神不繼,鼻塞涕唾不可耐,進阿芙蓉二次略減。六時飯畢,出至龔云拔寓,值其請客,晚飯強拉入座,坐二時許。談同如借款之事,雲拔已許半數,囑作函告同如。八時出,至次誠寓,知其窘狀仍未減,相與太息而已。九時回校,清理明板諸史會編至十一時寢。

初五日　晴

九時半起,十二時堂課畢,劉季奘來談片刻去,午後堂課畢。事忙而雜,心亂如絲,咳嗽頻作,苦境也。各處酬應畢,至孫宅已九時,寢後實難成寐,倦甚。

初六日　晴陰不定

晏起,十二時回校。午後一時至三時俱系小考,忙甚,眼頻垂,欲睡不能也。晚飯後倦甚,仍出門二次,十時寢,睡甚熟。

初七日　晴

十一時起,聞學瑾來一次,呼余未起,竟去。午後來客數次,因校中今日行散學禮,多數學生之父兄來此閒談也。晚間清理各事及填寫分數至轉鐘一時,寢未成寐也。

初八日　晴

八時起,九時送書帖與丁國澄,旋回校,因汪西垣昨日電話約今早十時相晤，候至十二時未到。午後校中開會，討論未畢，已三句半鐘。余有事須渡江，晤夏乃卿、許俊甫、鄭華樸、吳鳴岐、杜振卿諸人，每處僅談片刻，渡江後已七時矣。至孫宅，腹餒甚，吃飯畢。略談至九時回校，十時半寢，魂夢甚安。

初九日　晴

十時起，十一時早飯畢至丁國澄處談數語即出，至涂子良處未晤。三時郭星樵來略述縣中事，極不適。至季奘處送款，交其應急也。至次誠寓知，其於今晨被盜，爲之太息。至程宅晤子南談借款事，今冬生計甚窘，出此下策。鬢有繁霜，幡然衰病狀，豈余始念所及料耶？十一時寢。

初十日　晴

十時起，病狀大增，咳嗽不已，到各處酬應，俱煩厭不可耐。爲同如事仍未有頭緒，作函囑其向鵬程宅直接辦理。十一時寢。

十一日　晴

十時起，病勢似重，勉强至各處說話，然已無精神矣。晚爲王利師館事至單繼蘇家，未晤，留語遂出。九時至孫宅佈置各事，十一時寢。咳甚，夜未安也，蕙芳侍疾頗誠。

十二日　晴

十一時半起，飯畢即回校，遇次誠與繼蘇說明王師事有效，繼初囑爲再托劉强生。余於午後一時雇車訪强生，云允爲極力幫忙。昨今兩日膝蓋骨以下痛酸異常，幾于一步不能行。晚間在程宅吃飯歸，次誠來談，片刻即去。身體疲倦，囑老黃清理各事，備明晨回籍也。十時寢，病勢加重。

十三日　晴

　　四時起，與老黃、老汪及盧車夫出發，至漢陽門已五時，候至六時開城。心中異常不適，此歷年所無也。搭漢寶輪，船窄人多，經一時設法購一鋪位，不見天日，並不見一點光亮。余以病腰，痛楚殊甚，亦不暇擇，過三小時幾悶欲死。此輪早六時在武昌城外開駛，午後四時始抵縣，亦特別遲緩者，余適丁之，真奇遇矣。到家中不能多言，喉乾腰痛頭痛，各骨節痛甚，咳嗽大作。今日並未食，午後進飯半盂，脫衣寢。傍晚神略定，囑厚訓請王利師來談半時去。

十四日　晴

　　病未減，十一時起，雲衢、純古、樂峰先後來，勉強陪坐。午後一時昆山引黃端甫來，不得已與之同出城看地，地亦不甚佳，且懼有糾葛，心不愜。歸時足不良於行，傍晚病增劇。

十五日　晴

　　病未愈，飲食未進，來客數次，未能與多談。臥時多，起時少，心煩甚。晚具酒肴祀先公，今夕忌日。焚楮後大痛，氣促益煩悶不堪。九時寢，終夜不安。

十六日　晴

　　病增劇，咳嗽甚，胸膈俱痛，發熱惡寒，較昨尤甚。飲食未大進，恐牽發舊失血症也。午後起，晚十時寢。

十七日　陰　大風寒甚

　　病仍未減。

十八日　晴

病未減，飲食略進，寫信四封。

十九日　陰　晚十時小雨

病略減，飲食較前數日已增。胡方臣來取款去。晚間寫信三件，皆近半月所積壓未覆者也。十一時寢。

二十日　雨

晨咳嗽甚苦，帶血二口，肺火上灼以至於此。十二時純古來，勉強起坐，午後飲食量略增。晚間精神似略好，寫挽聯一副，備明日吳家大灣有人來帶交仲衡者也。九時半寢。

二十一日　陰晴不定

晨仍咳，昨晚睡時似減輕，飲食稍增。

二十二日　晴

十一時起，病較昨更輕，進飯食，惟軟弱仍似從前耳。看詩稿，寫信二件，看雜書。欲爲朱五爹作挽語，久思未就，十時寢。

二十三日　陰晴不定

九時起，痰中帶血，體不甚適，飲食與昨同。寫春聯數十件，十時寢。

二十四日　晴陰不定

八時起，咳嗽稍輕，飲食較昨更進。晚七時出外一次，足無力，坐未久即歸，十時寢。

二十五日　陰晴不定

八時起，痰中帶血，心胸不暢，飲食較昨稍進。晚寫信致蕙芳未送。得蕙芳函，心不適。十一時寫信六件畢，倦甚遂寢。

二十六日　晴陰不定

十時起，閱報看雜書。今日痰中帶血較昨尤多，整容一次，飲食較昨更進。晚寫春聯數十件，十時寢。

二十七日　早雨　陰

十時起，昨夜微嗽，起飲水二次，今晨未帶血，或者火平也。思近年事頗煩惱。午後看書報約一時許，彈琴幾不能成曲，荒疏久也。天下事不能勤習者，皆可作如是觀。昨晚出門一次，發蕙芳信，彼有函來問余，余函尚未發也。今日再將曾校長函加封送去，想彼性窄，焦灼甚矣。囑家人準備明晨吃年飯，十時寢。

二十八日　晴

八時半起，九時吃年飯。余病新痊，未能多食。午後腹飢甚，以早飯過早也。傍晚出門一次，在王樂峰家略坐談。寫信二件，彈琴一時許，倦甚，十時半寢。

二十九日　晴　午後風

九時半起，今日精神稍增，佈置各事，寫鵬程、亮澄、同如三處信，皆轉求人者也。讀"人到無求品自高"之句，有愧多多矣！傍晚分付厚訓貼春聯畢，至汪同昌付米帳，坐片刻即出。至樂峰家二次，午後系寫聯，晚間系向其問信也。七時樂峰來坐談甚久，出得孫壽山信自武昌轉來者。得蕙芳書，甚感，亦甚悶也。彈琴一時許，十時半寢。

三十日　早晴　午後二時陰

　　九時起，清理各事畢，寫雜記本，佈置各事。午後四時祀祖，舊例也，禮節較中元略簡耳。晚飯畢，王利師同石雲衢來，坐談甚久去。八時春溪來，談一時許去。九時同更生至古樓街四眼井一遊。歸後坐片刻，與家人吃團年酒畢，至汪同昌略坐，至王子垣處略坐，至春溪家略坐歸。分家人壓歲錢畢，點雜記本畢，倦甚，已十二時半矣。轉鐘一時就寢，夢乘大輪船，隨行李，似有公事向某地出發者。旋有小火輪放汽笛，囑大輪停輪，小輪來傍大輪，請余過船。余匆匆上，曰有行李四件，聞程六娘呼尚有鄭家權行李須帶過船。小輪水手候余進艙，遂開行矣，而程、鄭上船與否未及記也。三時遂醒，此不知主何事也？去臘除夕轉鐘二時寢夢作詩，起三字曰"春風離"，爲先公改爲"春離風"，已記載於甲子日記中。去歲無夢者僅一日，今歲無夢者僅二日，一記於前，一則冬月廿日宿孫宅也。今歲夢先公十餘次，容貌較去歲尤佳，昔年有夢多慘狀也。今臘病甚，力不能支，不似去歲之健全。從此須培養真元，尋養心之事，去雜念，守分安命，順時聽天命而已。丙寅正月二日補書。